小猫艾尔菲

［英］蕾切尔·威尔斯 著
郑峥 译

版贸核渝字（2015）第330号

Originally published in the English language by Collins Ltd. under the title
Alfie the Doorstep Cat © Rachel Wells 2014
Translation © Beijing Savor Time Culture Limited Company 2016, translated under licence from HarperCollins Publishers Ltd.
Rachel Wells asserts the moral right to be identified as the author of this work.

图书在版编目（CIP）数据

小猫艾尔菲 / (英) 蕾切尔·威尔斯著；郑峥译.—重庆：重庆出版社，2016.9
ISBN 978-7-229-11271-4

Ⅰ.①小… Ⅱ.①蕾… ②郑… Ⅲ.①长篇小说 – 英国 – 现代 Ⅳ.①I561.85
中国版本图书馆CIP数据核字 (2016) 第128921号

小猫艾尔菲
XIAOMAO AIERFEI

[英]蕾切尔·威尔斯 著　郑峥 译

责任编辑：郭莹莹
责任校对：朱彦谚
特邀策划：喵呜文化
特邀编辑：古　雪
绘　　图：恩　宜
装帧设计：熊猫布克

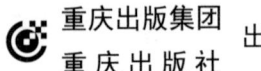 重庆出版集团 出版
　　　　　重庆出版社

重庆市南岸区南滨路162号1幢　邮政编码：400061　http://www.cqph.com
北京文昌阁彩色印刷有限责任公司印刷
重庆出版集团图书发行有限公司发行
E-MAIL:fxchu@cqph.com　邮购电话：023-61520646

 重庆出版社天猫旗舰店
cqcbs.tmall.com

全国新华书店经销

开本：880mm×1230mm　1/32　印张：8.125　字数：185千
2016年9月第1版　2016年9月第1次印刷
ISBN 978-7-229-11271-4

定价：48.80元

如有印装质量问题，请向本集团公司调换：023-61520678

版权所有　侵权必究

本小说纯属虚构。其中涉及的名字、人物以及所发生的事件也全部出自作者的想象。如果现实中的人物，不论逝去或健在的，以及事件和地点有相似之处，纯属巧合。

很荣幸能够和这样一个团队共事，正是因为他们的积极配合，才让我在创作过程中获得了极大的快乐。特别要感谢我最亲爱的编辑海伦·博尔顿，她鼓励着我、指引着我，时时给予我创作的灵感，让我在创作这第一本小说的过程中收获了许多乐趣。还有来自埃文郡的团队，他们对这本小说的热切期待成为了我创作路上的巨大动力。我也很幸运地遇到了那些专业的版权代理公司，衷心感谢凯特·伯克以及戴安·班克斯版权代理公司的全体同仁。

我的家人也给予了我巨大的支持，他们对我生活各方面的照料使我可以全身心地投入到写作之中，很多时候我奋笔疾书到深夜。我经常同几位好友们交流创作思想，而他们总是能够帮助我重新找回方向。这本书的面世离不开他们的帮助。

最后我要特别感谢曾经作为我的家庭成员一直陪伴在我生命中的那些猫咪。这本书为你们而写；你们不仅仅是我的宠物，对我而言你们是如此重要；我已经把你们当作我的家人、我的朋友、我灵感的源泉，很多时候甚至是我的精神支柱。

致生姜

我生命中的第一只猫，

在我散步的时候忠心相伴，

并且允许我像对待玩偶一样任意摆弄。

虽然你已离我而去，

但有关你的一切将永远留存于我的记忆中。

目录

第一章 ………… 001

第二章 ………… 007

第三章 ………… 013

第四章 ………… 018

第五章 ………… 022

第六章 ………… 028

第七章 ………… 035

第八章 ………… 045

第九章 ………… 050

第十章 ………… 057

第十一章 ……… 065

第十二章 ……… 069

第十三章 ……… 074

第十四章 ……… 078

第十五章 ……… 083

第十六章 ……… 093

第十七章 ……… 102

第十八章 ……… 108

第十九章 ……… 112

第二十章 ……… 120

第二十一章 …… 126

第二十二章 …… 138

第二十三章 …… 145

第二十四章 …… 150

第二十五章 …… 155

第二十六章 …… 168

第二十七章 …… 175

第二十八章 …… 185

第二十九章 …… 193

第三十章 ……… 201

第三十一章 …… 213

第三十二章 …… 219

第三十三章 …… 226

第三十四章 …… 230

第三十五章 …… 236

后　　记 …… 244

第一章

"我们很快就能把这房子里的东西打包好了。"琳达说。

"琳达,你太乐观了,瞧你母亲收集来的这些乱七八糟的东西。"杰里米回答道。

"我可不觉得这些是乱七八糟的东西。母亲还收藏了一些精美的瓷器,说不定这当中有些东西还值些钱呢。"

我假装在一旁睡觉,可耳朵却竖得高高的,我一边尽量压抑心中的烦躁,不让尾巴来回甩动,一边仔细地听着他们的谈话。此时的我正蜷缩在玛格丽特最钟爱的躺椅里——或者我应该说,这是她曾经最钟爱的躺椅——注视着她的女儿和女婿谈论着接下来的事宜,这关乎我的未来。过去几天发生的事情实在令我不知所措,我甚至不确定到底发生了什么;不过,一直在旁边聆听的我能明白的唯一一件事是:我的生活再也回不到从前了。当我明白这一点时,我尽量控制不让自己哭出声来。

"希望你能那么走运,不管怎样,我们应该打电话找家清运公司。说真的,这些东西我们真的用不上。"我偷偷地瞟了他们一眼。杰里

小·猫·艾·尔·菲

米是个高个子,灰色头发,脾气有些急躁,我一直都不怎么喜欢他,不过他的妻子琳达一直都对我很好。

"我想留几件母亲的东西,我会想念她的。"琳达开始哭起来,此时我特别想凑到她身边哀号几声,不过我忍住了。

"我知道,亲爱的,"杰里米的语气缓和了一些,"只是我们不可能永远待在这儿,葬礼也结束了,我们应该考虑把这房子卖出去。那么,我们把这里收拾干净,很快就可以离开了。""看来是要和这里说再见了。当然,你是对的。"琳达叹了口气说道,"艾尔菲怎么办?"我浑身毛发顿时立了起来,这正是一直以来我想要知道的,我,到底会怎样?

"我们应该把他送去收容所。"我浑身的毛一下子竖了起来。

"收容所?妈妈生前很宠爱他,把他送去那里太残忍了吧!"此时我真希望能够附和一下琳达,这样做真是惨无人道。

"但是我们不可能把他带回家,我们已经有两只狗了,亲爱的,再来一只猫我们可应付不过来,你应该清楚这一点。"

我很愤怒,并不是因为我特别想让他们把我带回家,而是我真的无法想象自己要被送去收容所。

收容所,每每想到这个词我都忍不住颤抖。 这个名字起得很不恰当,在我们猫咪们看来那里就是"死牢"。或许会有几只幸运的家伙能在那里找到新家,但谁知道接下来等待他们的是什么?谁又能保证收养他们的新主人会善待他们?我所认识的猫们一致认为那是个糟糕的地方,我们很清楚,那些无人收养的猫就等于被判了死刑。

尽管我觉得自己算是一只长相英俊的猫,能够讨得人类欢心,但我绝不能冒那样的险。

"你说得没错,我们的狗肯定会把这家伙生吞活剥的。这几天他们在收容所生活得挺不错的,或许艾尔菲很快就能被人收养。"她停顿了片刻,似乎仍在斟酌这件事,"好吧,只能这么办,我一早就给收容所和家具清运公司打电话,接下来,我们应该要联系一家房屋中介。"这一次,琳达的语气变得笃定。我要赶快想想办法,否则就要被送去收容所了。

"你终于想开了。我知道这样做会令你很难受,但是琳达,你母亲年事已高,坦率地说,这并不算太突然。"

"即便那样我依然觉得很难过,不是吗?"

我把爪子轻轻地搭在耳朵上,小脑袋一直在嗡嗡作响。过去的两周里我失去了主人,那是我到目前为止所了解的唯一一个人。我的生活完全变了样——心碎、孤独,现在看起来,甚至要无家可归了。作为一只猫我到底该怎么办呢?

在人类看来我是一只终日趴在主人腿上的宠物猫,用不着为了填饱肚子一整夜地四处奔波捕食,因此也不需要小心翼翼地徘徊搜寻,更不需要和其他猫搞好关系。我只要躺在主人温暖的腿上,舒舒服服地享用美食。当然,我并非孤单一人,我有一个家人。现在,这一切都被夺走了,我感到心都要碎了,第一次,我被孤零零地留在这世上。

我和主人玛格丽特一直生活在这座带院子的小屋里,我们一起生活了很长时间。我还有个姐妹叫艾格尼斯,不过她的年龄都可以当我的阿姨了。一年前,艾格尼斯去世了,那时的我痛苦万分,甚至认为自己以后都不会再快乐起来了,幸好那时我身边还有玛格丽特,她十分疼爱我,我们悲痛地紧紧抱在一起;我们喜欢艾格尼斯,对她充满了哀思,她的离开让我和主人更加依恋彼此。

小·猫·艾·尔·菲

不过,直到最近我才切实地体会到了生活的残酷。几周前的一天,玛格丽特一直躺在床上,我不知道她怎么了,也不知道该怎么办,我做了一只猫该做的:趴在她的身边用尽力气大声叫喊。正巧一周来探望玛格丽特一次的那个护士来了,我听到了门铃声,不情愿地起身离开玛格丽特,然后从活动猫门跳了出去。

"哦,出什么事了?"护士看到我歇斯底里地号叫后问道。当她再次按响门铃,我用爪子拍了拍她,动作虽然很轻,但我迫切地想要告诉她我的主人出事了。她用备用钥匙打开了门,然后发现了玛格丽特,然而为时已晚。我一直待在玛格丽特身边,心里明白她已经离我而去。护士在一旁打了几通电话,过了一会儿,几个人过来将她抬走了,我在一旁伤心地哭泣。他们不让我跟着玛格丽特,从那时开始我就意识到,我的生活彻底毁了。玛格丽特的家人随后赶了过来;我哭得更加伤心,最后连声音都变得嘶哑了。

杰里米和琳达还在谈论着,我悄悄地从椅子上跳下来走出了房子。我在街上四处游荡,希望能够碰见几个同伴问问他们我该怎么办。可惜马上就要到下午茶时间了,外面一只猫都没有。幸好我认识一只上了年纪的猫名叫梅维斯,就住在这条街上,于是我决定去找她。我走到她家门前坐下来,喵喵地呼唤她。她也知道玛格丽特去世了,并且亲眼看见她被人抬走,随后她找到了依然沉浸在悲痛之中的我。梅维斯是一只母猫,长得有点像艾格尼斯,之后她就一直陪在我身边,看着我从大声哀号变成小声抽泣,她悉心照顾我,将她的食物和牛奶分给我,直到琳达和杰里米赶到这里。

听到了我的召唤,她从活动门跳了出来,然后,我向她详细讲述了我目前的处境。

"他们不愿意收养你吗？"梅维斯满是同情地看着我问道。

"是的，他们说家里有两只狗，好吧，不管怎样，我也不愿意和狗生活在一起。"光是想想我们就忍不住想要发抖。

"谁愿意和他们一起生活啊！"梅维斯附和道。

"接下来我该怎么办呢？"我唉声叹气地说，强忍住不让自己再哭出来。梅维斯用自己的身体紧紧贴着我。说真的，我之前和她接触并不多，直到最近才走动得比较频繁，她是一只细心体贴的猫，我很感激她在我处于困境时给予我的这份友情。

"艾尔菲，你绝不能让他们把你送到收容所，"她说道，"我希望能照顾你，但我也无能为力。我老了，现在体力也大不如前，而且我的主人和玛格丽特的年纪差不多。看看你，这么年轻，这么健壮，给自己找个新主人吧。"她充满怜爱地用脖子轻轻蹭着我的脖子。

"可是现在我该怎么做呢？"我问道，从未像现在这样感到无助和恐惧。

"我多希望能够给你答案，可是，我只能说，想想你最近的遭遇，你要明白生命很脆弱，要学会坚强。"

我们互相又碰了碰鼻子，我知道我必须离开了，在这之前，我又回到玛格丽特的小屋，希望能够在离开前牢牢地记住这里的一切。我希望能将眼前的这些景象封存在我的记忆中，然后带着它开始我的旅程。我希望这份记忆能够赋予我力量。我端详着玛格丽特曾经称为"宝贝"的小饰物；凝视着墙上挂着的一幅幅照片，每一幅对我而言都是那么熟悉；我低头盯着地毯那块磨损的地方，那曾是我在懵懂无知的年纪用爪子刮出的"杰作"。这里曾是我的家，我曾经是这里的一分子，而现在，我不知道自己将去往何处。

我没有一点胃口，可是我强迫自己在琳达给我喂食的时候多吃一些（毕竟我也不清楚什么时候才能吃上下一顿饭），接着我最后一次带着恋恋不舍的心情环视了整间屋子，这个我曾经的家，这个每次都能让我感到温暖和安全的地方。我认真整理了一下思绪以及最近的感悟，在这里生活的四年里，我得到过许多宠爱，也经历了失去的痛苦。曾经的我被人悉心呵护，但以后不会了。我依稀记得自己还是一只幼猫时被带到了这里，当时的艾格尼斯并不喜欢我，甚至将我视为威胁；我还记得我是怎样让她回心转意；还有玛格丽特是如何无微不至地照顾我们，就好像我们两个是这个世界上最特别的猫。我发现自己曾经那么幸运，然而现在我的运气似乎用光了。我悼念着在这世上唯一的亲人，同时，本能告诉我必须要活下去，尽管我还不知道该怎么活下去。我已经准备好一头扎进未知命运的洪流之中。

第二章

我怀着一颗支离破碎的心，还有对未来漂泊生活的惶恐不安，离开了这座我唯一熟悉的小屋。我不知道要去哪里，也不知道该怎样继续我的生活，但是我清楚，依靠自己和有限的能力，总比被送去收容所好；我也清楚，像我这样的猫需要有一个家以及主人的宠爱。我潜入夜色之中，小小的身躯因为恐惧而瑟瑟发抖，我努力想要让自己勇敢一些。对于未来我一无所知，唯一能够确定的是我不愿意再忍受孤独。作为一只猫，我迫切需要一双温暖的腿，或者许多双腿，能够让我舒服地蜷缩在上面。有了这个明确的目标，我试图让自己振作起来。我暗自祈祷，希望能够最终达成这个目标。

我漫无目的地走着，任由直觉决定我的方向。我并不习惯摸黑在街上走动，夜晚到处散发着侵略和威胁的气息，好在我的视力和听力都很敏锐。我不停地告诉自己一切正常，一边走一边努力回忆玛格丽特和艾格尼斯的声音，这样我才有勇气继续前行。

第一个晚上十分难熬，长夜漫漫，我的心中充满恐惧。不知什么时候，月光照下来，我在某座房屋后院的角落发现一处简陋的屋棚，

小·猫·艾·尔·菲

我觉得自己运气还算不错,那时我已经筋疲力尽,四条腿也在隐隐作痛。那个屋子的门没有锁,尽管里面到处是灰尘和蜘蛛网,但由于太过疲累也顾不上这些了。我蜷缩在一个角落,身子紧贴在坚硬而又肮脏的地板上,尽管如此,我依然很快就睡着了。

夜里,我突然被一声尖利的号叫声惊醒,一只体型庞大的黑猫渐渐向我逼近,我惊恐地跳了起来。他怒视着我,我的腿在不停抖动,但我依然努力让自己站在原地。

"你在这儿干什么?"他呼噜呼噜地发出威胁的声音,并且挑衅地朝我吐了口唾沫。

"我只想在这里睡一觉。"我回答道,努力让自己听上去底气十足,然而这只是徒劳。我没法从他身边溜走,于是我颤抖着站立起来并努力让自己看起来凶巴巴的。那只大黑猫龇着牙笑了起来,那是种不怀好意的笑,我差点就瘫坐在地上。他伸出两只前爪从我的头顶扫过。我哀号一声,被他抓过的地方瞬间传来一阵剧痛,我想把身体缩成一团,不过我知道应当尽快摆脱这只恶魔。他再次向我逼近,尖利的爪子闪着寒光朝我的脸挥舞过来,幸好我比他灵活;我从他身边闪过,然后迅速地蹿到了门口,我能感觉到身体触碰到了他像金属丝一般的毛发。我终于逃出了这间屋子。他转过身来,再次向我发出呼噜呼噜的声音。我也向他吐了一口唾沫,接着,我那四条纤细的腿竭尽所能地带我迅速逃离了现场。跑了一阵子,我停下来,气喘吁吁地回头张望,那只猫没有追上来。我第一次尝到了危险的滋味,我知道要继续这种流浪生活,首先需要让自己变得皮糙肉厚。我用爪子梳理了一下自己的毛发,尽量不让自己关注那道抓伤,伤口现在依然火辣辣地疼。我发现在关键时刻自己能够变得很敏捷,这一点能够帮助我摆脱危险。我一边走一边哀号几声，恐惧一波又一波地向我袭来，它驱使着我在这黑夜里快步前行。我抬头望向夜空，看着满天的星星，再一次陷入思索，不管艾格尼斯和玛格丽特现在在哪里，她们是否能看见我呢？我希望她们能看见，我实在不知道，脑袋里只有一片茫然。

我决定再次停下来休息一下，此时的我肚子咕咕作响，而气温也变得更低。我想起过去整日伏卧在玛格丽特壁炉旁的惬意生活，这样的生活现在看来是那么遥不可及。我清楚地意识到，现在想要填饱肚子就只能自己去寻找食物，捕食这件事在过去我可是很少尝试，而且我也不擅长于此。我靠着鼻子发现了一户人家屋外垃圾桶旁有几只鬼鬼祟祟正在觅食的老鼠。我强忍住厌恶——尽管我也经常从垃圾箱里翻找被遗漏的美食，因为只有在一些特别的日子玛格丽特才会给我鱼吃——将其中一只追到了一个角落，然后一下子扑了过去。或许我还未习惯这种饥饿的感觉，这只老鼠吃起来竟然十分美味，我又恢复了力气。

我就这样游荡了一整个晚上，直到天色渐渐亮了起来，我停下来，像以前一样追逐着自己的尾巴，不停地跳上跳下玩耍，希望通过这样的方式提醒自己不要忘了我是谁：艾尔菲——一只活泼顽皮的猫。接着，我又去追逐一只肥胖的苍蝇，但我突然想到应该节省一下体力，毕竟还不知道什么时候，在哪里才能吃上下一顿饭。

我依然不知道自己该往哪里走，不知不觉就走上了一条宽阔的马路，我认为应该穿过马路，可是面对这样宽阔的马路和川流不息的车辆我感到十分陌生，因为在我还是小猫的时候玛格丽特就曾经叮嘱我不要靠近马路。看着大大小小的车辆呼啸着从我身边掠过，我感到害怕极了。我呆呆地站在人行道上，心脏狂跳着，终于机会来了，我几乎是闭着眼睛飞奔了过去，无奈我的腿不争气地颤抖个不停，我只好停下来，战战兢兢地将一只爪子轻轻地按在马路上。车辆飞速向我驶来，我甚至能够感觉到路面轰隆隆的震动。车喇叭朝我急促地响起，我慌忙躲向左边，猛然发现一对硕大的车灯仿佛张着大嘴向我扑过来；我像被闪电击中一样，以前所未有的速度向前狂奔，惊慌失措中感到似乎有什么东西刮到了我的尾巴。我惊叫一声奋力向前一跳，这下终于上了人行道。我的心脏还在扑通扑通地乱跳，回头一看，只见一辆车疾驰而过，刚刚真是差一点就要命丧车轮之下。都说猫有九条命，我在想自己是否已经用掉了一条，很可能是这样。终于呼吸逐渐平缓，恐惧驱使我再度出发，然而我的腿变得像果冻一样酸软无力，只往前走了几分钟就彻底瘫倒在一户人家的大门前。

几分钟后，门开了，一位夫人走了出来，和她一起出来的还有一条狗，被她用链子牵着；那条狗跟跟跄跄地向我走来，一边还向我大声吠叫，看来我必须要离开这危险的地方。那只狗还不依不饶地向我咆哮，我也不甘示弱地向他发出呜呜的声音，那位夫人收紧狗绳并对她的狗呵斥了几声。

我很快就意识到外面的世界充满了危险和敌意，这里没有艾格尼斯和玛格丽特，和我温暖的家有着天壤之别。我开始幻想收容所是不是比这里要安全一些。

不过我已经不能回头了。可是现在我连自己在哪里都不清楚。在我离家出走的那一刻，我根本就不知道要去哪里，也不知道将会遭遇什么，但那时的我满怀希望。我知道自己或许要暂时流浪一段时间，然而骨子里，我仍然期望某个善良的家庭，又或许是一个长相可爱的小女孩发现了我，然后把我带回家。我每天面对着各种各样的危险，时时遭受饥饿的折磨，感觉自己马上就要垮掉，有时甚至性命堪忧，每每这些时候，我就会在脑海中描绘这些美好的画面。

现在的我对前途充满迷茫，口干舌燥而且疲惫不堪。一直支持我不断前进的肾上腺素仿佛正从我身体里逐渐流走，取而代之的是腿上越来越沉重的感觉。

我走到后巷，跳到了一户人家的围墙上，像芭蕾舞演员一样稳稳地站在上面，我倒可以在这上面行走，居高临下的视角能够让我感觉安全一些。我暗自掂量着自己的体力是否允许我完成如此高难度的动作，这时，我看见花园的一个架子上放着一只盛满水的碗。玛格丽特的花园里也有这样的碗，是专门为来往的鸟儿喝水准备的。我从围墙上跳了下来，拼命爬上架子去喝水。我已经口渴难耐，此时就算最高的山我也能够爬上去。我贪婪地喝着水，那种解渴的感觉让我心中生出感激之情；我一边喝着水一边轰走几只来凑热闹的鸟，现在这碗水已经完全属于我了。几乎一饮而尽后，我又跳回到围墙上继续向前。走啊走，我仿佛离过去的生活越来越遥远了。

谢天谢地，我终于平安无事地度过了一个晚上，期间也遇到几只猫，但他们个个春心荡漾，急于回应母猫的叫声，根本就没功夫理会我。

我对于同类的了解大多来自艾格尼斯，然而初次见到她时她已经老得不怎么爱走动了，和其他猫也少有来往，而且住在我们那条街上的猫大多数都亲切友爱，尤其是梅维斯，曾经给予了我莫大的关怀。我想要凑过去向那些猫寻求些帮助，但他们看起来行色匆匆，再加上经过上一次大黑猫的教训，我还是小心翼翼地从他们身边绕开了。

第二天清晨，我感觉自己好像已经离家很远了。我再次感到了饥饿，于是决定施展一下个人魅力，期望有哪只好心的猫能够分给我一些食物。正巧一只猫坐在一座房子的大门口晒太阳，房子红色的大门在太阳的照射下闪闪发光。我试探着向她靠近并从喉咙里发出轻轻的喵呜声。

"我的老天哪！"这只猫惊呼一声，这是一只体型庞大的母花猫，"你看起来可糟透了。"我刚想争辩几句，但突然想到自从离开玛格丽特之后确实没有好好梳理过自己的毛发，因为就目前的状况，我更关心的是如何生存下去并尽快摆脱窘境。

"可怜可怜我吧，我现在无家可归，肚子好饿。"我喵喵地摆出一副可怜巴巴的样子。

"快跟我来，我可以分给你一些我的早餐。"母花猫慷慨提议道，"不过你吃完得赶快离开，我的主人很快就该回来了，她可不希望看见家里溜进来只流浪猫。"她的话突然让我意识到自己现在已经是一只流浪猫了。我没有家，没有主人，无人爱护；现在也已经成了那些不幸的流浪猫中的一员，无人照料，活在恐惧中，饱尝饥饿、身心疲惫、内心绝望、面容憔悴。我竟然沦落到这般地步，这个念头让我不寒而栗。

我十分感激地吃完这顿饭，之后向这只善良的猫道了谢，和她告别后就继续上路了，我甚至连她的名字都不知道。

心理活动竟然会在肉体上有所反映，我依然沉浸在悲伤之中，每当强烈地思念玛格丽特的时候，我的心脏都会传来一阵阵疼痛。我终于明白了什么是爱，对主人和姐姐的爱，是她们让我懂得了这一点，是她们的爱支撑我继续向前走。现在，我吃饱喝足即将出发，感到自己浑身充满了力量。

第三章

  几天过去了，我还在漫无目的地流浪，离家也越来越远，这期间我遇到过心地善良的猫、脾气暴躁的猫，还有几只恶狗，他们朝着我狂吠，以吓唬我为乐，幸好他们追不上我。毫不夸张地说，我一直都在奔波，跳上跳下、躲来躲去，一整天我都感觉很疲惫。必要的时候我也会尝试反抗。我不再是过去那只逆来顺受的小猫，这是环境使然，我必须要生存下去。我学会了躲避汽车、流浪猫和狗，同时我也慢慢地掌握了在这个陌生城市生存下去的本领。

  不过我开始一天天地消瘦下去；曾经富有光泽的皮毛现在开始一片一片地脱落，我又冷又疲倦，甚至不知道自己是怎么活到现在的，我从来不曾想到生活会变成这样。我比自己预想的更加孤独，从未像现在这样悲哀。就算在睡梦中我也时常做噩梦，醒来后想到自己的悲惨处境我会放声大哭。这真是一段难熬的时光，有时候我甚至想要一死了之。我不清楚自己到底还能支撑多久。

  我发现原来外面的世界有许多卑劣和无情的事情存在，我的身心也因此受到了各种折磨，开始变得日渐消沉，原来，每向前迈出一步

都需要付出极大的努力。

连天气都受到了我情绪的影响,每天都是阴雨连绵,之前我可从未经历过皮毛完全湿透,在寒风中瑟瑟发抖的情况。在无家可归的这段时间里,我不停地寻找着未来,一个能够收留我的家庭,然而我一直幻想的那个善良可爱的小女孩从未出现。到目前为止没有人想要把我领回家,我甚至开始怀疑究竟有没有人愿意收留我,变得自怨自艾起来。

再次走到大街上,我对马路依然充满恐惧,不过穿越马路时不会那么害怕了;然而,每当从人行道上走下来时,我都有种在用生命走路的感觉。我已经学会了过马路的时候让自己镇定下来,尽管有时候这需要很长时间。于是我先坐下来,左右查看过往的车辆,直到瞅准一个空当能够让我安全通过,即便如此我还是会发了疯似的冲过去,然后坐在另一边的人行道上大口喘粗气。不巧的是,这次我全副精力都集中在如何穿过马路上,竟然没有发现这一侧的马路上站着一只圆滚滚的小狗,他摆出一副要向我扑过来的架势,朝我狂叫,向我炫耀着他尖利的牙齿,嘴里的涎水不停向下滴;更糟糕的是这只狗没有狗链的束缚,周围也没有看到他的主人。

"呜呜……"我从喉咙里发出一连串的警告的声音,试图吓退他,尽管我现在怕得要命。他距离我非常近,我甚至能够闻到他身上的味道。他继续朝我大声咆哮,然后突然向我扑了过来。我顾不上歇口气迅速向后退了一步,然后转身飞快地跑起来,我甚至能感觉到他呼出的气喷到了我的尾巴上,我开始拼命加速,慌乱中我向后看了一眼,发现他依然紧追不舍,想要咬住我的腿。想不到这么胖的狗居然跑得这么快,他一边狂奔一边发了疯似的不停地对着我狂吠。我一拐弯跑进了一条小巷子，接着又拐了个弯，然后继续向前没命地逃，跑了几英里后我减慢了速度侧耳听了听，后面好像没有什么动静了，于是我转过头去，谢天谢地，这只狗没有跟上来，我终于逃脱了。

我的心还在剧烈地跳动着，我放慢了脚步，继续沿着这条小巷向前走，不一会儿就看见了几块菜地。大雨瓢泼，路上没有几个人，我浑身湿漉漉的，再加上疲惫不堪，于是快步向前想要找一处避雨的地方。碰巧，其中一块菜地旁搭了一个简易窝棚，门是半开着的，我太累了，根本顾不上考虑谁会在里面，于是用鼻尖轻轻地顶开了门。我冻得发抖，恐惧依然挥之不去，我担心再找不到块地方把这身皮毛弄干我马上就会生病。

我偷偷地潜进去，竟然在墙角发现了一条毯子，这真是再好不过了。毯子的质地很粗糙，还有些发霉，这里当然不能和玛格丽特家的舒适环境相比，不过眼下这对我来说已如同天堂一般。我把身子蜷缩起来，尽可能地把皮毛上的水蹭干。尽管肚子一直在咕咕叫，但此时我怎么也不愿意再离开这个温暖的小窝。

我一边听着雨水拍打窝棚的声音，一边默默地流着眼泪。现在我得承认自己是一只被主人宠坏的猫：在我和玛格丽特一起生活的时候，我以为所拥有的一切都是理所应当的。主人为我提供食物，为我遮风挡雨，照顾我，疼爱我；寒冷的日子里我会坐在玛格丽特卧室的壁炉前取暖，或者卧在窗前晒太阳，过去的我娇生惯养，生活太过安逸。而现在当一切都已离我而去，我才意识到过去的我是那么幸运，这是一件多么讽刺的事情。

我的未来会怎样？当初梅维斯建议我离家出走的时候我无法想象未来将会怎样，我根本想不到自己现在会困在这里担心将来。说实在的，我无法肯定自己是否还能继续走下去，我的流浪生活是否会在这个窝棚里、在这个充满霉味的破毯子上终结？这难道就是我的命运？我希望不是这样，但我实在不知道还能有什么样的结局，我知道不应该自暴自弃，但我实在不知道该怎么做。我沉溺于对过去生活的留恋，不知道未来何去何从。

我刚才一定是睡着了，一睁开眼我就发现有一双眼睛在盯着我；我眨了眨迷蒙的双眼，一只猫正站在我面前，她黑色的皮毛完全融入夜色之中，只能看见一双眼睛像火把一样闪闪发光。

"我不会伤害你的。"我快速地说，心里盘算着如果她想要和我打一架的话不妨让她帮我结束这悲惨的生活。

"怪不得我刚刚闻到这附近有猫的味道，你在这儿干什么呢？"她问道，言语当中并没有想要攻击我的意思。

"我只是想在这儿休息一下。我刚刚被一只狗追，然后就跑到了这里。这儿很暖和，还可以避雨，而且……"

"你是流浪猫吗？"她问道。

"我认为自己不是，不过目前算是吧。"我哀怨地回答道。她将背部弓了起来。

"瞧，这就是我捕食的地方。我是一只流浪猫，不过我很喜欢这样的生活。我在这里可不愁吃喝，每天来这里觅食的小动物真多——有老鼠、鸟儿，呃，不管怎么说，或许这里可以视为我的地盘。我只是来确认一下你是否是来和我抢地盘的。"

"当然不是！"我急急争辩道，"我只是想在这儿避一避雨。"

"你迟早会习惯这样的天气的。"她说道。我想对她说"这绝不可能"，但我可不想惹这位新结识的朋友不高兴，于是我缓缓地站起来向她走过去。

"现在淋雨对你来说算是小菜一碟吗？"

"也不能这么说，只能说是适应了。"她的眼神黯淡下来，"好了，现在跟我走，你可以和我一起捕猎，然后我带你去找水喝，不过，明天早上你就离开这里，可以吗？"我接受了她的提议。

我终于填饱了肚子，然而这并没有让我的情绪好转，我再次回到毯子上蜷成一团，之后我的新朋友离开了我。我祈祷奇迹降临，因为照目前的情况来看，我可能一辈子都只能做一只流浪猫了。

第四章

按照约定第二天我又开始了流浪生活,此时的我心中满是沮丧,又过了这么多天,我依然处处碰壁;时常感觉自己撑不下去了,糟糕的天气、饥饿和孤独时时困扰着我,不过很快我又强迫自己继续走下去,我告诉自己玛格丽特和艾格尼斯在看着我,我绝对不能放弃。我的情绪起伏不定,一会儿泄气绝望,一会儿又会鼓励自己不要放弃。

在寻找食物方面我变得更加得心应手,不再奢望依靠他人的施舍,甚至开始习惯天气的变化,不过我依然很讨厌下雨。捕猎的效率有了些许提高,但我还是对这项活动不太热衷;我知道如何让自己变得更强壮,只是我依然不敢确定自己在逆境中能否顽强坚持下去,至少现在还没有那么自信。

一天晚上,心情还算不错的我在路上碰到了一群人,他们在一座房屋的大门口围坐成一圈,在他们身边铺着许多硬纸板,散发着一阵阵难闻的味道;这些人手里都拿着酒瓶子,有些人脸上的胡子长得几乎和我的毛发一样浓密。

"这儿有只猫!"其中一个满脸毛乎乎的人喝了一口酒,大着舌头说道。他朝我晃了晃手中的酒瓶,一股恶臭几乎要把我熏晕了。那群人发出一阵哄笑,我不确定他们会对我做些什么,于是缓缓地向后退。其中一个男人大笑着朝我扔过来一只瓶子,我急忙躲开,那只瓶子就在我身旁被摔得粉碎。

"可以用它做只皮帽子保暖。"另一个男人笑着说,我从他的话语中听出了威胁的意味,于是又向后退了一步。

"我们可没有吃的,滚到一边去。"另一个人恶狠狠地对我说。

"我们把它的皮剥下来,肉吃掉。"有人大笑着说道。我惊恐地睁大双眼连连向后退。这时候,不知道从哪里又跳出来一只猫。

"跟我来。"他喵喵地说道,我尾随他沿着街道逃走了。谢天谢地,就在我觉得快要跑不动的时候,我们停了下来。

"他们是谁?"我上气不接下气地问道。

"附近喝醉酒的,他们都是无家可归的人,你最好离他们远一点。"

"可是我也无家可归啊。"我愤愤不平地说,此时的我真想大哭一场。

"我很抱歉,不过你还是躲着点,他们对待流浪猫可不会那么友善。"

"喝醉酒是怎么回事?"我问道,感觉自己又变成了一只无知的小猫,对这个世界充满了好奇。

"那是人类经常干的事,他们喝下一种东西,然后就会变得行为很奇怪。那东西不是牛奶,也不是水。好了,你跟我来,我今晚给你弄些牛奶和吃的,然后领你去安全的地方睡上一觉。"

"你真好。"我发出咕噜咕噜的感激声。

"从前我和你一样,有段时间我也无家可归。"这只猫说完便起身向前走，同时用爪子招呼我跟着他。

他的名字叫纽扣，他认为对于一只猫来说这个名字听起来有些蠢，不过他曾经的那位年轻的主人说他"可爱得像粒纽扣"，尽管他也不理解这是什么意思。我们走进了一间黑漆漆的房子，我觉得这里还不错，起码是一处温暖而又安全的地方，这让我想到不久之前我还在迫切地寻找一个新家，于是我把我的遭遇告诉了纽扣。

"你可真不幸，"他说道，"不过你应该和我一样已经明白了，一个主人通常是不够的，我有时还会去这条街上的其他人家里。"

"是吗？"我充满了疑惑。

"我想我应该把自己称为'家门口的猫'。"他回答道。

"那是什么意思？"我好奇地问。

"好吧，那就是说我绝大多数时间会住在一个固定的地方，不过我会去其他人家的门口等他们让我进去；他们通常不会这么做，那么我可以到另一户人家的门口等，我一般不会在一户人家待很长时间，这样一旦发生什么事情我还能有其他选择。"我又继续问了他几个问题，他告诉我说作为一只家门口的猫，一天几顿饭是由不同的家庭提供的，但他同样可以享受人们的宠爱和关心，而且很有安全感。

纽扣和我一样也十分讨厌无家可归，和我不同的是，在他遭遇危险的时候孩子们总是会来保护他，尽管在他看来这些危险他都能应付。当他找到一户新的人家，他就会尽可能让自己看起来可怜巴巴，这样他们就会同情他继而收留他。

"那么你是让自己看起来好像肚子很饿，而且很需要人爱抚的样子吗？"我竖起耳朵兴致勃勃地问道。

"没错，我就是那个样子。不过你要明白，我运气也不错，有时候在乞求食物的时候甚至会有人把我带到家里去。如果你愿意的话我也可以教教你该怎么做。"

"哎呀，我太愿意了。"我迫切地说道。

纽扣邀请我和他一起卧在他的睡篮里，我们一直聊到很晚；然而我一点儿睡意都没有，因为我需要在纽扣主人第二天早上醒来之前离开这里。这是我在离开玛格丽特之后第一次有了安全感。我的心中已经有了一个计划：我也要做一只被大家喜欢的家门口的猫。

第五章

  第二天我便离开了纽扣居住的房屋。安睡了一晚之后突然要离开这里我感到很难过，不过至少从纽扣那里我知道了自己该去哪里；他告诉我这附近哪条街道的人们比较善良，建议我往西边走，向居民比较多的地方走，然后找一条自己认为比较合适的街道。这需要靠我的直觉，他似乎认为我知道自己该往哪走。吃饱喝足再加上昨晚睡得很好，我按照他指的方向继续出发了，一路上靠着鼻子躲开了许多危险。

  离开纽扣之后我突然变得很乐观，但生活终究不会一夜之间就变得很美好，未来的日子依然需要处处小心，尤其是在疲惫和饥饿的时候，许多时候我不得不冒着大雨，忍受着毛发湿漉漉地贴在身上，拖着沉重的步伐继续前进。我活了下来，但这确实是一个漫长而又充满艰辛的历程。我不断告诉自己这一切最终都会是值得的。

  按照纽扣的指点，我来到了一条整洁的街道，立刻感到这里将会给予我所需要的一切，尽管不知道如何实现，但我对此十分确定；我知道，我属于这里。我站在一块路牌旁边，路牌上写着"埃德加路"，我舔了舔嘴唇。这是我离开玛格丽特家之后的第一次，感觉一切在慢

慢向好的方向发展。

我立刻就喜欢上了埃德加路,这是一条很长的街道,两旁矗立着各式各样的房子,有维多利亚式的排屋、现代板式楼、宽敞的别墅,还有被隔成多套公寓的楼房。我尤其乐意看见这些房子前面竖着"代售"和"出租"的牌子,纽扣曾经对我解释说这些牌子代表着很快会有新住户搬过来。我十分肯定,对于新住户来说,他们最需要的就是像我这样的一只猫。

接下来的几天,我碰见了几只这附近的猫。当我告诉他们我的来意之后,他们都坚持要给我提供帮助。我很快就发现,住在这条街上的猫大多数都是很友善的;对于马上要在这里定居的我来说,有这样一群善良的邻居是一件极其重要的事情。这当中只有来自"阿尔法·汤姆"家的那对猫和一只长得很漂亮的小母猫不怎么友好,除此之外其他猫对我都表现得很热情,在我生活窘迫的时候他们会将食物分给我一些。

白天我经常和附近的猫一起聊天,从他们那里我可以了解到很多事情,比如哪间房子是空置的,或者揣测一下哪户人家最有可能收留我。到了夜晚,我就会外出捕猎,这样多少可以填一下肚子。

我来到埃德加路一周后的一天晚上,我在一处空置的房子前坐了下来,我已经留意这里很长时间了,这时,汤姆家的那只猥琐的猫从我面前经过。

"你又不住在这里,怎么一直赖在这里不走?"他轻蔑地对我说。

"我不准备走了。"我反击道,努力在他面前表现出一副无所畏惧的样子。他个头比我大,当然,我现在也没有多少力气和他周旋。经历了那么多磨难之后,我感觉自己的斗志似乎已经消磨殆尽了,但

小·猫·艾·尔·菲

是我不能放弃。这时,突然一声响,我抬头看见一只鸟几乎是蹭着我的头顶飞了过去,汤姆看准机会用大爪子扫了过来,正好击中了我的眼睛上方。

我惨叫一声,这一下子可真疼死我了,很快就感觉头上有血流了下来。他继续向我逼近,看样子想要咬我,我对着他吐了一口唾沫,暗暗发誓以后要对他多加小心。

一只长着浅黄色条纹的猫也住在这间空房子附近,她的名字叫老虎,我和她是好朋友。她突然出现,挡在了我的前面。

"快滚,你这个无赖!"她喵呜地叫着。然而这个无赖看起来好像要上来和她打一架,不过停了一会儿,他转过身离开了。"你流血了。"老虎对我说。

"他趁我不注意抓了我一下,我那时候分神了,"我装作满不在乎地说,"我本来很轻松就能把他搞定。"听我说完老虎咧着嘴笑了笑。

"好吧,艾尔菲,我知道你可以,不过你还是小心点为妙。先不说这些了,你跟我走,我去给你弄点吃的。"

于是我跟着她走了,我知道她是我在这条街上最好的朋友。

我心怀感激地吃着老虎给我弄来的食物,这时老虎在一旁看着我说:"你的状态看起来可不好。"我对她的话尽量摆出一副淡然的表情。

"我知道。"我情绪有些低落地回答。老虎的话不假,自从来到埃德加路之后,我比之前更瘦了。我的皮毛不再油亮,长时间的露宿街头以及营养不良已经把我弄得疲惫不堪,我都记不清这样的生活持续多久了,只是觉得这段时间很漫长。天气开始变得越来越暖和,夜晚的天空也变得越来越亮,那感觉就像是太阳马上就要出来了。

我和老虎成了朋友,同时也对这条街渐渐熟悉起来。我徘徊于街道的各个角落，因而对这条街就像对我的爪子一样熟悉。我知道这条街上的每只猫都住在哪里，并且熟悉他们的脾气品行。我还知道哪里会碰见恶狗，经过几次被这些狗穷追不舍的遭遇，我现在已经知道哪几户人家是坚决不能去的。我爬过埃德加路边的每一处围墙和栅栏。我知道这里就是我的新家，或者确切地说，我在这里不止有一个家。

小·猫·艾·尔·菲

第六章

我坐在一旁看着两个身材壮硕的男人从货车上卸下最后一件家具。到目前为止我对所看见的一切都很满意：一张看起来比较舒服的蓝色沙发、宽大的地垫、一把上面铺着软垫子的扶手椅，看起来像是一件古董，当然我并不是这方面的专家。后面还有更多的物品被卸了下来，有衣柜、五斗柜以及许多封好的盒子，不过我更乐于见到那些软体家具。

我心满意足地拍打着尾巴，咧开嘴笑了起来，我感觉自己开心得连胡须都翘了起来。看起来我已经找到了第一处有可能接纳我的新家——埃德加路78号。

搬家工人需要休息一下，他们拿出了随身携带的水杯喝水，趁着这个机会我偷偷地溜进了屋子。我压抑着强烈的好奇心，径直穿过屋子，先确认了后门的位置。尽管这条街上所有房屋的花园我都曾涉足过，而且我也十分确定这座房屋安装有活动猫门，但还是觉得有必要确认一下。我为自己的聪明机智感到得意，欢快地从喉咙里发出呼噜呼噜的声音，接着从猫门钻了进去，决定先在外面的花园里躲起来。

这个花园的面积不大，我追着自己的影子玩了一会儿，又四处追赶了一会儿苍蝇，巨大的兴奋几乎让我的全身都在战栗，我决定再把毛发好好梳理一番。终于，我满怀期待重新走进了这所屋子，想着重新成为一只家猫是一件多么美好的事。我多么渴望能躺在温暖的腿上，尽情享用牛奶和美食。我的要求很简单，但我清楚，我不会再心安理得地享受这些恩赐，这世上没有什么东西是你理所应当得到的。

我并不是一只愚蠢的猫。我的流浪生活以及这一路来的遭遇已经让我看清了许多事，这一次我绝对不能将所有赌注都押在一户人家身上。这是我付出了巨大的代价才明白的道理，这个教训十分惨痛。我的同类们要么太过轻信、要么太过懒惰，但是我已经输不起了。我当然也想做一只忠诚的猫，有一个全心全意爱我的主人，但这种想法过于奢侈，我再也回不到以前的生活，无法再次忍受孤单的生活。

过去几周种种恐怖的经历再次浮现在眼前，我感到浑身的毛都立了起来，在心中描绘新主人的样子。我希望他们可以像那些软家具一样对我温柔呵护。

我正在房子里面四处转悠着，这时外面的天空暗了下来，我敏锐地感觉到气温下降了。我在想为什么人们搬家总是会先把家具运进来而不是人先住进来，这个道理我怎么也想不明白。对于这个还未见面的新主人我突然有了一些恐慌，不过我很快说服自己要放轻松，为了缓解紧张情绪，我舔了舔胡须。在这家人到达这里时一定要让他们看见我最棒的状态，现在的我太过于拘谨了。

问题是我已经做了很长时间的流浪猫，无法再次面对那样的生活。就在我又要开始烦躁不安的时候，大门传来一阵声响，我立刻竖起耳朵，伸了伸四肢，是时候出去见一见我的新主人了。我尽量展现出一副迷人的微笑。

小·猫·艾·尔·菲

"我知道,妈妈,可是我做不到,"我听到一个女性的声音,中间停顿了一会儿,"我差一点儿就到不了了,该死的车子刚跑了两个小时就抛锚了,刚刚保险公司派来的那个人对着我喋喋不休了三个小时;老实说,我都快要被他弄疯了。"接着又是一阵停顿,那女人的声音里流露出愠怒,不过依然很甜美,我一边想,一边又偷偷向前靠近了一些。"他们搬完了。看起来家具都已经搬进来了,而且钥匙也按照我的要求从大门塞进来了。"又是一阵沉默。"埃德加路可不是贫民区,妈妈,我想我在这里会过得很好。好了,折腾了一天,现在终于到家了,明天我再给你打电话吧。"

我从拐角处走出去,站在了一位女士的面前。她看起来比较年轻,不过我并不善于揣测人类的年龄;我只能说她的脸上并没有太多的皱纹,不像玛格丽特那样。她个子很高,身材纤细,深金色的头发有些凌乱,一对忧郁的蓝色眼睛。看起来她应该比较和善,这是她给我的第一印象,她那双楚楚可怜的眼睛尤其吸引我的注意力。猫的直觉告诉我她一定需要我,正如我需要她那样。和大多数猫一样,我不会以貌取人;我们能够洞悉人的性格,通常来说,猫咪们有着特别的才能,能够分辨出好人和坏人。她会对我好的,我立刻觉得内心充满了喜悦。

"你是谁啊?"她对着我问道,声音突然变得很温柔,许多人在面对宠物和小孩的时候都会用这样的语气,搞得好像我们很无知似的,我本应该回敬她一个轻蔑的眼神,但我知道应该要表现得讨人喜欢一些,于是我对她报以了平生最灿烂的微笑。她蹲了下来,我喵喵地开始撒娇,并且慢慢地向她靠近,然后用身体轻轻地蹭她的腿。没错,必要的时候我当然知道该怎么取悦主人。

"可怜的小家伙,你看起来应该是饿了,瞧你这一身毛,怎么搞得这么乱七八糟的，就好像刚刚和别人打了一架似的，是不是总是打架啊？"她的语气十分温和，我发出哼唧哼唧的声音，对她的话表示同意。不久前我只是从水里依稀看到了自己的影像，不过从老虎那里我知道现在的我看起来可不怎么好，我只希望一会儿钻进她怀里撒娇时她不会把我推开。

"哎呀，你可真可爱。你叫什么名字？"这时她看见了我脖子上挂着的银色的名牌。"艾尔菲，好吧，你好啊，艾尔菲。"她动作轻柔地把我抱起来，充满爱意地拍着我斑驳的皮毛，这一刻我感觉自己仿佛到了天堂。我的命运似乎已经和她的紧紧联系在了一起，我努力熟悉她身上的气味，让这种气味停留在我身上成为我的气味，我的脑海里在不断闪现着过去的画面，我还是幼猫时的那段时光。我感觉全身心都放松下来，这正是我近来一直梦寐以求的。

我再一次发出满足的喵喵声，然后紧紧地依偎在她身上。"好了，艾尔菲，我叫克莱尔，我敢肯定当初买下这所房子应该没有附赠猫咪，不过我先给你弄些吃的吧，一会儿我再联系你的主人。"我对她再次露出微笑。她尝试了各种可能的方法，然而我名牌上的号码根本打不通。当克莱尔重新出现在大门口时，她的手里拎着两个袋子，之后她拎着东西走进了厨房，这时候，我以一副胜利者的姿态走到她身旁，尾巴翘得高高的，我希望用这样的方式对这个新朋友问一声好。

她打开了购物袋，我仔仔细细地打量了一下今后吃饭的地方。这个厨房并不大，但装修得很时髦，闪闪发亮的白色橱柜，实木操作台，整个厨房看起来干净整洁。还有，我提醒自己，这里还没有人住过。和这里相比，我曾经的家——一想到它我依然会心痛——那儿的厨房看起来就比较陈旧，而且到处堆满了杂物；巨大的餐具柜占据了厨房大部分的空间,而且到处都摆着装饰盘。我小时候有一次还不小心打碎了一只,玛格丽特为此很烦恼,于是我再也没有靠近过那些装饰盘。我认为克莱尔这里不会有装饰盘,因为她看起来不像是会买那些东西的人。

"来了来了!"她充满成就感地将一只刚刚拆开包装的碗放在地上,然后向碗里倒了些牛奶;接着,又打开了一个包装袋,将几块熏三文鱼放在了盘子里。"哦,这是多么隆重的欢迎仪式啊!"我暗暗想道。很显然,我本来就不指望她能给我弄些猫粮,但是我怎么也想不到会受到如此款待。说真的,今天不论她给我什么吃的我都会感到很高兴,哪怕只有牛奶。从那一刻开始我彻底爱上了克莱尔。我正在陶醉地享用美食的时候,她从那个装着我饭碗的盒子里掏出了一只玻璃杯,然后又从购物袋里抽出了一瓶酒。她给自己倒了一杯酒,贪婪地一饮而尽,然后又倒了一杯。我诧异地抬起头来看着她,看来她一定非常渴。

我吃完之后,来到克莱尔身边,蹭了蹭她的腿表示感谢。她看起来好像有些失落,不过还是低下头看着我。

"哦,小可爱,我得去通知你的主人。"她说道,似乎忘记了她刚刚已经尝试联系过了。我喵喵地叫着,想要告诉她我已经没有主人了,但是她似乎并不明白。她蹲下来又看了看我银色的名牌,按照上面的号码再次拨通了手机,然后等待对方应答。尽管我知道是不会有人接听的,但是依然很紧张。"真奇怪,"她说,"电话打不通,肯定号码不对。别着急,我不会把你赶出去的,你今晚就住在这儿,我明天再试试。"

我顿时松了一口气,感激地对着她响亮地叫了两声。

"不过，今晚要在这儿过夜，你需要先洗个澡。"说着她把我抱了起来。我害怕得两个耳朵竖得直直的。洗澡？我可是一只猫啊，我都是自己给自己做清洁的！我不停地尖叫，想要表达我的抗议。"实在抱歉，艾尔菲，不过你身上太难闻了，"她又加上一句，"现在我去给你找条毛巾，然后再帮你好好地洗一下澡。"

听了她的话我真想一下子从她臂弯里跳出来再次逃跑，我努力压抑住了这个想法。我讨厌水，也很清楚洗澡意味着什么。很早以前在玛格丽特家我曾经洗了一次澡，那是因为我回家时身上沾了许多泥。那可真是一次不堪回首的经历，不过仔细想想，这总好过无家可归，于是我决定再勇敢一次。

克莱尔把我抱到卧室里的一面巨大的穿衣镜前，然后就走开去找毛巾了。我盯着镜子惊讶地怪叫了一声。如果不是早有准备，我甚至会认为镜里的是另一只猫。我的样子比最初想象的还要糟糕。身上一块一块的秃斑，瘦得连骨头都突了出来，尽管我一直都很注意清洁身体，但皮毛仍纠结在一起，显得十分邋遢。一阵伤感涌上心头，自从玛格丽特去世之后，我似乎从内到外都发生了彻头彻尾的改变。

这时克莱尔走了过来，把我抱进了浴室，接着她放好水，然后动作轻柔地把我放进浴盆里，我害怕得立刻尖叫起来并且使劲扭动着身体。

"好了，艾尔菲，你得好好洗个澡。"她一只手里拿着一个瓶子露出疑惑不解的神情，"这沐浴液是植物的，你应该可以用。哦，天哪，我也不知道，我从来都没有养过猫。"她看起来有些心烦意乱。"再说我也不是你的主人，希望你的主人不要太担心你。"我看见一滴眼泪顺着她的脸颊滑落下来。"真是世事难料啊！"我想要安慰她，很明显她需要安慰，但我现在这样子实在做不到，因为我还站在浴缸里，看起来应该像一堆巨大的肥皂泡。

我被克莱尔揉来揉去没完没了地洗了很长时间，之后，她用一条毛巾把我包起来，帮我擦干了毛发。

等我浑身都干透了之后，我跟着克莱尔走进卧室，她一下子坐在刚刚搬进来的那个沙发上，我立刻跳上去坐在她身旁。这个沙发和我期望的一样舒服，她并没有叫我离开或者把我推下去。她坐在沙发的一边，而我就像一个彬彬有礼的陌生人一样坐在另一边。她又端起玻璃杯抿了一口酒，然后轻轻地叹了口气。接着她环视了整个房间，这似乎是她第一次这样做，而我则坐在一旁仔细地端详着她。屋子里还有许多没有拆封的箱子，一台电视机摆放在屋子的正中间，一张小餐桌和几把椅子被堆放在角落。除了沙发，其他东西都杂乱无章地摆放在房间里，这里看起来还不像个家。克莱尔似乎读懂了我的心思，她又喝了一口酒，接着开始哭了起来。

"该死的，我究竟都干了些什么？"她一边哭一边大叫道。

我被她的尖叫吓了一跳，不过让我更加不安的是她变化无常的情绪，我认为应该为她做点什么，这似乎已经成为了我现在待在这里的一个原因；我的心中突然产生了一股使命感。或许我可以帮助克莱尔，就像她可以帮助我一样呢？我缓缓地向沙发的另一边走去，然后靠在她身边，小脑袋轻轻地枕在她的腿上。她机械地抚摸着我，依然哭泣着，我送上了安慰，这是她现在最需要的，而我同时也从她那里获得了安慰。作为一只猫我完全可以理解她的痛苦，因为此时此刻我心中已经十分肯定我们是同病相怜的一对。

我又一次找到了家。

第七章

  我和克莱尔已经一起住了一周时间，我们每天的生活过得十分惬意，尽管这种生活不算太健康。克莱尔经常哭，而我大部分时间就蜷缩在一旁，这正合我意。我最喜欢的就是靠着主人温暖的身子，现在我要尽可能地悠闲自在，弥补一下过去的颠沛流离。我希望自己能够做些什么让克莱尔不那么痛苦，很显然她需要我的帮助，我发誓将竭尽所能地去帮助她。

  克莱尔又尝试着拨通了我名牌上的电话号码，后来她又打给了电话公司，然而却被告知这个号码已经停用了。她猜测我是被人遗弃的，这似乎让她变得对我更加怜爱。为这件事她还哭了一场，她说她无法理解怎么有人这么狠心，竟然把我给抛弃了。后来她又说她完全能够理解，因为她也有着同样的遭遇，当然，至于她到底发生了什么事我还需要时间去了解。不过我知道现在我可以心安理得地和她住在一起了。她开始给我买猫粮以及猫咪专用牛奶；还专门为我准备了一盆猫砂，只是我还不习惯使用这个东西。她曾经对我说要带我去宠物医院，幸好她只是说说而已。兽医通常喜欢小题大做，不过到目前为止克莱尔并没有给他们打电话,想到这里,我把两只爪子抱在一起祈祷她已经把这件事忘到脑后了。

虽说克莱尔的情绪不怎么稳定,但是办事还是很有效率,几天的工夫她就将家具摆放到位,并把打包在箱子里的物品都拿了出来整理完毕。她把整个屋子打扫了一遍,很快这里看起来就有家的感觉了。照片被挂到了墙上,垫子被摆放在了合适的位置,整个屋子一下子变得很温馨,看来我的眼光还不错。

尽管如此,正如我此前提到的,这个家的气氛不太轻松。克莱尔在整理屋子的时候我会在一旁观察她,竭尽全力揣测她的过去。她将许多照片都摆放在客厅里,并且向我一一介绍照片上的人:她的父母、儿时的她、她的哥哥、朋友和亲戚。有时候她的忧郁会一扫而空,心情看起来不错,我就会用身体蹭她的腿,因为她曾经告诉我她很喜欢我这样做,我希望用这样的方式来奖励她的好心情。不管怎样,我需要克莱尔的爱,因为我不愿意再回到外面继续流浪了,我需要爱她,而且我发现要做到这一点对我来说越来越容易了。

一天晚上,克莱尔取出了一张照片,之前她并没有给我介绍这张照片。照片中的她穿着一袭白色裙子,牵着一个男人的手,这个男人看起来很帅气。和人类长期生活在一起的我清楚这就是他们所谓的"结婚照",两个人结婚时总是会发誓说今生对方是自己唯一的挚爱,我们猫咪当然是无法理解这一点的。克莱尔靠在沙发上,将照片紧紧地抱在胸前,接着开始大声抽泣。我坐在她身边,也陪着她放声大哭,或许对她来说,那就是号叫,但她似乎并没有注意到我,叫着叫着,一股伤心涌上心头,像克莱尔一样,我无法抑制自己的情绪,记忆的闸门打开,我又想起了过去的种种伤心经历。尽管我不知道照片中那位穿西装的男士是否离开了她，或是像玛格丽特那样去世了，但是从那时候起我知道克莱尔也是孤身一人，就如同过去几周的我一样。我们并排坐在一起，用尽我们全身的力气，她哭泣，我哀号。

又过了几天，一天清晨克莱尔很早就离开了家，临走前她告诉我她要去上班了。她穿着干练的套装，头发也束了起来，看起来状态还不错；她甚至化了淡妆，不过我也不太确定。我的状态也好了许多，尽管在这里仅仅生活了短短几天。我的毛发渐渐变得顺滑起来，体重也开始增加，因为现在我总是吃得很多却又不怎么运动。当我们两个并排站在家里巨大的穿衣镜前，我在心中暗道我俩真是一对绝配，或者至少说，可以成为一对绝配。

尽管克莱尔已经提前给我准备好了吃的，但我还是很希望她能留下来陪我，她出去工作我又会变得很孤单，我对此感到很难过。当然我还有老虎，我们可以一起打发时光，我们会一起捉苍蝇、一起散步、一起在她家的后花园晒太阳，我们的友谊也因此变得越来越深厚，当然那是猫咪之间的友谊；我很清楚我现在最需要的是和人类建立这样的关系，以便日后能够有所依靠。

克莱尔的离开又勾起了我痛苦的回忆，也促使我再次考虑是否要实施我的那个计划。如果我想要以后再也不会孤单，我就必须为自己多寻找几个主人。生活就是这么可悲！

我之前看见过46号门前立着一块"待售"的牌子，这个牌子几乎是和克莱尔房子门前的牌子同时竖起的，这两所房子我一直都很关注，当然，克莱尔先搬了过来。不过，我注意到46号房现在好像也已经有人入住了。这所房子离克莱尔家不远，刚好可以让我步行一小会儿。这所房子附近都是一些漂亮的别墅，所谓的"高档住宅区"，这些都是住在这里的猫咪们告诉我的，他们在说这些事的时候神情满是得意和炫耀。看起来这地方也是一个不错的居住场所，至少有时候来这里住住也不错。

埃德加路十分与众不同，因为这条路上矗立着不同类型的房屋，因此居住在这里的人也是形形色色。我之前和玛格丽特居住的房子——那是我之前唯一熟悉的房子——是一所坐落在一条狭窄街道上的小屋子，和这条街尽头的那些宽敞别墅有着天壤之别。

克莱尔住的房子属于中等规模，然而这所房子——46号——算是这条街上数一数二的房子了，它比克莱尔的房子更大、更宽敞；看着那气派的大落地窗，我想象自己盘卧在窗户前，心满意足地欣赏着窗外一排排的房屋。这所房子的空间很大，所以我猜测住在这里的应该是个大家庭，想到马上要成为这个大家庭的一员就感到很开心。好吧，请大家不要误会，我很喜欢克莱尔，对她的喜欢与日俱增，并没有打算要抛弃她，我只是想要为自己多找几个家——确保以后不会又变成孤单一个。

此时天刚亮，我仔细地观察着46号。只见一辆豪华的两座汽车停在房子的外面，这让我有些暗暗紧张，因为这辆车看起来并不适合大家庭。但是我仍然坚持自己的选择，我决定深入调查一下，于是我绕到了这幢房子后面，让我庆幸的是，后门竟然有活动猫门。

我来到了一间小屋子，里面放着洗衣机、烘干机和一台很大的冰箱，这冰箱像一个巨人一样高高地耸立在我的头顶，它发出的轰鸣声把我的耳朵都震疼了。我穿过一扇打开的门，接着走进了一间宽敞的厨房，厨房里放着一张巨大的餐桌。眼前的景象让我产生了巨大的幸福感，这么大的餐桌平时一定有很多孩子围坐在这里吃饭，大家都知道孩子们喜欢猫。我肯定会被他们宠坏的，我的兴奋在一点点发酵膨胀；我幻想着自己被孩子们包围着、爱抚着。

正在我陷入对美食、嬉戏和爱抚的种种幻想中时，一男一女走进了屋子。

"没想到你还养猫！"那个女人轻轻地尖叫了一下。她的音调很高，有点像老鼠发出的声音。她和我想象中的温柔母亲的形象相去甚远，我不禁有些失望。她穿着一件十分贴身的连衣裙，紧得让我看着都感觉呼吸困难，脚上高跟鞋的高度甚至超过了我的个头，不知道她踩着这么高的鞋子是如何走路的。看来她一时半会儿是不会注意到我为这次会面精心梳理好的毛发了。说真的，现在的我已经不算太挑剔了，不过我对自己的外表依然十分在意，我对此觉得很自豪。于是我坐下来开始认真清洁身体，从爪子一直舔到了皮毛，希望这样做能够让这位女主人理解我的良苦用心。

她的声音和过去我与玛格丽特看的肥皂剧里的女主角很像，我记得那部电视剧叫做《伦敦东区》。

我朝那个男人眨了眨眼睛，这是我打招呼的方式，可惜他对此并没有回应。

"我不养猫。"他用冷冰冰的声音回答。我看着这个男人，他是个高个子，黑头发，长相很英俊，但是看起来不太友好，在他低头看向我的时候，表情甚至变得有些恶狠狠的。

"我刚搬过来几天，没发现后门有一个活动猫门，我得找人把它封上，免得以后这附近寒酸的流浪猫跑到家里来。"说着他瞥了我一眼，好像在暗示他针对的就是我。出于自我保护，我把身子向后缩了缩。

我无法相信自己的耳朵。这个男人的话语听起来让人感觉恐惧，更令人失望的是这里并没有小孩。厨房里找不到任何玩具，而且这两个人看起来也不像是会照顾小猫或是小孩的样子。看来这次我是大错特错了，所谓猫的本能还是到此为止吧。

"哎呀，乔纳森，"那个女人说，"别那么冷酷嘛，这小东西看起来挺可爱的，他一定是饿了。"我立刻对刚才关于这个女人不客气的想法感到了羞愧，虽然她的外表并不令我满意，但起码她的内心是善良的，我的心中又升起了希望。

"我不太了解猫，也不想了解太多，"男人回答道，听起来很傲慢，"不过我知道，如果这次给它们吃的下次它们还会来，所以我们还是不要这么做了。再说，我还有工作要做，我先送你出去吧。"

于是乔纳森将那个女人领到了大门口，此时那个女人似乎和我一样显得有些不自然。我趁此机会赶紧把身子蜷起来，等着他转身看见我最乖最萌的样子。然而出乎我意料的是，他并没有被我乖巧的模样所打动，而是直接把我拎了起来扔到一边，准确的说，是扔出了大门外。我爬了起来，幸好没有受伤。

"新房子，新的开始，可不包括这只该死的新来的猫！"说着，他当着我的面重重地关上了大门。

我抖了抖身子，感觉很受打击。怎么会有人这样对我？我对那位被他赶出门的女人也感到很愧疚，但愿他没有这么粗暴地对待过她。

我想这次的经历足以让我打消在46号安家的念头，不过，我也不是一只轻言放弃的猫。我不相信这个叫乔纳森的男人真的如他表现出来的那样冷酷无情。凭着猫的直觉我能感觉出他一定有着不堪回首的往事。不管怎么说，那个女人离开他以后他可真的成了孤家寡人，我知道那种孤独的感觉不好受。

我急匆匆地赶回克莱尔的房子，这样能够在她上班前再看她一眼。我能看出她昨晚肯定又哭了，因为她今天的妆化得很厚，或许希望借此掩盖脸上的憔悴。化妆的确能够使她看起来气色很好（不过她花在这上面的时间要比我长得多），整理完毕后她喂了我一些猫粮，然后又和我亲热了一会儿，接着就拿起包离开了家。我把她一直送到大门口，不停地用身体蹭着她的腿，并且撒娇地叫着，希望能够告诉她我会一直在这里等她。

我真希望能做得更多一些让她不那么伤心。

"艾尔菲，如果没有你我该怎么办？"在离开家门时她感激地对我说道。听了她的话我立刻感觉飘飘然了，毕竟在被乔纳森残忍地拒之门外后，被人欣赏和认可是一件让我十分激动的事。我已经深深地爱上了这位年轻而充满忧伤的女人，不知怎的，我总是感觉自己有义务去帮助她。人们总是批评我们猫咪自私又傲慢，但事实却往往并非如此，我就是一只喜欢助人为乐的猫。我心地善良，充满爱心，心中总是有一种想要帮助人类的使命感。

我本应该离开46号，放任乔纳森一个人孤零零地在那里，但是我迟疑了。我的主人玛格丽特曾说过，人们脾气暴躁往往都只是因为心中不快，她是我见过的最有智慧的人。记得当初我刚刚来到她家时，艾格尼斯很生气，玛格丽特说那只是因为她害怕我取代她的位置，艾格尼斯后来与我和好之后也承认了这一点。那时候我就明白了愤怒和不开心就像躺在一只睡篮里的两只猫咪。

于是我又返回了46号，之前那辆停在门前的车已经开走了，现在这幢房子的门前一览无遗。我鼓起勇气从活动猫门钻了进去，然后打量了一下周围的环境。我之前的观察不错，房子确实很大，看起来应

小·猫·艾·尔·菲

该有一大家子人住在这里,然而仔细查看之后就会发现这里到处都是硬邦邦冷冰冰的,装修上很少有软装或是花纹图案,完全没有粉嫩色调;随处可见的玻璃和铝合金材料散发着冷峻的光,怎么看都像只有男人住在这里。这里的沙发是那种我流浪途中经过一些高档家具商店时从展示橱窗里看到的款式:金属框架搭配奶白色的沙发面,这样的沙发绝不适合有孩子或者猫咪的家庭。我在沙发上来来回回走了几圈,感觉还不错。我这可不是在捣乱,我的爪子很干净,只是想要试一试沙发的舒适度。接着我爬上楼梯,楼上有四个房间;其中两间里面有床,一间是工作间,还有一间里面堆满了箱子。整个房间没有任何主人的私人物品,没有生活照片,除了家具之外看不出任何有人居住在这里的迹象,整个房间和厨房那台令人生畏的巨大电冰箱一样给人的感觉都是冷冰冰的。

看来这个乔纳森确实是个很难对付的人。我也算自食其力地生活了很长一段时间,因而我很清楚自己擅长什么。很明显这个男人不喜欢我,或者说根本就不喜欢猫,但是这对我来说并不是第一次。我又想起了艾格尼斯,她那张接近黑色的脸又浮现在我的脑海里,我不禁笑了起来。我真想念她啊,自从她走了之后我感觉身体的一部分也随她而去了。

艾格尼斯从各个方面都和我有很大不同,她是一只上了年纪、性情温和的猫,大部分时间她会坐在窗户旁那张为她特别准备的垫子上看着外面喧嚣的世界。

记得初次见到她时我还是一个贪玩的绒线球,她对我的到来立刻充满了戒备。

"我奉劝你还是再考虑一下是不是该待在我的地盘上。"我们初次见面时她就不客气地对我说道。有几次她还想攻击我，不过我的动作比她敏捷。玛格丽特并没有责骂她，反而加倍对我好，给我买好吃的，还有好玩的。过了一段时间，艾格尼斯决定只要我不去烦她，她可以试着慢慢接受我，我于是讨好她，最终令她回心转意。我们后来甚至成为了相亲相爱的家人，直到有一天兽医告诉我们她马上就要不久于人世。我还记得艾格尼斯得知这个消息后还细心地为我把身上的毛发舔得整整齐齐，刚出生时妈妈也曾那样对我，那时候我的心里感到一阵阵疼痛。

如果我能够令以前对我威胁恐吓的艾格尼斯回心转意，那么乔纳森也一定不在话下。我在他的房间里四处转悠，心里疑惑他一个人为什么要住这么大的房子，于是我决定到外面为他寻找一件礼物。尽管捕猎不算是我喜欢的消遣方式，但是我想和他成为朋友，而这是我唯一知道的能够讨好对方的方式。

从开始流浪生活起，我就从同类们那里学到了许多东西。有些猫经常会把他们的礼物带回家送给他们的主人，然而这样的行为经常会让他们的主人大为恼火；还有一些猫咪，比如我，对送礼这件事则更加明智，我们只会在合适的情况下才会赠送对方礼物。不管怎么说，赠送礼物是我们表达在意对方的一种方式。我猜想像乔纳森那样的男人一定也喜欢打猎，他看起来很像电影里的冷酷特工，因此我十分肯定他会喜欢这礼物，他会发现我们是有一些共同点的。

我邀请老虎也加入我的捕猎行动。

"我在睡觉，你为什么就不能做只正常的猫晚上捕猎呢？"老虎叹了口气，不过她最终还是同意和我一起去。

老虎说得没错，猫通常只在晚上捕猎，但是在流落街头的这段时间，我发现白天竟然也可以找到猎物,而且我更喜欢在白天捕猎。我悄无声息地行走在路上,很快就发现一只鲜美多汁的老鼠,于是我把身子蹲得很低,伺机扑上去捕获猎物。谁料老鼠没命地向前逃窜,然后突然调转方向逃跑,我用爪子扑来扑去总是扑空,于是我也只好跟在它后面跳来跳去。

"你捕猎技术可真高啊!"老虎站在一旁看我手忙脚乱的样子笑着说道。

"你倒是过来帮忙啊!"我气喘吁吁地对她说,结果又换来了她的一阵嘲笑。就在我马上要失去耐心的时候,老鼠也终于跑不动了,我再次扑了上去,终于用爪子按住了它。

"你愿意和我一起把它送到乔纳森家吗?"我问道。

"好吧,正好可以参观一下你的第二个家。"老虎同意了。

想要讨乔纳森欢心,我可不能先把老鼠的脑袋咬掉,于是我小心翼翼地把老鼠噙在嘴里,然后从活动猫门跳进了房子里。我把老鼠摆在了前门门口,这样等乔纳森回家时他一定能够看见。如果我能写字,我甚至想给他留张字条:欢迎来到你的新家,不过我所能做的只有暗暗祈祷他能领会我的用意。

第八章

　　我并没有按时回到78号，因为我又和老虎跑到树丛里捉迷藏去了，我们一边玩着落叶一边等待乔纳森回来。随着时间的推移，天色渐渐暗了下来，我也开始感到腹中饥饿。早饭过后我就没有吃过东西，虽然逮了只老鼠，但那是送给乔纳森的礼物，于是我恋恋不舍地向克莱尔家走去。

　　我从猫门钻进屋子，看见克莱尔正在厨房里。

　　"你好啊，艾尔菲，"克莱尔俯下身来轻轻地拍了我一下，"你今天跑到哪里去了？"她问道。我发出呼噜呼噜的声音回应她。她将手伸进橱柜里拿出了一罐猫粮，然后又打开了一盒猫咪专用牛奶。

　　我一边痛快地吃着一边心里想："我这么做你可不要介意啊。"吃完晚餐，我仔细地把胡须擦干净，然后静静地坐在一旁看克莱尔收拾。每天的朝夕相处让我对克莱尔的了解越来越多。尽管她看起来总是无精打采的，但她是个很爱干净的人——难怪我会有那次恐怖的洗澡经历。她绝不会将一只空玻璃杯随手放在厨房的某个角落，餐具必须清洗干净，然后整齐地收起来。她的衣服也是如此。整个屋子可以说是

小·猫·艾·尔·菲

一尘不染,她时常会把家具都擦拭一遍,在我看来,这完全没有必要。她专门为我购置了一套吃饭的碗,然后把它们放在地板上,等我吃完饭后,她会把碗都拿起来,然后立刻把它们清洗干净,接着她会在地板上喷些消毒剂,然后把地板擦干净。我也算是一只对卫生要求极为苛刻的猫了,但是和克莱尔在一起,我就必须更加频繁地清洁自己的身体,我可不想让她觉得我配不上她干净整洁的家。

每天她下班回到家,第一件事就是洗澡,从她的口中我得知,她在一间大办公室工作,做什么好像叫做"销售"的工作。她总是会抱怨伦敦到处都是尘土,洗完澡后她会换上家居服,给自己倒杯酒,然后坐到沙发上。一般情况下接下来她就会开始哭泣。自从我来到这里,这些很快就成为了克莱尔的日常规律。我知道应该劝她多吃点东西,但我不知道该怎么做。不过酒她倒是喝得不少,她总是会准备一瓶酒放在冰箱里,再把它倒进一只很精致的玻璃杯里,几乎每天晚上她都会喝掉一整瓶酒。这让我想到了那个晚上无家可归的流浪汉们,他们曾经威胁要吃掉我。我知道克莱尔和他们不一样,但是纽扣曾经给我解释过人类喝醉的样子,我猜克莱尔大多数晚上都应该是喝醉了,因为喝完几杯之后她经常开始大哭起来;尽管这时候我通常会待在她身边安慰她,但是无论我做什么,都无法让她停止哭泣。对此我也感到很难过,因为我最希望看到的是她能重新展现笑容,至少看到她不再流泪。

到现在为止,我唯一能做的就是玩一玩"躲猫猫"的把戏,希望这样能逗她开心,但是她总是会无视我。有一次为了让她情绪好起来,我甚至从窗台上摔了下来,疼得喵喵地叫,但她完全没有注意到我。我也试过陪她一起哭泣;我发出呼噜呼噜的声音,用鼻子拱起她的手臂,然后将我暖融融的小脑袋钻进她的怀抱，任由她摆弄我最宝贝的尾巴，但是这也无济于事。她一伤心起来会将外部世界屏蔽，当然也包括我。

晚上，克莱尔睡觉的时候，我就睡在她床边的躺椅上。她专门在那上面给我准备了一条毯子，躺在上面真是舒服极了，这样我也可以在晚上照看她。有时候我会小睡一会儿，但大多数时候我都在一旁看着她睡觉，希望这样能让她感觉自己不是孤单一人。清晨当闹铃响起时，我会轻轻地跳到她身上舔她的鼻子，这么做只是希望每天当她睁开双眼时能感受到我对她的关爱。

可是有时候我依然感到很难过。对克莱尔的担心让我精神上疲惫不堪，我祈祷着如果坚持下去，很快就能知道如何才能帮助她，或许答案就在不远处等着我。

那天晚上，我们刚刚走进卧室；克莱尔端着酒杯，我则叼着我的猫薄荷玩具——细心周到的克莱尔竟然还给我买了玩具——这时候门铃响了。克莱尔看起来有些意外，不过她还是转身去开门了。我小心翼翼地跟在后面，身子几乎要蹭到她的腿上。只见一个男人站在大门外。起初我猜测这个男人会不会就是照片上的那位，但是靠近仔细一看并不是，不过我还是认出他曾经出现在某张照片上。他叫蒂姆，是克莱尔的哥哥，不过克莱尔看见他好像并不太高兴。

"还没多长时间你的生活就又归于平淡了吗？"他说道。

"不知道你在说什么。"克莱尔严肃地回答。

"单身女人和猫。好了克莱尔，我只是开个玩笑。"男人笑了笑，但是克莱尔脸上一点笑意也没有，我也是如此；我们两个同时把身子侧了侧让那个男人进了屋，接着我们跟在他身后一同进了克莱尔的卧室。

"你来这儿干什么，蒂姆？"她一边问，一边示意他坐下，我则一直站在她身边。

"我难道就不能来看看我的妹妹吗?"他回答。蒂姆想要摸摸我,不过我弓起身子躲开了,现在我还不确定他是敌是友。"他叫什么?"蒂姆问。

"艾尔菲,我刚搬进来的时候他就在这里。好了,不说这些了,你为什么不提前告诉我要来?看起来你应该不是恰巧路过吧。"

"到这儿只需要一个半小时,克莱尔,我一时兴起就来了呗!"

克莱尔一边问一边坐在椅子上,她的语气充满了怀疑。我跳到她的腿上,极力对蒂姆摆出一副傲慢的神情,尽管我也不太确定自己的表情是否到位。做一只精明的猫咪有时候还真是辛苦,而且人类和我的同类们也并非不把我的内心想法当回事。

"那你至少也应该给我打通电话把?"克莱尔不依不饶。

"好了,别聊这些没用的了,我既然来了你难道就不请我喝杯东西吗?"蒂姆问道。克莱尔坚定地摇了摇头。

"是妈妈让我来的,她很担心你,你也知道,史蒂夫已经离开你半年了。你把房子都卖了,然后就离开爸妈,辞掉工作,不见朋友,只身来到伦敦,这里离家足足有四个小时的车程,而且缺乏人情味,最重要的是,你从来没在这里生活过,这里连一个你认识的人都没有。我们当然担心了,而且担心得要命,妈妈急得简直要发疯了。"

"好吧,现在你可以不用担心我了。看看,我不是挺好的?"她的表情和语气都流露出愤怒。

"克莱尔,我已经看出来了,你过得并不好。"

克莱尔叹了口气:"蒂姆,我必须离开那儿,你就不能理解一下我的心情吗?史蒂夫抛弃了我和另一个女人住在一起,而且他们和我住在同一条街上，离爸妈住的地方也很近。我实在忍受不了每天都能看见他们，要是我继续待在那里恐怕就活不下去了。我认为你应该为我骄傲，我很快就遂了他的心意和他离婚了，甚至都没有和他吵过一架。我卖掉房子，在这里找到一份很不错的工作，还买下了这所房子。没想到受了那么大伤害之后我竟然还能做这么多事情。"她突然停了下来，擦干脸上的泪水，我把身体使劲地向她怀里拱了拱。

"你很棒，克莱尔，"蒂姆的声音也变得温柔起来，"可是我们担心的是你内心的真实感受。你表现得是很坚强，但是你并不开心，妈妈觉得你离家太远了。看在我的面子上这周末回家来吧，也让妈妈能安心一些？"

我也认为这是个好主意；趁着克莱尔回家探亲，我也正好可以进一步实施我的计划，不用再担心她了。我是不是太自私，希望不是吧？

"好吧，蒂姆，我周末可以回家，但是你要答应我回去后告诉母亲说我看起来一切都很好。"

"好吧，我的妹妹，我会那么跟妈妈说的，不过说真的，看在我还要开那么长时间的车回去的分上，你至少给我弄杯水喝吧？"

我发现原来蒂姆和克莱尔是一伙的，于是我也决定和蒂姆做朋友。我和他分享我的玩具，我很喜欢他俯身趴在地上逗弄我，我不介意他有时候看起来疯疯癫癫的。我也干脆在地上打起了滚，把四条腿抬得高高的让他挠我的肚子，这可是我最喜欢的姿势。我们正玩得高兴，蒂姆小声叮嘱我要照顾好他妹妹，我很想告诉他我当然会这么做。我感觉到了责任的重量，不过我已经准备好要承担下来。和蒂姆告别之后，我正打算溜出去看看乔纳森在不在家，可是克莱尔把我抱上了床。

第九章

当我再次来到46号时天刚蒙蒙亮，克莱尔出门前告诉我她今天要早点去上班，不过她依然抽时间给我准备了食物，但她都没和我亲热就冲出了大门，我努力压抑着心中的失落；人类就是这样，他们每天有许多事情要做，比我们猫咪的事情要多得多。因此，这更加坚定了我的信念，我需要更多的人来照顾我。

我从活动猫门溜进了屋子；这里异常安静，简直静得可怕。由于窗帘和百叶窗都拉得严严实实，所以整座屋子一片漆黑。而我们猫咪作为夜间活动的动物，十分善于在漆黑的环境中观察事物，我们还可以借助其他感官在黑夜中行走。在黑暗中躲避室内和室外的危险，我可是个行家，我可以轻松地避开室内家具的阻碍，以及室外的树木或其他动物。

我在心里思考着，乔纳森住在这里是什么感受。这所房子这么大，却只有他一个人，这在我看来简直不可思议。在我过去的家里，我的睡篮只够我蜷缩着身子躺在里面，那样让我觉得温暖舒适。如果睡篮再大一些，或许我就找不到家一般的感觉了。事实上，我最惬意的时光要数和艾格尼斯冰释前嫌之后共享一个睡篮的那段日子。我可以从她身上获得更多温暖和舒适，这种体验十分美好。我每天都在怀念那段美好时光。我在揣测乔纳森是不是也有同样的感受，是不是也因为这样，那个女人昨天晚上才会在他家过夜。他们会像我和艾格尼斯那样相拥在一起吗？我想他们会的。不过，乔纳森看起来对那个女人并不太热情，我甚至怀疑她还会不会回来。

我坐在楼梯下面的走廊上。乔纳森家里有许多不尽如人意的地方，其中最让我无法忍受的是这里竟然没有地毯，所有的房间都是木地板，虽然这种地板很适合猫咪玩耍——我发现用屁股在上面滑行是一件十分有意思的事——不过它太过冰冷，我希望有一块地毯可以让我磨磨爪子。除了没有供我玩耍的毯子，家里甚至连一件柔软的物件都没有，真是太没意思了。我再一次地意识到，这个家确实不适合猫咪居住，然而我还是无可救药地迷上了这个地方。

时间似乎过去了很久很久，乔纳森终于出现在了楼梯上，他头发蓬乱，身上依然穿着睡衣。他看起来疲惫而邋遢，有点像我没有整理毛发之前的样子。他的脚步停了下来，接着眼睛直直地注视着我，看我的眼神没有流露出半点愉悦。

"别告诉我是你把那只死老鼠放在我门前脚垫上的。"他怒气冲冲地对我说。

我发出撒娇般的呼噜声，想要对他说："不客气。"

"你这个该死的猫！我已经告诉你这里不欢迎你了。"他的表情和语气都很愤怒，一边说一边走进了厨房。只见他从橱柜里拿出一只杯子，然后在一个机器上按了几下按钮，咖啡随即被注入杯子里。接着他走到冰箱前——那家伙简直和宇宙飞船一样庞大——从里面拿出了瓶牛奶。他将牛奶倒进杯子，我充满渴望地舔了舔嘴唇。他完全对我视而不见，任由我扯着嗓子喵喵叫。

"如果你觉得我会给你牛奶，那我劝你别做梦了。"他没好气地对我说。

老实说，乔纳森的确很难取悦，我又喵喵叫了几声以表达我的不满。

"我不需要宠物，"他一边喝着杯子里的饮料，一边继续道，"我需要安静，然后好好规划一下我的人生。"我支起耳朵听着，这样能够让他觉得我对他的话感兴趣。"我不需要你再把死老鼠放在我的门口，非常感谢，我不希望任何人打扰我的平静生活。"

我发出呼噜的声音，这一次我试图让他心软下来。

"到了这么个寒冷的国家已经够倒霉的了。"他看着我说话的样子就像是在对他的同类抱怨。如果我可以说话，我很想告诉他这里其实并没有那么冷，再说了，现在还是夏季。他继续道："我怀念新加坡，怀念那里温暖的气候，怀念那里的生活方式。我仅仅犯了一个错误，就变成了现在这个样子。到了这里，没有工作，没有女朋友。"他停下来，抿了一口饮料。我的眼睛眯了起来，而他的眼睛此时却瞪得大大的。"好吧，我失去工作之后女朋友很快就和我分手了。三年来我全心全意地付出，可她甚至连一天都没有安慰过我就把我甩了。算了，我还是比较幸运的，至少我还有钱能把这所房子买下来。面对现实吧，这里他妈的只有切尔西。"我虽然不是特别清楚什么是"切尔西"，但我努力表现出一副赞同的表情。

我以一副胜利者的姿态将尾巴翘得高高的，内心充满了喜悦。我猜得没错，他并非脾气暴躁，只是因为内心悲伤孤独。我也因此看到了机会，虽然胜算不大，但依然值得一试。乔纳森需要一个朋友，我这只猫咪很适合成为他的朋友。

"我为什么会对一只该死的猫说这些？好像你能理解我似的。"他一边说一边把剩下的咖啡一饮而尽，我知道，他根本不了解我。为了表示我真的能够理解他，我起身蹭了蹭他的腿，表达了我对他的关爱，我知道他的内心渴望这些。他表现出惊讶的样子，但并没有躲开。我抱着侥幸的心理，又跳到了他的腿上。他依然是一副惊讶的表情，就在我以为他这块寒冰马上就要融化的时候，他发作了。

"行了！我这就打电话给你的主人，让他赶紧把你领走。"他怒气冲冲地说。他轻轻地拿起我的名牌，接下来和克莱尔一样，他拨通了上面的电话。可是那个号码早已作废，他咂着舌头不时发出啧啧的声音，看起来很懊恼的样子。

"该死的，你到底住在哪里？"我歪着头看着他。"听着，你得回家去，我可没工夫每天伺候你。我得找份工作，还得把门上的那个活动猫门给封上。"他充满嫌弃地看着我，然后走开了。

尽管如此，我还是非常高兴。首先，他开始和我说话了，这是一个好的开端，其次，他并没有把我扔出门外。他走开了，任由我继续待在他的屋子里。或许他渐渐开始喜欢我了，我猜想这个家伙的内心一定没有外表那么凶悍。

我试探着跟着他上了楼梯，然后躲到一边四处张望。我希望更多地了解他，所以我认为在一旁悄悄观察他是个不错的方法。

他的个子很高，身材修长挺拔。我一直对自己的容貌很自信，从乔纳森的长相来看，他也一定和我一样自信。显然我们是有共同点的。他走进了卧室里的浴室，在那里花了很长时间洗澡；从浴室走出来后，他打开一长排嵌入式衣柜的柜门，从里面挑选出一套西装。换好衣服的他看起来十分潇洒，就像过去黑白老电影中的男主角们，我和玛格丽特都很喜欢看这种电影。玛格丽特曾经说这些男人"帅气、儒雅，男人们就应该这样"，我必须得说，要是玛格丽特见了乔纳森，一定会对他的这副装扮格外满意的。

我悄悄地走下楼梯，不让他发现我在观察他，然后我又坐在楼梯下面继续等着。

"你还在这儿啊，艾尔菲？"他说道，语气并不像之前那么不友好。

我喵了一声算是回答。他摇了摇头，我的心里感觉暖融融的：他竟然叫了我的名字！

他走到楼梯下的鞋柜旁，里面摆着一排乌黑发亮的皮鞋，他从中挑了一双，然后坐在楼梯的台阶上换好了鞋子。接着他又从衣帽架上取下一件外套，从玄关的桌子上拿起一串钥匙。

"好了，艾尔菲，我想这次不需要告诉你怎么离开这儿了吧，在我回来之前赶紧离开这里，也别再给我带什么死老鼠过来了。"说完他就关上门离开了，我愉快地伸了伸腿。现在我已经确定乔纳森是需要我的帮助的。他伤心、愤怒、孤独，和克莱尔一样，他的确需要我，只是他还未意识到这一点。

他的态度在一点点松动，而且这个转变来得还是挺快的。我在思考如何能够彻底赢得他的喜爱，我认为虽然他已经说过不再接受我的礼物了，但是我得再为他准备一份礼物。这次当然不是老鼠了，我要准备一份更厚重的礼物。鸟！就是它了，我要为他捉一只鸟。不管怎么说，想要交上一个朋友，没有比准备一只鸟更有分量的了。

这天下午的晚些时候，像之前对待那只老鼠一样，我将一只鸟也放在了门前的脚垫上。这次我敢肯定乔纳森一定会明白我渴望和他做朋友的心情；一想到这里我就觉得十分开心，于是决定顺着这条大街往前走一走，顺便晒晒太阳。今天的天气不算太热，但是阳光很明媚，只要找到一个合适的位置，我就可以享受一下日光浴。我找到了一处绝佳的地点，就在这条街上一栋其貌不扬的现代楼房的前面，这栋房子被分隔成了两套公寓，两套公寓的大门并排而立，上面写着22A和22B，看起来几乎一模一样。

两套房子前面都竖着"已出租"的牌子，在这条街上我曾见过几次这样的牌子。我很惬意地晒了一会儿太阳。看起来两套房子目前还没有人搬进来，我暗暗记下了这里，方便下次再过来——我知道这里很快就会有人住进来了。不管怎么说，我的生活依然充满了不确定。克莱尔的确很喜欢我，但是她白天都不在家，而且这周末马上就要出远门了。而乔纳森，怎么说呢，目前情况也不明朗，虽然我对他还是抱有很大希望的。总之，我需要更多的选择。

我发现自己其实也可以自食其力，但是这种生活并不适合我这样的猫咪。我可不想成为一只到处游荡的野猫，终日和其他流浪猫为地盘和食物打架。我渴望躺在主人的腿上，或是温暖的睡篮里，尽情地吃着猫罐头和牛奶，享受着主人的爱抚。那才是我的生活，我不能失去这样的生活，也不愿意失去这样的生活。

过去几个月的悲惨生活依然历历在目，在寒冷和孤独中度过的每个夜晚：恐惧时时刻刻笼罩在心头，还要忍受着饥饿的折磨，全身疲惫不堪。我再也无法面对那样的生活，也永远不会忘记那段生活。我需要家人，需要爱和安全感，这就是我想要的，我所渴望的，仅此而已，我从未奢望得到更多。

小·猫·艾·尔·菲

　　太阳开始西沉，我缓缓地往回走，一路上憧憬着今后的美好生活。记得艾格尼斯刚去世时我感到很孤单，甚至伤心得生病了。我对她日思夜想，我的主人甚至把我带去看兽医。我不吃不喝，甚至连大小便都没有了，那个叫凯西的兽医说我得了膀胱炎，她对我全身上下戳戳捣捣半天之后得出结论：这是因为过度悲伤引起的。玛格丽特看起来似乎很吃惊，她没有想到原来猫咪也会有人类的情感；或许和人类的并不相同，但是这也并非好事。我对艾格尼斯的离去太过悲痛，因此生了病。克莱尔也因为那个穿着西装的史蒂夫而伤心，而乔纳森在为某个叫"新加坡"的东西而伤心。我能感受到他们内心的悲伤，因为我也曾经历过悲伤。于是我决定留在他们身边帮助他们找回快乐，我相信每一个内心善良的猫咪都会这么做的。

第十章

午饭时间我去找老虎和我一起去看一看22号房,我们一路散步到了那里——老虎也是一只养尊处优的猫,因为她根本不需要为了生活到处奔波——我们中间还停下来挑逗一只长相丑陋的大个子狗,他被锁在自己家的花园里。我们来到大门前,将一只爪子伸进去,那只狗立刻蹿过来,然后我和老虎向后一跳,反反复复好几次,玩得不亦乐乎。那只狗怒气冲冲地对着我们狂吠,并对着我们龇着尖利的牙。最有意思的是,那只狗想要跳起来抓我们,但是大家都知道,猫比狗要跳得高得多。这游戏恐怕我们可以一直玩下去也不会感觉厌烦,不过,最终老虎还是决定终止游戏。

"我想我们已经把他耍得晕头转向了。"她说道。于是我对着那只狗摆了个最迷人的微笑,然后就扬长而去。如果他此时被放出来,我想他肯定会毫不犹豫地对我们紧追不舍,直到把我们吓个半死才会善罢甘休。世道就是如此。

我们到达22号时那座房子还是空着的,我们来到房前的小草坪上,我提议暂时先回去,老虎同意了,于是我们跳上了高高的围墙,想要走一条不同的路回家。途中我们还一起追赶一只长相奇怪的鸟,这也为我们的旅途增加了不少乐趣。这真是一个美好的午后。

回去之后我又打了个盹儿,然后静静等待克莱尔,她回来后看到我显得很高兴,然后对我露出灿烂的微笑。

"艾尔菲,今晚我们有个客人。"她说道,语气中充满了兴奋。接着她上楼去洗澡了,当她再次下楼的时候已经换上了牛仔裤和套头针织衫,今天她并没有穿家居服。接着克莱尔开始做饭,不过她一边忙活一边还不忘给自己倒了杯酒,这是第一次她喝酒没有哭。她从冰箱里拿出了几样东西,然后把它们放入平底锅里,这期间她又拿了些吃的给我,然后充满疼爱地拍了拍我。克莱尔在小声哼着歌曲,我从未看到过她如此开心,我在想是不是照片上的那个男人回心转意了。我尽量往好的方面设想,然而还是隐隐有些担心。

门铃响了,克莱尔急忙跑去开门。门打开后,我看见一个女孩儿站在外面,年龄和克莱尔差不多,手里还拿着鲜花和红酒。

"嗨,塔莎,快进来吧!"克莱尔笑着对女孩儿说。

"嗨,克莱尔,这房子真不错啊。"塔莎一边走进来,一边兴高采烈地大叫着。

我在一旁看着,只见塔莎脱掉了外套,克莱尔询问她是否来一杯酒,之后她们就坐在了那张小餐桌旁。

"你可是我的第一个访客。"克莱尔说。我感到有些受挫;说真的,我才是她的第一个访客,不是吗?

"好吧,那我可是太荣幸了,欢迎来到伦敦!能够在非工作时间见到你可真好。"

"我工作有那么拼命吗?"克莱尔问道。

"当然了，比我说的还要拼命呢！"塔莎说完就笑了起来，我立刻喜欢上了这个女孩儿。于是我钻到餐桌下，用身体摩擦她的腿。她则用脚丫轻轻捋着我的尾巴，算是对我的回应——我很喜欢这样的爱抚。我希望克莱尔和塔莎能成为朋友，这样我也可以和她做朋友。

我的预想没错，塔莎的到来的确对克莱尔产生了积极的影响，克莱尔多少吃了点东西，我希望她从今往后能够慢慢走出感情的阴影。每当我停止思念艾格尼斯，胃口就会变好，我想她应该也是如此。

"那么，你现在该告诉我你怎么会来伦敦了吧？"塔莎问道。

"说来话长。"克莱尔回答说，她又向两个人的杯子里倒了些酒，然后和对方继续谈话。

我一直待在桌子下面，靠着塔莎温暖的腿舒服地蜷成一团，同时仔细地听着她们的谈话，克莱尔把她最近所发生的事情都告诉了塔莎。我听出了她声调的变化，不过我知道她并没有哭；她的情绪时而悲伤、时而愤怒，随后又转为悲伤。

"我和史蒂夫相处了三年之后终于结婚了。我们同居了一年，住在一起之后不久他就向我求婚了。"

"你什么时候结的婚？"塔莎问。

"一年多以前。坦白地说，我的感情道路一直不怎么顺利，我妈妈总是说我比别人晚一步，直到上大学时我才第一次恋爱！我猜可能是我太专注于学业了。不过后来我遇到了史蒂夫。我当时住在德文郡的埃克塞特，在一家营销咨询公司工作，我是在一次聚会时和他认识的。他长得很帅气，我立刻就爱上了他。"

"好吧。"塔莎一边附和着，一边将杯子里酒一饮而尽，然后又倒了一些。

小·猫·艾·尔·菲

"我觉得他就是一个完美的男人：幽默、善良、有魅力。他向我求婚时我开心得不得了。那时候我马上就要35岁了，我十分渴望有个孩子，而且他也同意了。我们商量好结婚度完蜜月之后就抓紧生个孩子。"克莱尔轻轻地擦去眼角的泪水。今天的她表现得比以往都要坚强，不过她的悲伤依然感染了我们。

"你确定想要把这一切都告诉我吗？"塔莎语气轻柔地问道。克莱尔点了点头，喝了一口酒，然后继续道："抱歉，我真的没有和几个人谈起过这件事。"

"好了，你没什么可抱歉的。"我真是越来越喜欢塔莎了，她简直说出了我的心声。

"谁知道我们结婚才三个月他就变了。他总是郁郁寡欢，还经常发脾气，每次我问他到底怎么回事，他总是会对我发火。后来发展到了在家里说话我都需要小心翼翼。"

听了克莱尔的故事我感到心情很复杂：悲伤、愤怒，以及对这位细心呵护我的女人的怜爱。如果让我看到这个不负责任的男人，我一定要在他脸上狠狠地挠一爪子，虽然我平时不怎么喜欢使用暴力。

"结婚八个月后他对我说他犯了一个严重的错误，他爱上了另一个女人，接着他离开了我，搬去和那个女人住在了一起。我知道她是谁，是他健身房的同事。这故事听起来很老套对吧？"

"听起来倒真是个浑蛋。"塔莎回答道。

"我知道，不过我感觉自己也很傻。我曾经认为他就是我的真命天子，我甚至不知道他或许已经骗了我好几年。这就是为什么我从那儿搬走了。他们和我住得很近，埃克塞特地方太小了，我没法避免在街上和他们相遇，那是我无法忍受的。"我终于明白了为什么克莱尔会来到这里，为什么她每晚都哭得那么伤心，我因此更加爱她——我想要照顾她，就像她照顾我那样。

"有时候我在想，你好像从来没有真正了解过一个人。"塔莎说道，语气中流露出伤感。

"真抱歉，"克莱尔突然坐直了身体，定了定神转换了话题，"我还没问你呢，你说你丈夫是叫戴夫对吧？"

"男朋友或者叫'拍档'，这用来形容我们的关系更准确。我们在一起十年了，可是我们都不愿意结婚，不过，我相信我们之间的关系比一纸婚约更加牢固。我们对此都很满意。我们没有孩子，不过或许明年或是什么时候会计划生一个。戴夫很喜欢踢足球，人比较邋遢，很多时候我都快把他逼疯了，不过我们还是能够相互容忍。"塔莎刻意表现得很低调。

"我现在已经没事了，对未来我还是充满希望的。"克莱尔笑了笑。这时候，我突然意识到，虽然克莱尔伤心都是因为那个史蒂夫，对此我十分肯定，但是除了感情生活，克莱尔其他方面的人际交往也几乎是一片空白，塔莎或许能够帮她摆脱这种孤独的状态。她虽然身边还有我，但是我并非一只自私的猫，老实说，她需要人类朋友。

"对了，我加入了一个书友会，听起来好像很老土，我们平常喝酒闲聊很少会谈论到书籍，不过你也可以加入进来试试，这样就可以多接触些人，他们可都是很不错的家伙，虽然我总是这么夸我自己的。"

"我很想加入，现在是时候开始新的生活了，这也是我搬到这里的原因。"

"我们来干一杯，"她举起酒杯，"为了你的新生活。"

我也忍不住跳上了桌子，虽然我清楚人们并不喜欢他们的宠物这

小·猫·艾·尔·菲

么做;我把爪子也按在她们的酒杯上,想要表达我也想和她们一起举杯。她们两个看着我都笑了起来。

"你养的这只猫可真是有趣极了!"塔莎夸奖道,我感到有些受宠若惊。

"我也这么觉得,我搬进来的时候他就在这里。不过,艾尔菲,你不应该跑到饭桌上来的。"克莱尔看起来并没有生气,她满含笑意地望着我。我也咧开嘴朝她笑了笑,然后跳下了桌子。

看着她们两个聊得那么开心,我认为也该趁此机会去看看我的另一位朋友乔纳森了,我想要确认一下他是否收到了我的第二份礼物。克莱尔她们似乎没有发现我从猫门离开了,她们还坐在那里一边笑一边谈论着。看来塔莎终于让克莱尔打开了心结,我对此感到很欣慰。

外面天色已经暗了下来,气温也开始下降,我从一排房屋的后花园穿过,走到了46号。我碰到了那只以前欺负过我的胖猫汤姆,他又想要吓唬我,不过这次我也大声地朝他叫喊,他似乎被我的气势吓退了。不管怎样,他太胖了,根本追不上我。我从猫门溜进了乔纳森家奢华的厨房。这里一片漆黑,但我很快发现他正坐在客厅的沙发上。在他前面还放着一台电脑,电脑屏幕上有一张男人的脸,看起来,他正在和这个男人交谈。

"谢了,伙计,感谢你为我做的这些。"乔纳森说。

"客气什么。"电脑屏幕上的男人用英语回答道,他的口音听起来很怪异。他和乔纳森年纪相当,不过没有乔纳森长得帅。

"我真高兴终于找到了工作,这种无所事事的生活我快要受不了了。"

"和SSV不太一样,不过这也是一家很不错的公司,我想它会适合你的。"

"下次来英国,我一定请你吃饭。"乔纳森说。

"下次你来悉尼,我请你吃饭。好了,再见了,伙计。"

乔纳森合上了电脑,是时候轮到我登场了。我尽量把身子挺得笔直,尾巴翘得高高的,四条腿优雅地走出一条笔直的线,缓缓地,但目标明确地走到了乔纳森的身边。

他深深地叹了口气。

"你怎么又来了,我猜那只死鸟还是你给我弄来的吧?"他的语气并没有像以往那样怒气冲冲;我知道他或许被我的真诚打动了。我歪了歪头对他喵了一声,我敢肯定他一定很喜欢那只鸟。

"人们绝对不希望看见自己的家里出现这些死动物,你们猫为什么就是不理解呢?"我诧异地看着他。我知道有的人或许真如他说的那样,但是我认为他应该和我们大多数猫一样,喜欢追逐和杀戮,我可以看得出来。他或许不承认,但我十分肯定他已经渐渐喜欢上了我的礼物。他站了起来。

"我们来做个交易吧。我给你些吃的,你能不能离开这里让我一个人静一静?"我再一次歪了歪脑袋。这一次,我依然清楚这不是他的真心话。"或许这样对你能管用,不管怎样,看起来今天我要是不给你些吃的,你还是会回来的,所以说你或许是一只有逆反心理的猫。"

我听不懂他在说什么,不过我看见他走到了冰箱旁边,从里面拿出一些大虾,然后把它们放到碗里端到我面前,接着,他又给我倒了一碟牛奶。

"我这么做只是因为今天心情比较好。你瞧,我找到工作了。"他在旁边像是自言自语,而我此时的注意力已经全部集中在面前的这份大餐上,我简直是喜出望外。这时,他又返回冰箱旁边,从里面拿出一瓶酒打开喝了起来。"我终于可以安心了,刚开始我还以为再也找不到工作了。"他激动得甚至有些颤抖,而我则在一旁自顾自地吃着。

"我到底是怎么了?"他问道,"竟然会和一只讨厌的猫讲话。这应该再一次证明我快要精神失常了。"我立刻发现他的话语暗示着以前他似乎出现过一些不正常的行为,那到底是什么呢?

我吃完之后,又开始舔我的爪子,这时我发现他在盯着我,手里还拿着一罐啤酒。我做完清洁工作之后,走到他身边蹭了蹭他的腿表示感谢,接着,就像来时那样,迅速地离开了他的家。

我知道如何和这种人周旋,我不想让他觉得我是一只很粘人的猫。大男子主义的人通常不喜欢这一类型,这也是我从肥皂剧中了解到的。不管怎么说,看看我现在所收获的。从一只惊恐万分、孤独伤心的小宠物猫变成了一只独立行走于街头的流浪猫,现在我竟然找到了两个令我牵挂的新朋友。我希望玛格丽特和艾格尼斯能够看见这一切,不管她们现在在哪里,我想她们一定会为我感到骄傲的。

回想过去的生活,我又有些伤感,尽管如此,我依然一路面带微笑地走回了克莱尔家,这不仅仅是因为我今晚吃了两顿大餐,更是因为我已经确定了乔纳森他喜欢我,这样看来,住进他的那所大房子只是个时间问题了。

我要先安排一下这个周末该怎么过;克莱尔已经告知我这周末她要回家看望父母,不过她肯定会给我准备好吃的。我虽然很舍不得她,却很高兴她能够离开,因为这样我就有机会去找乔纳森增进一下感情。我非常肯定只要多花时间和他相处,他早晚有一天会舍不得离开我的。要知道,我只花了几天时间就赢得了艾格尼斯的心,而且她作为一只猫比乔纳森的脾气更加糟糕,也更加固执。

第十一章

　　克莱尔正在收拾行李，我能感觉出她很紧张。她不住地咬着嘴唇，不时停下来坐到一边，好像双腿有些不听使唤。我为自己敏锐的观察力感到得意；我猜想她是害怕再碰见那个无耻的男人史蒂夫和他的女朋友。尽管感情上受了这么大的伤害，克莱尔一直表现得很勇敢。她和塔莎现在已经成了好朋友，克莱尔也决定下周和塔莎一同加入那个什么书友会。她最近在读一本书，好像讲的是一个妻子计划杀死自己的丈夫。克莱尔说如果她现在没离婚，或许这本书可以给她一些启示，很明显，这么做要比离婚的成本小一些。我希望她能够在书友会交到更多朋友。我最希望看到的就是克莱尔能够重新振作起来，我几乎觉得自己这辈子的幸福已经和她的紧紧绑在了一起。

　　和克莱尔相处的这几周已经让我深深地爱上了她。我知道这一切都要归功于艾格尼斯和玛格丽特。玛格丽特是一位漂亮的老妇人，她总是面带微笑，即便在身体不舒服的时候也是如此。她总是渴望帮助别人，尽管有时候最需要被帮助的人是她。她曾是我生活的支柱，是她让我变成一只充满爱心的猫。

小·猫·艾·尔·菲

克莱尔需要我的爱，我也有责任奉献我的爱。在她收拾行李的时候我寸步不离地站在她身边，不时上前蹭蹭她的脚，我想要让她知道我一直待在她的身边。等她把行李拿到楼下，她转过身来把我抱了起来。

"你确定我离开的这段时间能照顾自己吗？"克莱尔问道，她的眼里充满了关切。

我把头扬起来想要告诉她："当然没问题。"

"我已经给你准备好了充足的口粮，好好照顾自己，我会想你的。"克莱尔亲了亲我的鼻尖，她之前从未有过这个动作。我发出呼噜的声音表示感激。

门外响起了汽车喇叭的声音，她最后拍了我一下，然后离开了家，将大门锁上了。我默默祈祷她这次回去能够一切顺利，还有那个可恶的史蒂夫不会再惹她不开心。接着我也离开了家。

在路上我碰到几只在街头嬉戏的年轻猫咪并和他们打了招呼，然后我就一直沿着这条路走到了尽头，我想去看看那幢被分为两套公寓的房屋，不知道那里是否已经有人搬了进来。我刚停下来就看见一男一女正站在 22A 公寓的大门前。那女人怀里似乎还抱着什么东西，仔细一瞧，原来是一个正在大声哭闹的婴儿。站在一旁的男人搂着她。女人长相靓丽、身材高挑，一头金色秀发，那双湖水般碧绿的眼睛，说实话就连我们猫咪们看了都会嫉妒。我向后退了退，找个地方继续观察他们，只见他们锁上了新家的大门。我的内心又迸发出巨大的喜悦。这里住了三个人，虽然其中一个个头甚至比我还小。总之，这意味着我又多了一个家，一下子又多了三个人关心我。

我向前挪了挪，这样我可以听清楚他们在谈些什么。

"别担心，亲爱的，等我们把家具搬进来，在这里的生活应该会很舒适的。"男人比女人个头高些,看上去很温和,尽管头发有些稀疏。

"我心里很乱,马特,这里离曼彻斯特那么远,而且比我们之前住的地方小了很多。"

"这都只是暂时的,而且我们只是租下了这里,只要我们站稳脚跟,可以再换一处更好的房子。亲爱的,你要明白我没法拒绝这份工作,我们得为我们的将来打算,还有小亨利的将来。"他俯下身子亲了亲那个小家伙的额头,他现在已经止住了哭声。

"我知道,不过我还是很害怕,心里很乱。"她的表情和我刚开始流浪生活的那个时候一模一样。

"说真的,一切都会好起来的,波莉。等明天家具搬进来我们就可以住进来了,再也不用窝在宾馆的小房间里,我们在伦敦有了第一个家,这是值得庆祝的事情。这是我们新生活的开始,对我们全家来说。"

马特说着将波莉拥入怀中,很有担当地把他的妻子和孩子圈进怀抱里,看到这一幕我立刻就喜欢上了这个男人。没错,我本能地感觉出这个家对我来说是个不错的归宿。那对夫妻一同离开了,我决定等他们搬进来之后再来探望他们,那时候再让他们认识我会比较合适。

我脚底像安了弹簧一样从乔纳森的猫门里跳了进来。你瞧,我就知道他喜欢我,他并没有像之前所说的那样把这扇猫门封死。我看见他又坐在客厅的电脑旁。我仔细瞧了瞧电脑屏幕,上面没有人,不过有许多闪闪发亮的汽车图片。我跳到了他身边。

"嗯?你又来了?我想你好像没有明白我们昨晚的约定吧。"我想要告诉他我明白,只是我并没有同意那个约定,于是喵喵地大声叫着,希望他能够明白。

小·猫·艾·尔·菲

"好吧,我想我至少应该感谢你今晚没把什么死东西给弄进来。"我的心猛地一沉;我为今天空手而来感觉很不好意思。我躺下来把脑袋支在电脑键盘上,我以为他会因此发怒,谁知他竟然笑了起来。

"来吧,把剩下的大虾都吃了吧,要不然我就要把它们都扔掉了。"我舔了舔嘴巴跟着他走进了厨房。他把那些大虾倒进一只碗里,然后我毫不客气地吃了起来。我肚子并不饿,但是新鲜的大虾对我是极大的诱感。吃完之后我才注意到他今晚的穿着很正式,虽不是西装,但至少不像平常那样邋里邋遢了。我满是怀疑地对着他眯起了眼睛。

"好了,你这个不速之客艾尔菲,我今晚要去市区一趟。如果我是你的话,我是不会在这里等下去的。"说完他又笑了笑,然后还没等我反应过来,就砰地一声把门锁上离开了。

我已经找到了两个家,但是我依然感到很孤独。在我过去的那个家里,我很少会感觉孤单,因为如果玛格丽特出门了,至少还有艾格尼斯陪着我。不过自从艾格尼斯去世之后,玛格丽特每次出门很快就会回来,快得甚至让我没有注意到她的离开。

我急切地盼望着 22A 的那家人赶快搬进来。作为一只猫我也是有需求的,食物、水、温暖的家、主人的腿和关爱,这就是我的需求,但在我年轻的生命中经历了那段流浪生活之后,我不愿再冒险了。我决定今晚就睡在乔纳森家那个看起来价格不菲的沙发上,尽管他对我说了那些话,我依然决定等着他,因为克莱尔不在,他就成了我唯一的家人。

第十二章

往事一幕幕地出现在我的眼前，我回忆着和玛格丽特还有艾格尼斯一起生活的那段日子。记得那一天天很冷，艾格尼斯疼得大喊大叫。玛格丽特给兽医打电话询问，兽医告诉我们艾格尼斯马上就要离开人世了。如果玛格丽特不想让她知道，可以给她吃些止疼片帮助她缓解疼痛，或者给她吃些安眠药让她睡一会儿。

玛格丽特轻轻地抽泣着，克莱尔也经常那样，悲伤的泪水顺着她凹陷的脸颊流下来。我也想哭，不过艾格尼斯努力表现得很坚强，于是我忍住了伤心，依偎在她怀里，希望这样不会增加她的痛苦。玛格丽特已经准备好带她去看兽医了，要知道玛格丽特年事已高，而且也没有车，要做这件事对她来说相当不容易——她甚至连猫篮都提不动。玛格丽特打电话通知了邻居，他的名字叫唐，心地善良，年纪不比玛格丽特小多少，他同意开车带玛格丽特去兽医那里。唐很乐意帮助玛格丽特，艾格尼斯曾经提到过，几年前唐的妻子去世时她甚至一度认为他们两个能够走到一起，不过玛格丽特独自一人生活惯了，艾格尼斯经常听她这么念叨。

小·猫·艾·尔·菲

"只要和我的猫咪们待在一起就很满足了,"她总是一边笑一边这么说,现在她的这句话依然在我耳边回荡。

那时候,当他们带着艾格尼斯去看医生时我只能待在家里。我被孤零零地留在了屋子里,我凄厉地叫着,声音比以往任何时候都大。我很害怕失去艾格尼斯,即便她能够回来,我也知道她不久于人世,我听玛格丽特谈论过此事。

艾格尼斯真的回来了,我欣喜万分。我心怀感恩,亲热地舔着她。我原以为再也见不到她了,然而艾格尼斯出奇地安静,她就躺在我身边,一直躺在那里。不管怎么说,我已经很满足了。谁知第二天早晨她就去世了。是我第一个发现的,因为我和她睡在一起,不知什么时候我醒了过来,发现她的心脏已经不再跳动了。我的心情仿佛从兴奋的云端一下子跌到了悲伤的谷底,接下来的好几个小时我都悲恸不已。

那是我这一生中最糟糕的时刻。

我的伤感突然被钥匙拧动门锁的声音打断了,紧接着是一阵尖利的笑声和高跟鞋咔嗒咔嗒的声音。此时整座房子依然是一片漆黑,我听见一串脚步声走进了屋子,随后,我正要伸个懒腰,突然有人坐在了我身上。

我痛得大叫一声,紧接着是一个女人的尖叫声。乔纳森打开灯,他看起来有些不高兴。

"你在我沙发上干什么?"乔纳森问道,语气里夹杂着愤怒。我也正想问问为什么要坐在我身上,不管怎么说,是我先坐在这儿的。不过我还是从沙发上跳了下来,想要弄清楚这到底是怎么回事。

这个女人不是上次我见到的那个,她又瘦又高,身上的超短裙将她性感的长腿展露无遗。

"这是你养的猫？"女人有些口齿不清地问道。人们为什么总是爱把自己灌醉？

"不是，一个不请自来的家伙。"乔纳森瞥了我一眼说道。我虽然不明白"不请自来"是什么意思，但显然这话不像是在夸我。那个女人再次走到他身边，用胳膊一下子搂住了乔纳森，看来两人准备要接吻，我识趣地离开了，因为我经常听别人说男女恋爱时别当电灯泡。

当我从克莱尔床上醒来时天色已经大亮。我快速跑下楼，一口气吃掉了一碗猫粮，然后喝了些水，这些都是克莱尔临走时为我准备的，之后我准备去外面散散步。虽然猫粮比不上乔纳森家的大虾，但至少能填饱肚子。我决定留给他一些个人空间，等他的客人走了之后再去看他。于是我决定去22号那两栋公寓那里查看一下是否有人住进来。

一大清早，只见那个高挑的女人已经抱着孩子站在了22号公寓的花园里，男人正在从一辆白色的货车上卸家具。女人容貌美丽，但神色却有些焦虑，她时不时咬咬嘴唇或叹口气。我再一次被这位需要帮助的女人吸引了，尽管我还不知道该怎么帮助她。

"我得进去喂一喂小亨利了。"那女人说道，从她怀里传来了婴儿的哭声。

"好的，波莉，我在这里就可以了。"

我跟着女人走进了屋子，这间屋子只有一层，没有楼梯。整个屋子空间不算大，看起来似乎一切都已经布置妥当。虽然还有很多行李没有拆箱，不过一件灰色的大沙发和一把颜色和它搭配的椅子已经摆放到位。波莉抱着孩子坐在了上面。她把孩子横抱在胸前，很快孩子就止住了哭声。我感到十分好奇，虽然我在电视上也见过母亲哺乳，但这是我第一次在现实中看见，这让我的脑海中浮现出一些模糊得有

小·猫 艾·尔·菲

些不真实的记忆片段,那是我妈妈给我喂奶的场景,当然那时的我还是只吃奶的小猫,还没有和玛格丽特住在一起,这让我对过去更加怀念。突然,那个女人看到了我。我眨了眨眼睛算是和她打了个招呼,不过正在我准备要自我介绍的时候,她大声尖叫了起来,怀里的孩子也开始大哭起来,她的丈夫跑了进来。

"出了什么事?"男人十分着急地问道。

"这儿有只猫!"女人一边喊一边想要把孩子放在身边。我有些不高兴了,从来没有人见到我是这样的反应,即便是乔纳森也没有。

"波莉,只是一只猫而已,没必要这么大惊小怪的。"马特温柔地说,那语气像是在哄孩子。那个孩子现在已经安静下来,不过现在轮到波莉开始大哭起来。我意识到自己可能闯祸了,这个女人有严重的猫咪恐惧症,我虽然不确定这种病是否真的存在,但是她看起来的确很害怕我。

"我之前听说过有猫把孩子给咬死了!"我像是遭了当头一棒,怪叫一声。以前我也曾经因为做了各种各样的错事被人指责,我会捕杀鸟类和老鼠,要是饿极了,偶尔还会逮只兔子,但是我可从来没碰过小孩子,连想都没有想过。

"亲爱的,"男人走过来蹲在女人身边,"猫是不会伤害孩子的。孩子在婴儿床睡觉的时候,我们只要确保猫不进入他的房间就可以了,那样它就不会睡到孩子身上而引发窒息。再说,这只猫并没有睡觉,而且你也在亨利身边。"现在我比第一次见到他时更喜欢他了,他的声音温柔而且充满了耐心。

"你说的是真的吗?"她对我似乎依然有着重重顾虑。我能感觉出那个女人的情绪很不稳定,应该不像克莱尔那样被丈夫抛弃,但是很明显她也好像受到过什么伤害。

"有你在旁边,一只猫怎么可能伤害到亨利呢?"他向我走过来然后把我抱了起来。我可以看出他的脾气很温和,他抱着我的双手充满力量却小心翼翼,从一个人抱你的方式你大概就可以看出他的性格。乔纳森稍微有些粗鲁,而这个男人抱我的方式让我感到很舒服。

"马特,我只是……"波莉看起来仍然很紧张。

"他叫艾尔菲,"男人查看了我的名牌后说道,"你好啊,艾尔菲!"他又补充了一句,然后在我脑袋上轻轻拍了拍。他的手温暖而又柔软,我用脑袋蹭了蹭他的胳膊。"不管怎样,他又不住在这里。所以,波莉,你没有必要那么紧张。他一定是趁着大门开着偷偷跑进来的。你住哪里呢?"他问我,我轻轻地喵了一声,尽量表现得很乖巧。

"你怎么那么肯定他不住在这儿?"

"他身上戴着名牌,上面有电话号码。如果你还不放心我可以打个电话。"

"好吧,好吧,我相信你。不过你得把它从这儿弄出去。"

波莉看起来依然有些不放心。孩子好像已经躺在她身上睡着了,虽然这个男人看起来很善良,但是在这间小小的屋子里我依然感觉到些许伤感的气氛。

"好吧,那么,我先出去让工人们把行李卸下来吧。来吧,艾尔菲,你该回家了。"他把我抱到屋外,然后慢慢地把我放到门前的台阶上。还没来得及在这屋子里到处走走我就被赶了出来,不过我实在不想再刺激脆弱的波莉了。

距离吃饭时间还有几个小时,我盘算着是不是应该再给乔纳森带份礼物过去。毕竟,他现在对我已经慢慢有了好感,我需要加紧攻势先获得他的欢心,因为波莉那里看起来是个大难题。

第十三章

　　我离开了22A号公寓，打算再送给乔纳森一份礼物，但是暖融融的阳光晒得我有些心不在焉。我的同类已经多次提醒我猫咪应该在晚上捕猎，因为那无疑是我们最喜爱的夜间娱乐活动，然而我晚上出去活动的时候很少，在那晚恐怖的经历之后，现在只有在不得已的情况下我才会在夜晚外出。

　　我的头顶有许多鸟儿唧唧喳喳飞过，可是我却坐在社区花园的草坪边，看着几只蝴蝶追逐嬉戏。我几次跳起来想要抓住它们，然而都扑空了。于是我在附近的草丛里稍微休息了一会儿。可是很快我又按捺不住继续去追蝴蝶。在我和玛格丽特一起生活的那段日子，扑蝴蝶是我最热衷的游戏之一。我跳上跳下，可是蝴蝶每次都能从我的爪子下溜走。我开始微微喘息，最后拼尽全力使劲跳起来想要抓住它，可是我估计错了距离，蝴蝶没有抓到，还一下子摔进了一个满是落叶的树丛里，一屁股坐在了地上。路过的一只鸟儿开始嘲笑我。我身上擦破了点皮，虽然感到有些尴尬，但仍然兴致很高。我尽量摆出一副一本正经的模样，慢慢站起来，最终我决定改天再进行追逐和打猎的活动。

我找到了一处阳光可以照到的地方打算躺下来休息一下，谁知不知不觉竟然睡着了。我一定睡了很长时间，因为醒来时天色已经暗了下来。我是被两只住在这附近的猫吵醒的，他们在谁长得更好看这个问题上吵得不可开交。这样的争吵十分稀松平常，因为猫咪们都很自负。他们让我来评判，不过我知道牵涉其中一定会给自己惹来很多麻烦，于是我说他们两个都长得很好看，然后十分圆滑地溜走了。

克莱尔既然不在家，我决定回乔纳森家。我从活动猫门钻了进去，发现屋子里一片漆黑。我轻快地穿过空旷的厨房走进了客厅。令我感到奇怪的是乔纳森竟然躺在沙发上，他把脑袋枕在一个靠枕上好像睡着了，可是他的眼睛却是睁着的。昨晚上的那个女人已经没了踪影，他又一次变成了孤家寡人。我走过来时他把目光转向了我，空手而来的我感到很不好意思，他看我的眼神好像在说他确实需要一份礼物。

"你回来了，"他干巴巴地说道，"我想我应该说'真高兴你能来，至少这该死的屋子不再只有我一个了'。"我喵了一声，算是对他所说的话表达感谢，尽管我不太肯定这其中有多少表扬的成分，不过，我还是决定碰碰运气，于是我跳上了沙发，坐在他身边。他看着我，并没有要把我赶下去的意思，这应该算是进步吧。

"你不来这儿的时候都会去哪儿呢？"他突然问了这个问题。我喵了一声。"是不是只能在街上流浪？我总是有种错觉，觉得你是和我生活在一起的。"他的表情很困惑，我发出呼噜的声音表示同意。"这真的太滑稽了，不过艾尔菲，你的出现也让我看清楚我生活的现状。这个房子空空荡荡的，对我来说它太大了，而且我也没什么朋友。"

小·猫·艾·尔·菲

他的话又让我想起了我之前在这里见到的那两个女人。"当然，一夜情可不算。转眼我都已经43岁了，生活中竟然没有什么让我觉得是有意义的，"他继续自怨自艾地说道，"没有妻子，没有孩子，只有那么几个朋友，大多数还都在国外。"我向他身边靠了靠，从喉咙里发出呜咽的声音向他表示同情。

"这儿只有你和我，艾尔菲。到了这个年纪却悲催地只能对着只猫倾诉，我甚至都不知道你是否是我的。"

我看着他，头侧向一边，试着想去安慰他。

"我猜你饿了吧？"他问道。我尽可能地大声叫了一下，这才像话嘛！我的肚子早就饿扁了。于是我跟着他进了厨房，他从冰箱里拿出了些熏三文鱼。我真是太喜欢乔纳森了，就像我喜欢克莱尔一样，每次在他家总是能够吃上大餐。他把一个盘子放在地上，我狼吞虎咽地吃着，他就蹲在一边抚摸着我，他之前从来没有这么温柔地对待过我。此时此刻我们沉浸在这种同性间的情谊之中。

尽管我心中满是疑问，但是我依然很专注地吃着盘子里的美食。我算得上是一只感情丰富的猫，他的举动让我感觉内心暖暖的，我很受感动。之前他也曾下决心要把乔纳森拿下，否则就不再回克莱尔那里了，可是我怎么也没想到他这么快就被我感化了。要不是这会儿我忙着吃东西，我一定早就高兴得上蹿下跳了。

一起吃过晚餐之后，我们又回到了客厅。大叔和小猫，这可真是一个奇怪的组合。我们并排坐在沙发上，此时我的内心充满了巨大的喜悦。乔纳森打开了屋子里那台大电视，里面播放的都是些男人们拿枪火拼的暴力场面。真不敢相信此时此刻他竟然允许我卧在沙发上。我就坐在他身边，他一边看着电视一边心不在焉地抚摸着我，尽管不喜欢电视里的节目，不过我很享受他的爱抚，于是我趴在那里一动不动。今晚的经历让我更加坚定了帮助乔纳森的决心，我心里很清楚他需要我的帮助。

第十四章

　　我醒得很早，窗外还是一片黑暗，我发现自己还躺在乔纳森家的沙发上，这让我感到有些意外，他竟然没有把我扔出去，而是放任我留宿在他家里。我一定是在他看暴力电影的时候睡着了。我很不舍得离开这里，但是我必须回克莱尔家吃点早餐，然后我还要去22A公寓巡视一圈。我想隔壁的22B应该很快也会有人搬进来了，那里会住进怎样的一家人呢？或许将要到来的是一对心地善良的夫妇，对于波莉认为我会伤害到她的孩子这件事，我依然无法释怀。

　　吃完早饭到达公寓时，我看见外面停着一辆货车，22B的大门敞开着。这辆货车和几天前给马特和波莉运送家具的那辆很像，只是这辆更破一些，车身是深蓝色的，漆面斑驳，还有很多处凹陷，好像曾经撞上过路灯杆或是撞到过动物，想到这里我不禁打了个冷战，希望撞上的不是猫。两个工人正在从车上卸家具往屋子里搬。我从大门向里张望了一下，这栋房子是阁楼式的公寓，楼下的面积很小，楼上才是卧室。我试探着想进去，这时工人们正将一张桌子往屋子里搬，我赶忙让到一边，屋里的空间实在太小了，工人们费了好大力气才把桌子挪进去，我真害怕他们会不小心碰到我。工人们操着一种我听不懂的语言，他们的声音高亢有力像是在吵架，不过我知道他们并没有吵架。说真的，看着他们沿着那么陡的楼梯把家具一件件搬到阁楼上去，就算举止有什么唐突，你也不忍心责怪他们。我迟疑了一会儿，然后一点点向屋里挪动，不过心里还是有些忐忑，不仅因为那些工人个个看起来很魁梧，还因为我不明白他们在说些什么。假如他们生活的国家有吃猫的习惯该怎么办？我不知道是否真的有这样的地方存在，不过我可不敢冒险。艾格尼斯曾经告诉过我有些国家吃狗肉，我可不想成为谁的盘中餐。

不过我还是希望更多地了解一下这家人，于是当我看见有人从楼上下来时赶忙躲在暗处。尽管我已经很小心，但是其中一个男人仍然发现了我，他走到我身边拍了拍我，我眨了眨眼睛算是和他打招呼，他好像也对我眨了眨眼睛。尽管他个头很大，但是对我却出乎意料地温柔，我对他发出呼噜的声音。他一边对我说着我听不懂的话，一边不停地眨着眼睛；这时一个女人走了过来站在他身旁，她个子不高但长得很漂亮，黑色的头发，棕色的眼睛，她蹲下来轻轻地抚摸我。

"他不会说波兰语。"男人吻了女人一下说道。

"猫咪当然不会说话了，托马斯。"女人回答道，她说话带着些口音。两个人笑了笑然后继续用刚才的语言交谈起来。他们看起来和波莉、马特的年龄差不多，我猜大概是这样，他们看起来都非常善良和友好。尤其是那个女人的微笑十分有感染力，看着她笑我都会不自觉地笑起来，尽管我只会用眼睛去表达。我把眼睛眯成一条缝看着她，不知道她是否会注意到我的表情，只见她正聚精会神地和旁边的工人们交谈着，可是我一个字都听不懂他们在说些什么。

小·猫·艾·尔·菲

"他还在这儿。"女人的注意力突然转移到我身上。

"或许他在欢迎我们的到来。"男人开玩笑地说。

"或许吧,真是一只体贴的猫。"她的笑容突然消失了,女人转过身抓住男人,表情看起来很惊恐的样子。我十分不解地将头侧向一边,她接着又开始讲着那听起来有些奇怪的语言。

"弗兰西斯卡,一切都会好起来的。你、我,还有孩子们,我们在这里会过得更好。我向你保证一切都会好起来的。"说着男人搂住了她,那个女人虽然还在哭泣,但是努力对他挤出了些笑容。看起来,这又是一个需要我帮助的朋友。我的身体里像是安了个雷达,感知到了这条街赋予我的使命——帮助街上的居民们。

原来我是这么重要,想到这里我稍微安心了一些,在心里对自己微笑了一下。我知道人类比我想象的要复杂得多。但是他们很友好,尽管这个女人看起来很悲伤,但我能看到她心中隐藏的力量,那是克莱尔和波莉都没有的。我很肯定自己在这里会受到欢迎,并期待着在这里安家的一天。我目送女人走进屋子,之后才突然意识到已经到了中午时分,今天天气晴朗,阳光明媚,我该回去吃午餐了。

我悄悄地从活动猫门跳进屋去,发现乔纳森坐在厨房的桌子旁,正在吃着吐司面包,喝着咖啡,他穿着一套运动装。我喵喵地大声叫,希望让他知道我又来了。

"你好啊,你又来了。我想你是来吃东西的吧?"我跳上了他旁边的椅子,他笑了笑。

"好吧,伙计,稍等一分钟,等我先把面包吃完。"于是我坐下来耐心地等着。我总觉得乔纳森好像哪里犯了个严重的错误,我指的不是他曾经告诉我的他工作上的失误,我是说这个房子。这里空空荡荡的只有他一个人，好像在嘲笑和讽刺他的寂寞。如果我是他，我会选一个小一点的房子，这样我和他住进去也不会显得太过空旷。我觉得 22 号的那两套公寓倒更适合他。现在我终于明白了为什么他会对我倾诉，和克莱尔一样，他太孤独了。我开始意识到我并不是唯一一个曾经遭受寂寞折磨的可怜虫；在克莱尔那里，在这里，我都看到了孤独；在波莉和弗兰西斯卡那里，我也觉察到了一些寂寞的意味，尽管和这里的不尽相同。

对于我这只小猫来说需要考虑的事情太多了，同时，我还需要帮助很多人摆脱悲伤和寂寞。

乔纳森从罐头里取出一些金枪鱼喂给了我，虽然味道不如新鲜大虾和熏三文鱼，但我已经很知足了。

"我要去健身了，艾尔菲。我这样的单身汉，还总是疯疯癫癫对着一只猫说话，要是再变成个胖子，那可真是无药可救了。"听了他的表白，我有些触动，但是看到他笑了起来，我放下心来。他当然没有疯，只是有太多情绪需要宣泄了。

我决定也出去锻炼一下身体。今天我已经吃了两顿饭了，现在我已经找到了两个愿意喂养我的主人，因此我也需要控制一下体重了。我当然不会拒绝送到嘴边的美食，曾经到处奔波觅食的经历让我学会了珍惜每顿饭。可是如果 22 号公寓的人们也开始给我提供食物，那么长胖的就不仅仅是乔纳森了，我肯定也会迅速胖起来。绝对不能允许这种情况出现，否则我甚至连猫门都挤不进去了。

这几所房子位于大街的不同位置，我需要来往于不同的地方，但是我已经察觉到自己最近变得有些懒惰，虽然过去和玛格丽特生活在一起的时候我一直都是如此，而且胖一点的话我会变得更可爱。但是现在对我来说不能太过懒惰和自满，如果有一天我又要独自生活该怎么办？尽管一想到这里我就会浑身颤抖，但我清楚这个可能性是存在的。我祈祷这一天永远不要到来，但是如果真的来了，我必须要做好准备去面对，这一次，我可不能再抱有任何侥幸心理了。

第十五章

　　我正蜷缩在克莱尔专门为我准备的猫咪床上，突然我听到了钥匙转动门锁的声音。我的新床是蓝白条纹图案的，虽然这张床没有我过去睡的睡篮舒服，但外观看起来还是很漂亮的。克莱尔走了进来，然后径直来到我身边对我又搂又抱，我很享受这种宠爱，同时悬着的心终于放了下来。之前我一直担心她会哭哭啼啼地回来；我甚至担心她再也不会回来了。"你有没有想我啊？"克莱尔微笑着问我，她的气色看起来好多了。不过她还是太瘦了，当然，这也让我想起我第一次遇见她时的狼狈样子。她的头发光滑亮泽，脸上也开始变得有些红润，看来这个周末她过得应该不错。

　　我甚至有些害怕这是不是代表着她要搬回去了，不过我竭力让自己镇定下来。她已经回来，就站在我的面前，不是吗？我反复对自己强调这个事实，我知道对于一只猫而言我担心得太多了，但那是因为我之前的经历。对于那些和曾经的我一样正在经历孤独悲伤的人们，我总是会对他们牵肠挂肚，这种吸引力十分强烈，我总是觉得自己有责任竭尽全力地去帮助他们。

小·猫·艾·尔·菲

克莱尔走进厨房给我弄了些吃的,然后她烧了一壶水,泡了杯茶。

我吃完饭后,她又取来一个袋子,里面装满了各式各样的玩具,都是为我准备的。其中有一件是老鼠模样的,上面还绑着线绳;还有一个小球,里面塞了很多猫薄荷,会发出叮当的响声。我轻轻地蹭着她的腿表示感谢;不过,其实只要给我一根鞋带我就可以玩得很开心了。我以前不怎么玩玩具,即便小的时候也没有玩过,那是因为艾格尼斯很讨厌这些玩意儿,为了讨好她,我也只能装作对玩具不屑一顾的样子。不过为了让克莱尔开心,我很卖力地对着这些玩具又扑又咬,因为我不想让她觉得我不领情。

我把那只小球弄到了沙发底下,努力想要把它掏出来却差点被卡在那里。我用爪子轻轻拍打,终于让那个球滚了出来。等我转过身来,看见克莱尔在看着我笑,她高兴地拍着双手。于是我奋力地想要抓住那只叮当作响的小球,不过扑了个空,球滚到了屋子的另一头。于是我又扑了过去,这个球发出很奇怪的叮当声。每一次我觉得能够抓住它,可是它总是会从我爪子下滑出去,于是我满屋子地追来追去,几乎要抓狂了。不过克莱尔好像觉得这样很好玩,尽管我实在想不明白这到底有什么好玩的。

过了一会儿,克莱尔上了楼,好像说是要收拾一下行李,于是我也决定休息一会儿。玩耍也是一件力气活;再加上刚才狼吞虎咽地吃了顿饭,现在的我已经有些昏昏欲睡,猫咪小憩时间到了……我是被一阵笑声吵醒的,我听见克莱尔房间里传来一阵阵响动,于是我立刻精神起来。这时,塔莎出现了,她把我抱了起来,然后用脑袋使劲摩擦着我的脖子和我亲热。

"你好啊,小帅哥。"塔莎问候道。显然她是个爱猫人士,我很

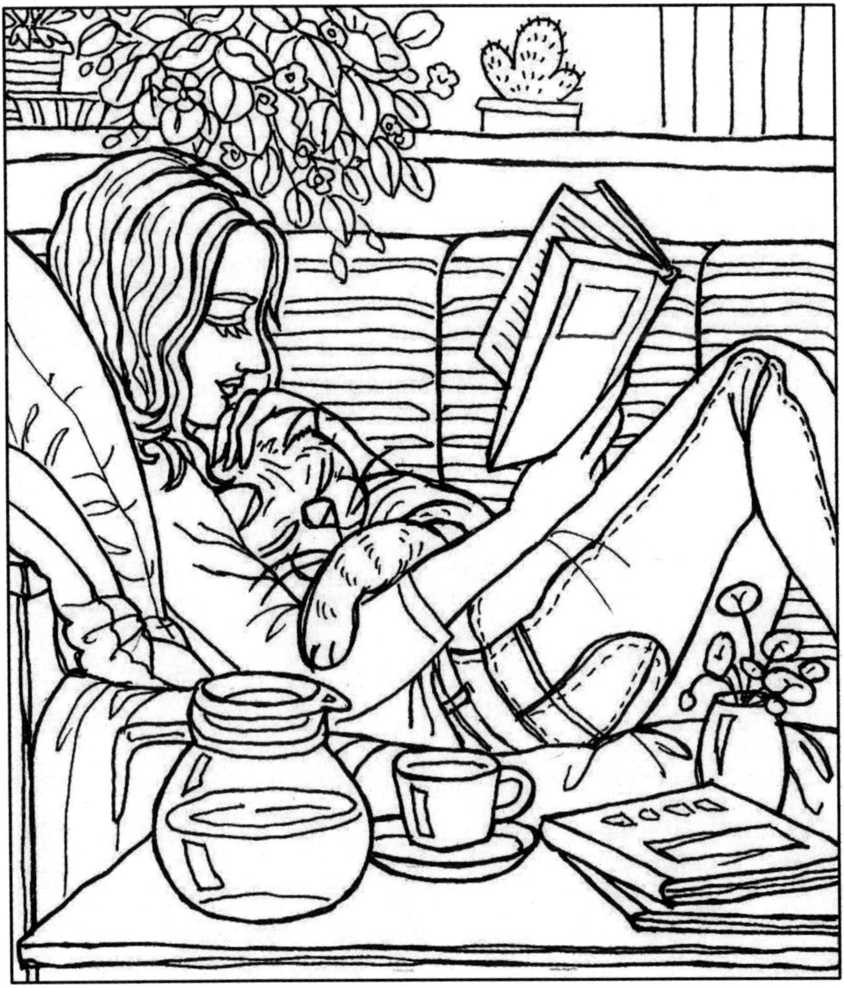

好奇既然她看起来那么喜欢我为什么自己不养只猫呢？我知道她没有养猫，因为如果那样的话我可以从她身上闻出来。

克莱尔走了过来，手里拿着两只玻璃杯。

"你继续这样对他的话，他就要和你回家了。"克莱尔笑着说。哎呀，过去那个表情忧郁的克莱尔去哪儿了？现在的她看起来像是换了一个人，我等不及要听听是什么让她现在仿佛脱胎换骨一般。

"我也希望把他带回家，不过真不巧，我家那位对猫过敏，所以我只能在这里和他相处一会儿。"

"哎呀，那可真糟糕，很严重吗？"

"是的，每次从这里回去我都要先洗个澡，再把衣服都洗了，你就能明白他过敏到底有多严重了。当然，他要是不介意的话，我也大可以忘记……"说着她们两个都笑了起来。我有些受伤害，我真不觉得对我过敏是什么可笑的事。什么样的人会对猫过敏呢？

克莱尔又离开了家，回来的时候手里打包了几份吃的。她把东西放在餐桌上，然后和塔莎一起坐了下来。令我感到惊讶和十分开心的是，克莱尔竟然吃东西了，而且我从没有看见她像现在这样胃口这么好。我高兴得几乎要跳起来，我的克莱尔心情已经完全好了起来，不过因为怕吓着她我还是忍住没有扑过去。

"那么，看起来，"塔莎说，"这周末你遇上什么好事了吧？"

"哎呀，上帝啊，我从没有像现在这样感觉那么好，就像我第一次完成一个大订单那样，我遇到了那两个克星，而且我竟然能够平静地离开。你知道的，回去很有可能会撞见他们，我做到了。"克莱尔的语气听起来很欢快，我试着想要去理解她的心情，不过这种情况，已经不是我粗浅的理解能力所能达到的。

"在哪儿碰到的?"塔莎眼睛瞪得大大的问道。

"我和妈妈去逛超市。她坚持要给我买些吃的带回家,好像我还是个3岁孩子似的。说实在的,她那副样子就好像伦敦这里没有超市似的。"

"克莱尔,说重点。"塔莎一边咯咯笑着一边催促道。

"抱歉,好吧,于是我们走到了蔬菜区,不知从哪儿这两个人就出现在了我面前。他推着购物车,而那个女的好像正在抱怨什么。我先看见了他们两个,他们两个看起来都不太高兴。"克莱尔的情绪似乎越来越高涨。

"她在说什么?"我和塔莎都很好奇这个问题。

"不知道,不过,她胖了,比他们在一起之前胖了,我第一反应是担心她告诉我她怀孕了。"

"她怀孕了吗?"

"没有,一会儿我再说。妈妈那时候紧紧地拉着我的胳膊,然后我们就这样面对面地站在那里。说真的,他看起来并不那么帅,不过或许是因为这是我第一次仔细地看他。"

"这次不再被他迷得团团转了?"

"是啊。然后,他和我打了声招呼,我也和他打了声招呼。那个女人嘴巴大张着站在那里,我真庆幸那天我穿着很得体,化了妆,还刚刚做了头发。"

"我早就告诉你要让自己时刻保持最佳状态,以免你在路上碰上那个浑蛋。"

"是啊,谢天谢地我听了你的话!"克莱尔说着又笑了起来,我真想冲上去像往常一样亲她一下,只是我现在被塔莎抱在怀里,而且她和克莱尔谈话兴致正浓。我真为我的克莱尔感到骄傲,尽管我也不知道这是为什么。"接着,我又问他们过得怎么样,他们含含糊糊地回答还可以,不过我可不这么认为。我知道自己太瘦了,我已经意识到了这一点,不过那个女人怎么会在短短几个月多长了足足有三块石头那么多的肉?他竟然为了这样一个女人离开了我,真是没法想象。最可笑的是,我礼貌性地和他们交谈着,这时站在一旁一直没说话的母亲不知怎么的竟然突然冒出一句:'孩子什么时候出生?'"

"哦,不是吧!"

"是的。那个女人听了我母亲的话就气冲冲地离开了,史蒂夫小声说她没有怀孕,我本应该对这一幕拍手叫好的,可是我却为他们难过,我也不知道这是为什么。我的意思是,那个女人明明知道他已经结婚了还和他上了床,他们的所作所为差点把我给毁了,可是现在我竟然会为他们难过。我觉得自己真的已经放下了。"克莱尔和塔莎拥抱在了一起,两个人像孩子一样咯咯地笑着。

我喵喵地叫着,和她们一起分享着快乐,我虽然不太明白人类之间的感情,但是电视里经常会有这样的剧情,某个人因为爱情上受打击变得一蹶不振,对这个问题上我曾经思考过,人类如果像猫那样是不是会活得更开心呢?我们当然也懂得爱,但是对于人类世界的男欢女爱,我们看得更加通透,把幼崽都生在篮子里,这才是根本目的,我们比人类更加现实。我也和几只漂亮的母猫在一起过,事实上,大多数母猫长得都很漂亮,但是我不会天真地认为我会和她们中的哪一个厮守一辈子。猫咪们只会在交配的时候待在一起,几天、几周,幸运的话几个月。等到母猫怀上幼崽,我们就会离开。或许如果人类不再执着于非要和一个人共度终生的话,他们会发现生活将变得更幸福。

"所以说嘛，回家看看未尝不是件好事啊，之前你还那么不情愿。"

"我遇见了他们，并且在他们面前我表现得并不像当初设想的那样狼狈慌张，但是，我的转变不仅仅因为这件事，还因为，现在的我不再觉得自己搬到这里是为了逃避，我是真正想要待在这里。现在我找到了一份好工作，前途一片光明，有这么一个温暖的小家，当然，还有我的新朋友艾尔菲。虽然回家的感觉很幸福，但是我依然想要回来。虽然我的状态还未完全恢复，我自己也很清楚这一点，但之前的恐惧现在已经完全消失了。"

"好吧，那我们应该庆祝一下。这周末，我带你出去好好狂欢一下，我们把整个伦敦最好的酒吧挨个逛一遍，痛快地喝酒，多认识几个帅哥。"

"告诉你吧，我已经准备好了。"

"三块石头那么多的肉，她现在真那么胖啊？"塔莎问道。

"我也不确定，但是她真的胖了不少。和我的情况恰好相反，可能是心宽体胖吧。"

我来到桌子下面，舒服地靠在克莱尔的腿上，努力想要告诉她我为她的彻底转变感到骄傲。当然，我也为自己的改变感到骄傲，不过，她现在最需要的是多吃东西少喝酒。好了，克莱尔现在已经和我一样重新振作起来，很明显她已经准备好要迎接新生活了。

"为新生活干杯！"克莱尔说着举起了手中的酒杯。我奇怪她是不是真的读懂了我的心思，于是我也跳上桌子，想要和她们一起庆祝一下。

克莱尔和塔莎马上就要把第二瓶酒喝光了，两个人已经开始醉话连篇了，我决定溜出去看望一下乔纳森。既然克莱尔现在已经振作起来，我想这段时间我应该多关注一下乔纳森，让他也早日重获快乐。我之所以能发现克莱尔内心的痛苦，是因为我也曾经和她一样，只是各自经历不同罢了，直觉告诉我，我的安慰有助于她心情的平复。现在我也要去帮助乔纳森，我的努力已经初见成效，但是还有一段路要走。还有许多任务等着我去完成，我对此非常肯定。

我从活动猫门钻了进去，发现乔纳森在客厅，又躺在那个沙发上，他看见了我，但是什么也没说，这可不像他的风格。没有呵斥也没有问候，他仿佛把我当做透明的一般；接着他又转过头去继续盯着电视屏幕，他看起来糟透了，头发乱成一团，穿着家居服，看起来好像在那里躺了很久。

我不知道该做些什么，于是我走过去坐在了他身边，喵喵地轻声叫着。

"如果你饿了，那么这次你可没那么走运了，我现在不想站起来。"他有些烦躁地说道。接着他又朝我这边侧过来，轻轻地拍了拍我，好像要告诉我他不是在生我的气。他的心思可真是捉摸不透啊！我想告诉他我刚刚已经饱餐一顿，我来只是想看看他，不过我也不知道他从我喵喵的叫声中能听出多少内容。乔纳森并不是那种很容易让人看穿心思的人，不过我或许也不是一只幼稚肤浅的猫。我所能理解的是在他冷酷的外表背后有一颗孤独和惶恐的心。我能够感受到他内心的恐惧，就如同我能感受到我内心的恐惧一样。

我把头歪向一边，努力想要告诉他我现在不饿，我只是担心他。于是我依偎在他怀里，用我的脑袋使劲蹭他，想让他明白我会在他身边陪着他，当我看到他眼里闪现的泪光，我确定他已经读懂了我的心思。

小·猫·艾·尔·菲

"为什么我会觉得你能够看透我的心?"他说道,语气又变得有些烦躁。我不知道该如何回应。"好吧,如果真的是这样,那你也只会看见一个窟窿。好了,我明天就要上班了,那该死的新工作,"他叹了口气继续说,"至少也是份工作,总好过待在家里颓废下去。不说这些了,来吧,你想待在这儿的话,可以和我一起睡床上。"这真是出乎我的意料,他竟然把我抱起来带到了楼上,然后把我丢在了卧室的一把椅子上,那上面铺着毯子,我从来没有感受过质地这么柔软的毯子。

"我真是疯了,那是我最好的羊绒毯。"他一边将我赶下来,一边叹了口气。接着他爬上床,很快就开始鼾声如雷。

第十六章

第二天清晨我是在忙乱中度过的，我甚至感到了一些疲惫。我住在了乔纳森家，外面还是一片漆黑，他就开始忙活着为第一天去上班做准备了。他一边低声抱怨着一边去冲澡，然后裹着一条毛巾浑身湿漉漉的从浴室走了出来，之后他冲了杯咖啡。他没有吃早饭，但是匆忙地把一杯牛奶放到了我面前。接着，他冲上楼，等他下来的时候已经基本收拾停当，他一边笨拙地系着领带，一边小声嘟哝着。我和他一起出了门，一直跟着他走上大街，我想用行动表示对他的支持。他一会儿低声咒骂，一会儿大声嚷嚷，我知道他这是在掩饰内心的紧张。

"好了，艾尔菲，"乔纳森说道，"我得走了，这是我回归正常生活第一天上班，祝我好运吧。"于是我又蹭了蹭他的腿表示对他的祝福。"好了，你最好别把毛蹭到我衣服上。"他看上去很不乐意，但还是俯下身来拍了拍我的脑袋，之后便沿着街道小跑着离开了。很明显乔纳森喜欢我，只是他不习惯展现他温柔的一面。

我跟在他后面，努力用四条柔弱纤细的腿追赶他；我希望让他看见我对他的支持。他对我笑着摇了摇头然后加快了步伐。等跑到这条街的尽头时我们俩都已经累得上气不接下气了，他继续穿过马路，我知道要和他分别了。我可不想冒险离开埃德加路，在这里生活让我感觉很惬意。

刚才的奔跑让我有些疲惫，不过我还是很快返回了克莱尔的住处，正巧她刚刚洗完澡走出来。

"哎呀，原来你在这儿啊！"她把我抱起来亲了亲，"你到底跑到哪里去了，真是担心死我了。"我钻进她的怀抱，希望能让她放下心来。"或许昨晚你偷偷溜出去是做你们猫咪该做的事了吧？"她说话时的表情依然有些困惑，不过还好她看起来并没有生气。"如果真的是这样，以后记得要小心一些。"她终于结束了这个话题。

克莱尔把我放下来开始收拾准备上班，我于是坐在她床边的躺椅上。人类真的很有趣，他们发明出用来清洁身体的各种设施——而我们猫咪可是自带清洁装备的——然后再把自己用毛巾和衣服包裹起来。看来还是做猫省事得多。我们一天到晚披着皮毛，随时随地可以清洁身体。事实上，我们清洁和梳理皮毛是同时进行的。看来猫咪们的生理构造要比人类更加完善。当然，我们猫咪是不需要工作的——他们受此牵绊耗费了大量时间。不过我发现要让我的新主人们快乐起来是一份十分繁重的工作，所以我现在多少也能体会到人类工作的感受。克莱尔需要同情，而乔纳森需要耐心对待，他们都需要我的关爱和帮助，同时我还要分出精力关注22号公寓的那两户人家。说起来，我是该要看看那边情况到底怎么样了。

我一下子冲上了街道，向着22A和22B这两套公寓狂奔过去，现在的我再也不用发愁没时间锻炼了，此时此刻我觉得心情好极了。又是一个阳光明媚的早晨，随着太阳的温度逐渐向四周扩散，我甚至可以闻到阳光的味道。今天天气会比较热,我能感觉得出来,对我而言,披着这一身蓬松闪亮的皮袄,就意味着要找一处能晒得到太阳同时气温不高也不低的地方。我喜欢阳光,但是没有哪只猫愿意被太阳暴晒。找一处阴凉地方舒舒服服地睡上一觉是我最喜欢做的事情。

看见22B公寓的门开着我感到十分兴奋,两个孩子正在房子前面的小草坪上玩耍,于是我也走上了草坪。这所房子和22A共用一个草坪,不过我并没有在这里看见波莉和她那个总是哭闹的宝宝,不过我发誓已经听到了他的哭声。即便我用尽全身力气哭喊,也没有那个孩子的哭声响亮,要知道我伤心的时候哭声也是很大的。

那两个男孩个头不太一样,不过都不算太高,我听见其中一个似乎在自言自语,但是听不出到底在说些什么。突然他看见了我并向我这边走了过来。

"猫。"他很清晰地说出这个字眼,然后笑了起来。我走过去想和他交朋友,于是我用脑袋蹭了蹭他的腿,逗得那个孩子咯咯直笑。另一个个子较小的男孩刚刚一直坐在一旁玩玩具车,看见这一幕也笑了起来。这时那个我之前见过的名叫弗兰西斯卡的女人出现在了门口。

"你好啊,小猫艾尔菲。"她说道。那个男孩对着她说了些什么。"阿列克谢,说英语。"她温柔地对男孩说道,我再一次想要知道他们到底从哪里来。

"妈妈,是猫。"男孩又重复了一遍,接着女人走到他身边亲了他一下。

"真是个聪明的孩子。"女人一边说一边把另一个个头较小的男孩抱了起来,"我们喂他点东西吃吧?"

小·猫·艾·尔·菲

"好的,妈妈。"阿列克谢冲进了房子里,而弗兰西斯卡则站在一旁看着我。

"来吧,艾尔菲。"她示意我进屋去,她的热情邀请让我很感动,而且她竟然还记得我的名字,这更加让我受宠若惊。虽然她的英语讲得很生硬,但我依然对她很有好感。她热情、友善,这些显然都是乔纳森所不具备的。

我和她一同走上门前的台阶进了房子里,弗兰西斯卡怀里还抱着那个小男孩。这里原本一整所房子被分割为两套公寓,在我看来很是奇怪,而且我对此也感觉很迷惑。不过这间公寓布置得很温馨,房间采光很好,装修入时,只是空间有些局促。和楼梯相连接的是一条狭窄的玄关,我沿走廊向前走到会客区域,这里摆放着两张小巧的沙发,看起来好像很软很舒服的样子,这两张沙发占据了会客区的大部分空间,地上散落着几件玩具,还有一件木质茶几。再往里面走是一张餐桌,越过餐桌就走进了厨房,厨房的面积不大。和克莱尔的住处相比,这里到处堆放着杂物,感觉有些凌乱,但很有生活气息;而和乔纳森的相比,这里的空间就显得太狭小了。

我认为人类真的很奇怪,乔纳森一个人住着那么大的房子,而这一家四口(尽管两个是孩子),却挤在这么小的房子里。我实在不明白为什么会这样,这看起来并不太公平。趁着弗兰西斯卡照看两个孩子的工夫,我打算四处走走。沿着走廊我又发现了两间卧室,一间放着一张大床和一张儿童床,另一间放着一张双人床。卧室外面紧挨着一间小浴室,浴室里的地板和墙壁全是白色的。那间放着两张床的卧室十分凌乱,玩具扔得满地都是。另一间卧室要整洁许多,布置得很朴素。虽然这里看起来挺不错的,但是我隐隐担心如果再有一个新成员加入,这里会变得更加拥挤。

我参观完毕之后又返回男孩们的身边,只见他们正并排坐在其中一张沙发上,那个小一点的男孩手里正握着一块已经受潮的饼干。阿列克谢看见我很高兴,他轻轻地拍着我,时不时地挠挠我的脖子,这种感觉真是舒服极了。我的许多朋友以及我所认识的所有猫咪似乎都对孩子们有着特殊的好感,当阿列克谢柔软的小手爱抚着我,同时对我展现出天真的微笑的时候,我终于明白这到底是为什么了。

这时弗兰西斯卡回到了客厅。

"一会儿我们吃午饭的时候可以给他些鱼吃。"她说道,我立刻激动地把耳朵竖了起来。"一会儿你或许可以对着他练练英语。"她笑着继续说,"我应该按照他脖子上的名牌打个电话,看看他是不是找不到主人了。"我把眼睛眯了起来,克莱尔和乔纳森都没有给我更换名牌,所以我运气很好,名牌上面依然标注的是玛格丽特家的号码,现在我的计划一切都很顺利。

"他能住在这儿吗?"阿列卡谢问道。

"不能,kochanie①。住公寓,不能养宠物。"老天啊,我觉得十分意外。想一想,我几乎每到一个地方都被无情地拒绝了!这真是太不公平了。

"真难啊,"等他的妈妈转身向厨房走去的时候,男孩子有些伤心地对我说道,"我在原来的家里都是讲波兰语的。来这之前我开始学英语,但是它太难了。"看他的样子好像马上就要哭出来了,于是我依偎在他的怀里,男孩抱着我,他抱得太紧我甚至感觉快喘不上气

①波兰语"亲爱的"的意思。

了。尽管如此,我任由他这么紧紧地抱着我,直到我实在忍不住了才扭动着身躯从他怀抱里挣脱出来。他们的家离这里那么远,或许比我之前住的地方还要遥远,猫的直觉告诉我他们每个人心中都隐藏着悲伤。

随后那个小一点的孩子把我抱到一边,并用他脏兮兮的小手在我身上乱抓,我并不介意,不过我提醒自己从这儿离开之后要好好地清洁一下身体。

我和小孩的接触并不多。在玛格丽特家的时候,曾经有一个小女孩经常过来,她很有趣,喜欢和我玩,也总是想把她盘子里的食物分给我一些,那是我接触过的唯一一个孩子。到处游荡的那段日子里我遇见过几只猫,他们给我的其中一条建议就是找一个有孩子的家庭。在他们看来,在这样的家庭生活会很快乐,你就像多了一位朋友,只不过这位朋友还会给你喂食,和你玩耍,照顾你,爱着你。在这所公寓里,我体会到了这种感觉。

尽管我很喜欢克莱尔和乔纳森,而且说真的,他们给了所有我渴望的东西。没错,他们会给我喂食,偶尔也会逗逗我,但是大部分时间我都被留在家里。我隐约觉得这种走街串巷的生活方式或许会让我身处困境,但是从某种程度上说,我是经过深思熟虑的。

我不能仅仅依靠克莱尔,在选中她家时我并不知道她是孤身一人——我曾经幻想这里至少应该有两个人居住。而刚到乔纳森家的时候,我甚至幻想这里住着一个大家庭,而绝不应该是一个脾气暴躁的单身汉,所以说现实并不像我计划的那么美好。我仍然对我今后的生活充满危机感,这也是我今天到这所房子来的原因。这一切在我看来是那么理所当然。看起来22号这两所公寓可以作为我白天的落脚点,另外两处房子可以供我晚上休息。我觉得我的计划一定能够实现,而且我也下定决心要这么做。

于是我一翻身四脚朝天地躺在地上,让阿列克谢挠我的肚皮,重新站起来之后我高兴地对着他拍打着尾巴。之后,我和阿列克谢又玩起了捉迷藏,我藏在椅子下面,然后突然跳到他面前,我也不清楚为什么这个游戏会让他和托马斯那么兴奋,不过我很乐意这么做。接着我假装像追鸟那样东扑西扑,两个男孩在一旁看着,不时发出尖叫和大笑。

玩了一阵子,弗兰西斯卡回来抱起了那个小一点的男孩。

"电话打不通,或许他们没有及时更换他的名牌。"女人若有所思地说道,"托马斯,该睡觉了。"她抱着男孩穿过走廊,一会儿女人一个人走了出来。我听见男孩哭了一会儿,很快就安静了下来。这边阿列克谢正在咖啡桌上画着什么,我就坐在沙发上,不知道下面该做些什么,不过我现在的感觉很放松。

"好了,阿列克谢,托马斯已经睡着了,我们来练习英语吧。"她说道。

"好吧,妈妈。"

"你今年多大了?"女人问道。他们一来一回地交谈着,我的头也随着他们的对话转来转去。

"6岁,托马斯2岁了。"

"很好。你住在哪儿?"

"伦敦。我们从波兰来,离这里很远。"说到这儿男孩看起来有些难过。我看到弗兰西斯卡的眼神也黯淡下来。

"我们以后还会回去的。"女人平静地说。

"爸爸说这里就是我们的家。"阿列克谢回答道。

"是的,或许我们有两个家。"她努力装出很乐观的样子说道。我想告诉男孩这是个好主意,就像我现在的状况一样,于是我喵了一声。

"啊,这只猫咪叫的声音可真大。"

"这只猫叫艾尔菲。"

"艾尔菲?"阿列克谢慢慢地重复着,好像在试着模仿发音。我猜想这对他来说肯定很难,学习一门外语,尤其是现在他还不能长时间地用这种语言沟通。

"没错,或许以后他会经常来这儿。"她仿佛询问般地看着我,我把头歪向一边,想要告诉她,没错,我以后会经常来的。

"妈妈,如果我不喜欢学校怎么办?"阿列克谢棕色的大眼睛噙着泪水。

"你会喜欢的,可能最初会不适应,不过你能应付的。"

"好吧。"

"我们现在都要学着变得勇敢一些,爸爸在这里找了一份不错的工作,我们一起努力,爸爸一定会让我们的生活变得越来越好的。"

"好吧,我想爸爸。"

"他必须要努力工作,不过我们很快就能经常看见他了,他所做的一切都是为了我们。"

女人走过来坐在阿列克谢身边。他正在画一个房子,并不是他们现在所居住的这所房子。画中的房子看起来有些奇怪,竟然有许多窗户。

"我也很想念我们以前的家,"弗兰西斯卡一边轻轻地说,一边抚摸着男孩的头发,"不过我们会喜欢上这里的,我们需要坚强起来。"

我不知道这句话是说给谁听的,是男孩还是她自己。

我一步也不想离开这里,看着这对母子,我有种想哭的冲动。作为旁观者我见识到了人类生活的艰辛,意识到原来他们和我们猫咪一样在生活中经常会遇到困难和苦恼。

突然,弗兰西斯卡站了起来:"好了,我们去弄点吃的。阿列克谢,过来帮帮我,一会儿你也可以拿一些给艾尔菲吃。"

男孩听了母亲的话欢呼起来,接着就跟着她走进了厨房,我也跟了过去,看着女人从冰箱里拿出一些沙丁鱼,然后把它们放在了盘子里。

"太棒了!"我心里暗暗高兴起来,又是一顿大餐。三文鱼、大虾,现在又是沙丁鱼。当初选择这条街住下来果然没错。

第十七章

我需要仔细研究一下这里的格局。这座公寓没有猫门，只有一个出口。后面是一个不大的花园，但是只能从房子的一侧才能走过去，而且这个花园还是和旁边的公寓共用的。进入 22B 公寓只能走前门，我也是从那里才进到这个屋子的。如果大门锁上了，那么就不容易进入了，我必须想个办法解决这个问题。我一边思考着，一边吃下了许多沙丁鱼，喝了些水，然后和阿列克谢玩了起来，他现在看起来情绪好了一些。尽管他的大部分玩具并不是专门为猫咪设计的，但是我们还是玩得不亦乐乎。我们一起追一个小球，逗得他一直在笑。我感觉自己对小孩子的了解越来越深刻。他们笑的时候，你也会情不自禁地笑起来，孩子的快乐是我所知道的这个世界上最有感染力的东西。另一方面，和孩子相处也是一件很费力的事情，他们不会让你休息片刻，所以我现在感觉十分疲惫。这对我来说是一个全新的体验，虽然很累，但是也很开心。

托马斯——那个小一点的男孩很快就醒了，紧接着就大哭起来。弗兰西斯卡走进他的房间，不一会儿把他抱到了客厅，然后递给他一瓶牛奶并和他一起坐在了沙发上。我意识到该回去看看克莱尔和乔纳森了；不过要离开这里，必须要让他们明白我的想法。等托马斯喝完牛奶，我大声地喵喵叫着，然后走下楼梯站在了门口。

"哎呀，我想你是想要出去吧！"弗兰西斯卡一边说一边抱着托马斯跟在我身后。阿列克谢这时候也跟了过来。弗兰西斯卡给我打开了大门，我转身面向他们，想要和他们道别。我希望用眼神告诉他们我要回去了，同时我的喉咙里发出呼噜呼噜的声音，想要告诉他们我在这里过得很开心。阿列克谢俯下身来亲了亲我的脑袋，我则舔了舔他的鼻子，再次逗得他咯咯笑了起来。托马斯——之前我从没听到他说过话——现在突然喊了一句："猫！"逗得他的妈妈和哥哥都笑了起来。

"我们要告诉你爸爸，这是托马斯会说的第一个英语单词，"弗兰西斯卡说道，"艾尔菲，你真聪明，是你教会了托马斯第一个英语单词。"她看起来很高兴，我也因此感到格外骄傲。这一家人都随我一起走到了外面，这时的阳光十分耀眼，门前的草坪也被晒得暖烘烘的。我们正准备走到前面那扇公用的大门，这时候隔壁22A的门开了，波莉走了出来，她正手忙脚乱地想要把一辆婴儿车从那扇小门里拽出来，屋子里传来了婴儿的哭声。

"我去帮帮忙。"弗兰西斯卡把托马斯放了下来，小家伙很快站起来走到哥哥身边。车子太大似乎卡在了那里，弗兰西斯卡过去帮忙把车子拉了出来，然后很快把车子折叠起来。

"谢谢，"波莉说道，"我发现每次从这扇门过去都很困难。"她苦笑了一下："车子太大了。"

"是大。弗兰西斯卡。"说着她伸出了手，波莉迟疑了一下握住

了她的手。我注意到她只是碰了碰弗兰西斯卡的手就快速地移开了。

"波莉。我想我得离开一会儿去……"她转身走进了屋子,出来的时候抱着正在大哭的亨利和一个很大的包。她把亨利放进了婴儿车,孩子再次号啕大哭起来。波莉轻轻地摇着婴儿车,弗兰西斯卡这时走过来轻轻地摸了摸孩子的脸颊。波莉脸上露出恐惧的表情,就像她第一次看见我那样。或许她觉得弗兰西斯卡也会伤害她的孩子吧。

"你好啊,小宝贝。他的名字叫?"弗兰西斯卡看着波莉笑着问道。

"叫亨利。抱歉,我和卫生随访员约好了的,我已经迟到了。很高兴见到你,再见。"她转身关上了大门,不过我在那以前就悄悄溜了进去。

……

我醒来的时候一下子竟然忘记了自己在哪里。慢慢地,我意识到自己还在波莉家。我四处查看了一下,屋子里没有人。我正坐在一张巨大的灰色沙发上,刚刚我就是在这上面睡着的——吃了沙丁鱼,又和邻家男孩玩了那么久,我一定是累了。当时波莉关上大门离开后我曾经四处查看过这所公寓。楼下和楼上面积相当,不过楼下给人的感觉不如楼上那么温暖舒适,除了一个沙发和一把扶手椅,这里还放着一个木头箱子充当咖啡桌,地上放着一个类似垫子的东西,四周已经破得开线了,我想这一定是给小亨利准备的,墙上挂着一台很大的电视。除此之外,整面墙壁空空如也,我在猜测他们是没有照片还是没有腾出时间把照片挂上。

最大的卧室里摆着一张大床,两边各配有一个床头柜,除此之外屋里再没有什么值得注意的东西了,整个房子显得十分苍白。小一点的卧室很明显是儿童房,四周挂着许多颜色鲜艳的动物图片,小床的上方还挂着许多动物玩偶。地上放着一块彩色地毯，还有散落一地的毛绒玩具，这里是整个屋子中唯一一处充满色彩的房间。我觉得十分好奇，心中隐约觉得这里面一定有原因，只是不知道到底是为什么。

我不知道现在几点了，我是不是应该离开了。当我寻找出口时才突然意识到我又被锁在屋子里了，被困在这里的我心中立刻产生了一丝恐惧。这里没人能够帮助我，那么我该怎么从这里离开呢？如果客厅的窗户没有关严，我可以从那里钻出去。可是这条街上的人在离开家的时候通常不会不关窗户。我越发慌乱起来，如果他们再也不回来了该怎么办？没人知道我在这里——我会死在这里吗？经历了漫长而又充满危险的流浪生活之后，我最终的结局竟然是在这里吗？我感觉连自己的呼吸都带着恐惧。

我正担心着自己是否会永远被困在这里，没有食物、水和主人的陪伴，突然听见大门打开了，马特、波莉还有婴儿车先后进来了，那个婴儿车大得似乎能填满整间公寓，因此波莉不得不等着马特把婴儿车推进来后跟进来。

"这个婴儿车真是太大了，控制起来真难。"波莉几乎是带着哭腔地叫嚷道。

"我们这周末出去逛逛，再买一辆比较好操控的婴儿车，宝贝儿，好了，没事了。"小亨利已经在婴儿车里睡着了，因此他们将婴儿车停到玄关后走进了厨房。他们进来的时候门关得太快了我根本没有时间出去，再加上对这家人的兴趣又被挑起来了，于是我悄悄尾随他们走进了厨房。

"哎呀，老天啊，你是怎么进来的？"波莉十分恐慌地说。

"嗨，你又来了，"马特蹲下来拍了拍我，"想要喝点什么吗？"

我舔了舔嘴巴，马特笑了起来，于是他起身为我倒了一碟牛奶。

"马特，你这是在纵容他吗？"波莉质问道，"我可不想让他总想着跑到我们家里来。"

"只是些牛奶，再说了，他既然已经来了，那么我们就应该尽一尽地主之谊啊。"

"算了，既然你那么坚持，"波莉听起来有些不服气，不过她没有继续争吵下去，"他的主人到底怎么了？"

"波莉，他只来过这里两次，所以不必担心。他从我们这里离开之后一定是回家去了。好了，不说这些了，和卫生随访员的见面怎么样？"马特问道。

"和之前那个很不一样，这个卫生随访员态度很不好，她忙得几乎不怎么关注我在说些什么，似乎想要尽快把我打发走。她明明知道亨利那么小，身体还比较弱，可是对我还是那么敷衍。"

"小亨利现在已经好了，波莉，你很清楚不是吗？"马特的声音温柔得让人感到立刻安下心来。

"我一个人实在应付不过来，所以才和小亨利坐在公园里一直等你下班。我真的不知道该做些什么。"波莉明丽动人的脸上此时阴云满布，像是马上就要哭出来了。马特看起来也是一脸的沮丧。

"会好起来的，波莉，说真的，我真的很抱歉，不过我可以把你介绍给我同事的妻子们，或许你们可以一起探讨一下育儿方面的心得。"

"我不知道自己能不能应付。我感觉快喘不上气了，马特，有时候我真是感觉连呼吸都很困难。"波莉的呼吸听起来有些粗重，好像努力在证明她的话。她的眼里充盈着泪水，浑身颤抖得很厉害。我看着她，意识到问题很严重，这个女人精神似乎有些问题，我都能看得出来，但是马特似乎并没有察觉，又或者是他不想去面对。我不知道到底是什么在一直困扰着波莉，但是潜意识里我知道这一定和亨利有关。我们猫咪当中也有类似情况，有时候母猫产下的幼崽里有些天生就有残疾。虽然我不知道自己的推测是否准确，但从我的所见所闻，我想情况差不多就是这样。就算猜错了，我的内心依然坚信波莉是需要帮助的。"眼下是比较麻烦，我们一起努力，事情总会好起来的。"正说着，玄关突然传来一声尖利的哭喊。波莉看了看手表。

"他该吃饭了。"于是她朝婴儿车那边走了过去，我在她的步伐之间穿行，想要和她一起到达门口。她看了看我然后俯下身子笨拙地掀起婴儿车的棚顶。我想要对她展现出最温暖的表情，然而她根本就没有注意我。她把睡篮从婴儿车上提了起来，连看都不看我一眼，就在我眼前砰的一声把门关上了。不过至少我现在已经离开了这所公寓。

第十八章

　　走上大街，我在思考着应该先去谁那里。不知道现在几点了，不过看着天色还很亮，可是看到马特都下班回家了，我猜想其他人应该也已经回到家了。我认为最好还是先去看看乔纳森，因为今天他出门的时候情绪似乎很低落，而且今天是他去新公司工作的第一天。我对于自己再一次没有带礼物前往感到很抱歉——不管怎么说，我们的关系得以改善多亏了那只死老鼠和那只死鸟，因此我决定晚一点出去给他准备一份小礼物，庆贺他第一天上班。从猫门钻进他家之后我发现他正在厨房（多希望每一所房子都能安装一个猫门啊！）。

　　"嗨，艾尔菲。"乔纳森十分热情地和我打招呼，这有些出乎我的意料。

　　我发出呼噜的声音回应他。

　　"好了，我要说，今天并不像我最初想象的那么糟糕。事实上，原本让我不屑一顾的工作也并不是那么差劲，这公司给我的感觉还是挺好的。所以，为了庆祝一下，我给咱俩买了些寿司。我是说，我也不太清楚猫吃不吃大米，但是我给你买了些生鱼片。"我也不知道他在说些什么，不过他从一个棕色的纸袋里掏出了几个盒子，我看见里面装的是鱼，没有经过烹制的鱼。他拿出了一些放在盘子里递到我面前，然后将剩余的生鱼片放进了冰箱。我疑惑地看着他。

"我要去健身房了，我回来再吃。"我感激地喵喵叫了几声然后就开始痛快地大吃起来。我太喜欢这个生鱼片了，希望乔纳森下次还能给我带些回来。我发现跟着乔纳森总会有好东西吃，希望这样的好日子能够继续下去，不要等到突然有一天他和克莱尔一样也给我弄些罐头了事。

"不要得寸进尺啊，"乔纳森说，"今天的晚餐只是特别的日子才会有。"哎呀，看来他真的能够读懂我的心思啊。

我还在津津有味地吃着，乔纳森换了身衣服就出去健身了，于是我飞奔过去看看克莱尔。

当我到达克莱尔家时她正坐在客厅看电视。现在的她看起来不再忧伤了——或许她已经开始了新生活。

"你好啊，艾尔菲，我刚才还在想你又跑到哪里去了。"她爱抚着我，我开心地发出呼噜声。我现在和克莱尔相处得十分融洽，而且这种关系让我们双方都能获益。待在克莱尔这里依然是我的首选，并不仅仅因为这里是我最先到达的地方，还因为我们很快就建立了亲密的关系，而且这种关系十分坚固。我现在还无法确定自己和乔纳森发展到哪一步了，尽管我内心深处隐隐感觉出他其实是喜欢我的。至于在 22 号的那两个公寓安居下来，现在看来还为时尚早。而克莱尔现在已经是我的家人，因此我深深地爱着她。

"好了艾尔菲，我要换衣服去了。"我不解地看着她。她要去哪里呢？"我去附近的一家健身房健身，现在我已经决定要好好对待自己。"她下意识地笑了笑上了楼。

这些人类总爱跑去健身房干什么呢？我在猜想她会不会也是去乔纳森经常去的那家健身房？我心中暗暗希望他俩最好不要相遇。不管怎么样他们现在还不认识对方，所以他们都觉得我是他们家的猫，这种情况多少会让人觉得尴尬。

在这个问题上我并没有纠结太长时间，因为我突然想到我也需要出去散散步，这样才能够把今天吃的东西都消化掉。在散步的路上，我遇到了老虎。

"想和我一起走走吗？"我问道。

"今天晚上我不想动了，或许改天吧。"老虎拒绝了我的邀请。

"来嘛，求求你了。我想给乔纳森准备份礼物。"最终，我说服了她和我一起，条件是把我们最先抓到的猎物送给她。哎，所有雌性动物皆是如此！

我们选择了一条沿途风光很好的路径，来到了附近的一个公园，路上我们遇见几只友好的猫咪和几只凶巴巴的狗。其中一只个头很大的狗，身体大得足有我的两倍，而且他没有被人牵着。他大声地朝我叫着并向我冲了过来，甚至恶狠狠地露出闪着寒光的尖牙。脾气火爆的老虎立刻向他发出嘶嘶的警告声，不过我想尽量平息这矛盾。虽然内心依然很害怕，但是现在我能够更加镇定地面对危险了，于是我转过身叫上老虎，用四条柔弱的小腿快速跑开，跳上了最近的一棵树。幸亏老虎的动作和我一样敏捷，她紧跟在我身后。那只狗站在树下对着我们一直狂吠，直到最后他的主人过来把他牵走了，而我们都已经累得上气不接下气了。

"艾尔菲，我告诉过你我们应该待在家里。"老虎嗔怪道。

"是的,不过跑一跑对我们来说也是很不错的运动啊!"我辩解说。

回来的路上,我想起原本是打算给乔纳森准备份礼物的。碰巧,两只看起来肥美多汁的老鼠正在其中一户人家外面的垃圾箱周围四处游荡。幸好我并不是太饿,否则我认为自己可能受不了诱惑直接把它们吞进肚子里去。我看见老虎几乎一口气就把其中一只给干掉了。

我把另一只老鼠放在了乔纳森的大门前,接着漫无目的地到处闲逛。我还和老虎一起在她家的花园里消磨了一段时间,之后我决定返回克莱尔家。

克莱尔进门的时候满面红光、神采奕奕。不过现在绝非她最动人的时刻,要知道她现在一身臭汗,不过她的精神状态看起来真是好极了。

"我的老天,艾尔菲,我真是累死了,不过运动过后感觉棒极了。据说这是由于大脑内啡肽的分泌,可是我要说的是或许还有其他的原因吧。"说到这里她把我抱起来一圈一圈地转起来,还不时地发出咯咯的笑声。我对此并不在意,因为我清楚她一定是恋爱了,不过我觉得现在她最需要的是洗个澡。

"好了,我该去洗澡了。"我终于松了口气。我决定现在也好好地给自己全身做个清洁。

第十九章

第二天早上我和克莱尔一同吃了早饭，之后，她准备上班，而我也打算去看看乔纳森。

虽然每天早上这种来回奔波的生活让我觉得很疲惫，但是我希望他们在上班之前都能看见我，于是我匆匆吃了几口饭，甚至没来得及清洁胡须就奔向了另一处家。我需要给予克莱尔和乔纳森同样的关注，这对我来说十分重要。我希望他们都能够把我当成"他们家的"猫。当我到达的时候乔纳森正准备出门。

"哎呀，我还在想你跑到哪里去了。谢谢你的礼物，但是真的别再给我礼物了，我的意思是，真的不需要了。我相信许多人一定会很乐于见到你把这条街上的老鼠都消灭干净，但是我真的不希望他们都躺在我门前的地垫上。"尽管他嘴上责怪我，但是我能够感觉到在他的内心深处——或许某一处非常隐蔽的角落——他是喜欢我的礼物的。毕竟他并没有再次赶我出去，不是吗？我是只猫，毕竟不会像人类那样准备礼物。玛格丽特喜欢给朋友送鲜花，可是我的这份礼物也是精心准备的，或许乔纳森心里明白我的这份心意。我看着他，舔了舔嘴唇喵了一声。

"我把昨晚剩下的寿司都倒到你的碗里了。现在我要去上班了,不过等我回来就能再看见你了。希望如此吧。"他俯下身来用手指轻轻挠了挠我的下巴,这是我最喜欢的爱抚动作。我大声地对他发出呼噜声,他满足地对我笑了笑。他离开之后我并没有动那些食物,而是把自己全身上下清洁了一遍,然后出发去探望住在22号公寓的房客们,一路上我暗暗提醒自己这次不要再被锁到屋子里去了。毕竟,乔纳森这里还有我没有吃的美食,我可不想浪费。

我真的很幸运,虽然时间还很早,但是弗兰西斯卡已经和她的儿子们出现在了公寓门前的花园里。上一次的那个男人也和他们在一起,他们看起来好像要出门。

"是艾尔菲!"阿列克谢尖叫着朝我跑过来,我立刻四脚朝天躺在地上等着他来挠我的肚皮。

"哈,他喜欢那只猫。"那个叫托马斯的男人说道。

"是的,他非常喜欢艾尔菲。"

"我现在必须要去上班了,kochanie,今晚夜班之前我会尽量赶回来的。"

"我爱你,希望你在那里不会太辛苦。"

"我理解你的心情,可那是饭店啊,虽然工作时间长,但是可不缺吃的。"男人笑着拍了拍自己的肚皮。

"我想家了,托马斯。"

"我知道,但是一切会好起来的。"

"你真的那么肯定吗?"女人问道。

"是的,kochanie。但是现在我得去赚钱了。"

"英语应该是，darling[①]。"

"听起来不怎么样，你是我的 kochanie，不是什么 darling。"男人笑了笑，然后亲了亲他的妻子和两个儿子就离开了。弗兰西斯卡神情疲惫地坐在台阶上看着孩子们玩耍。我来到她的身边坐了下来。

"至少阳光还好，来英格兰之前我以为这里总是下雨。"我蜷缩在她的怀里。我们就这样相互依靠着静静地坐了一小会儿。阿列克谢不知用什么方法把托马斯逗得哈哈大笑，这个画面看起来十分温馨，不过我还是从中感觉到了一丝悲伤。克莱尔家、乔纳森家、波莉家和这里，看起来我选择的这几处作为落脚点的人家虽然各有不同，但是有一点是相同的，那就是孤独。我想这也是我被他们所吸引的原因。我知道这些人需要我的善意和爱、我的支持和关怀。随着时间的流逝，我对此更加坚信。

我朝波莉和马特家的大门看了看，发现答案就在我的眼前。弗兰西斯卡需要一个朋友，而波莉也正好需要一个朋友。回想一下，克莱尔当初见到塔莎时是那么快乐。天哪，原来一切这么简单。不过我得想想怎么才能实施我的计划。

弗兰西斯卡站起来呼唤孩子们。

"都过来，孩子们，我们把鞋穿上去公园。"

孩子们进了屋子，我在思考自己该做些什么，我意识到自己动作必须要快。于是我用爪子使劲地挠波莉家的大门，并且使劲大声喵喵叫着。从小声的呜咽到尖利的号叫，如果波莉再不出现我的嗓子就快要喊破了。

[①] 英文"亲爱的"的意思。

过了一会儿门开了，波莉很惊奇地看着我。

"怎么了？"波莉充满关切地问道。我继续号叫，她弯下腰来，"你受伤了吗？"我继续大叫，希望弗兰西斯卡快点过来。很明显波莉也不知道该拿我怎么办，看到她手足无措的模样我心里有一点内疚，但是这么做也是为了她好。"哦，上帝啊，我受不了了，我真不知道该怎么办。好了，小猫，请你不要再叫了。"波莉看起来马上就要崩溃了，我差点儿就要停下来了，不过还是坚持了下来。

就在我马上要筋疲力尽的时候旁边的门开了，弗兰西斯卡和孩子们走了出来。

"刚才那是什么声音？"弗兰西斯卡问道。

"我也不知道他到底怎么了。"波莉回答。我立刻安静了下来，我必须躺下来歇一会儿喘口气。阿列克谢走过来挠了挠我，我感激地靠在了他的身上。

"现在他看起来应该好了吧？"弗兰西斯卡不确定地说。

"可是他刚刚的叫声那么可怕，听起来好像受了很大折磨似的。"我想对她的评价说声"谢谢"，很明显，我的演技和电视里的演员一样好。

"他是你们家的猫吗？"波莉问。

"不是，不过他经常来我们家。我曾经尝试着拨打他名牌上的那个电话号码，可是打不通。"

"我不喜欢养猫。我的意思是，我的事情已经够多了。"波莉的眼里突然涌出了泪水，接着她的喉咙里发出呜咽声，"哦，老天啊，亨利还在婴儿车里睡着呢，或许这会儿已经醒了。"说着她进了屋，一会儿只见她拼命想要把那个超大的婴儿车从房间里推出来。弗兰西斯卡去帮她，等到她们两个都从屋里出来的时候，波莉的眼泪又流了下来。

"好了好了，坐下来休息一下吧。"弗兰西斯卡把她拉到门前的台阶上坐了下来。"阿列克谢你来推婴儿车哄哄小亨利。"阿列克谢照妈妈的吩咐把车子推走了，这时候小婴儿突然止住了哭声。

"妈妈，妈妈，我让他安静下来了！"阿列克谢欢快地说，就连波莉也挤出了一丝笑容。

"真抱歉。"波莉一直重复着这句话。

"你没睡好？"弗兰西斯卡问道。

"没有，天哪，从来都没有。他——小亨利——不睡觉。整晚都不睡，只有白天睡上几觉，然后就开始哭，哭啊哭啊。"

"你叫波莉，对吗？"波莉点点头。"没关系，我能体会那种感受，我有两个孩子，阿列克谢那时候也很少睡觉，不过托马斯好一些。"

"你从哪里来？"

"波兰。"

"我们从曼彻斯特搬过来。"弗兰西斯卡看起来有些茫然。"那是英格兰北部的一个城市。我的丈夫马特在这里找了份工作，待遇很好，让人很难拒绝，虽然工作不错，但是我还是很想家。"

"我也是，我丈夫也找了份不错的工作；他是个厨师，他在伦敦这儿的一家高级饭店找了份工作。他想要给我们更好的生活，我相信他，但在这里我很孤独，也很害怕。"

"没错，在这里是很孤独。马特，唉，天天都在工作，尽管我们才刚刚搬到这里一周时间。我负责带亨利去公园散步，带他去看卫生随访员——和曼彻斯特那个比差远了。我几乎没见过任何人。"

"什么是卫生随访员？"

"哦，是这样的，在这里你生了孩子之后就会有人定期探访你，看你是否有育儿方面的疑问。曼彻斯特的卫生随访员亲切可爱，可是这里的卫生随访员好像根本就没空理我，她总是忙忙碌碌的，我向她咨询过小亨利不睡觉的问题，她只是说有些孩子晚上就是不睡觉。"

"或许她说的没错，但是听起来对你没有任何帮助。阿列克谢晚上也总是不睡觉，但是最后我才知道，那是他饿了。他需要不停地喝奶，所以我专门买了婴儿安睡奶粉，他吃了之后晚上睡得踏实多了。"

"亨利也经常饿，但是我一直不想让他吃奶粉，所以他现在吃得很单一，我一直想要纯粹喂养。"

"那是什么意思？"

"意思是，只吃母乳。"

"哦，我也曾经这么想，但是，英语该怎么说呢？我被追赶得没有路了。"

"应该是，被逼得没办法了。我明白你的意思，我现在就是这种感受。"

"有人告诉我你可以为自己孩子做的最好的事情，就是先让自己有能力让他们得到合适的照顾，那就是说你要先睡好觉。我白天喂阿列克谢母乳，到了晚上就会给他吃奶粉。"

我聚精会神地听着他们的谈话。这两个女人现在都很需要帮助，只是情况稍有不同，弗兰西斯卡是因为身处异乡没有朋友，而波莉是因为刚来到新环境睡眠不是很好。我能预感这两个女人以后会成为好朋友，而我也有义务促成这件事，我发誓一定要做到，即便那意味着我要把波莉吓个半死。这两个带着孩子的女人孤独、无助，她们太需要彼此了。我认为是时候提醒一下她们我的存在了,于是我喵地叫了一声。

"哦,艾尔菲,你还在这儿啊!"弗兰西斯卡说。波莉伸出手试探着拍了我一下,她的动作十分软弱无力。"几天前他也跑到了我家里,当时我很担心,因为我听说有猫把婴儿给咬死了。"我又一次感觉被伤害了,我实在不希望她再对别人提起她认为我可能会咬死她的孩子这件事了。

"哦,我可从来没听说过这样的事。我喜欢猫,而且这只猫很聪明。"

"你怎么知道?"

"因为他我们才认识的,不是吗?我提议,咱们现在一起去商店给小亨利买些奶粉,然后我们还可以去公园走一走,亨利到时候也能睡上一觉,好吗?"

"哎呀,听起来很不错。谢谢你,真的,我很希望能认识个朋友。你说的没错,我应该尝试喂他些奶粉,至少试一试也无妨。"

"很好,我也需要个伴儿。我的孩子们虽然都很可爱,但是我需要一个成年人伴儿。原谅我的英语说得不好。"

"没关系,哎呀,你已经很棒了,除了英语我可是什么外语都不会说呢。"她们还在热火朝天地聊着,我感觉她们之间现在已经有点难舍难分的意味了。

她们准备出发了。托马斯很不情愿地让母亲把自己固定在伞车上,阿列克谢站在婴儿车旁边,波莉推着她那个硕大的婴儿车,亨利在里面十分安静。波莉身材高挑,一头金发,而弗兰西斯卡在一旁就显得很结实。她当然并不胖,只是一旁的波莉太过于瘦弱,让我感觉蹭一蹭她的腿她就要摔倒似的，而弗兰西斯卡看着就像能够抵御任何暴风雨一般，她一头乌黑油亮的短发，褐色的眼睛，一笑起来眼睛闪闪发光，样子很可爱，她的微笑是我见过的这世上最温暖的。

离开花园之前，他们停下来和我道别。阿列克谢告诉我他很快就会回来，我喉咙里发出呼噜声作为回应，我还会回来看望这个可爱的小男孩的；我知道他一定会成为我的朋友的。

两个女人一起走在街道上的样子很不协调，一个白，一个黑；一个高，一个低，但我觉得她们会相处得很好，虽然我也不知道是为什么，但是我就是这么认为的，而我也为促成她们的友谊尽了一份力。我并非炫耀，只是觉得这其中有我的功劳。

两个女人的故事勾起了我的兴趣，我真希望能多花些时间和她们待在一起。我非常渴望能够和她们一起在房前的草坪上散散步，那将是多么有意思的事情啊！相信我和阿列克谢以及托马斯的友谊也会日渐深厚，因为每个小男孩身边都应该有一只猫的陪伴。今天真是愉快的一天，新的友谊从此开始，谁知道未来这份友谊还能带给我们什么样的惊喜呢？

小·猫·艾·尔·菲

第二十章

　　缺乏勇气是无法成为一只走街串巷，去不同家庭做客的猫的。

　　几周来，我穿梭于四个家庭，感觉每天都很忙碌。我开始发现作为一只四个家庭共有的猫并不像我当初想象的那样轻松。虽然很辛苦，但我觉得值得。现在我正着手制定一个时间表，但看来难度比较大。

　　克莱尔的状态一天比一天好，我知道治愈心灵创伤需要时日，这是当然的，我也曾亲身经历伤痛。看着现在的她我就想起了曾经的我。

　　你能理解这种心情并不表示你已彻底痊愈，而恰恰是因为这种逐渐复原的过程已经成为你生命的一部分，你仍然会时常感到痛苦，但是那已内化为你性格的一部分，并且你开始学习带着伤痛继续生活。这就是我对这种经历的理解，至少说，这是我对那段伤心日子的感受。看着克莱尔的笑容一天比一天多，状态一天比一天好，我感到十分欣慰。她现在也稍微吃胖了一些，再也不是最初来到这里时那个弱不禁风的小鸟模样了。她的脸蛋开始变得红润，一天比一天光彩照人。

　　乔纳森家里总是有女人出现，虽然不再像以前出现得那么频繁，但是对我来说，这似乎依然是一个危险信号。不过值得表扬的是，进入工作状态的他现在的作息更加有规律，除非加班到深夜或是去健身房，一般他很早就睡觉了。他现在的状态也越来越好，虽然他本来就很帅，不过现在很少再有愁眉苦脸的表情，所以看起来更加英俊潇洒。

现在我有时在克莱尔家，有时则在乔纳森家过夜。就目前我的观察来看，他们似乎都过得很开心。总的来说，克莱尔比乔纳森下班要早，所以我们会一起先吃晚餐，然后出去散会儿步。在她读书、看电视或是端着红酒讲电话的时候，我就会舒服地依偎在她身边，在那之后我就会动身去探望乔纳森。

我一般会在他下班回来的路上迎接他。他经常要工作到很晚，这让我失去了很多乐趣，于是在晚上我形成了固定的生活习惯。我会外出走上很长一段路或是出去进行一些锻炼。最近我吃胖了，因为我总是在拜访不同家庭的时候额外获得些吃的，但是和这条街上住的那只叫生姜的猫相比我并不算胖，那只猫胖得几乎连路都走不动了，相信任何一只老鼠都能轻而易举地从他手上逃脱。

有时候我也会去探望老虎，然后我们一起叫上住在这附近的猫出去溜达一圈，他们中的有些猫看起来和我之前一样落魄。和同伴们的短暂社交之后，我再决定去谁家睡觉。我在克莱尔家和乔纳森家轮流过夜，但问题是两个人都很希望早上一醒来就看到我。如果我睡在克莱尔家，我会和她同时醒来，然后一路小跑地赶在乔纳森离开家上班之前见上他一面，在乔纳森家我也会重复相同的事情。我经常感到很疲惫，但是我仍在尽量让大家都满意，不过让每个人都开心可真不是一件容易的事情，我的生活变得十分复杂。

白天克莱尔和乔纳森外出工作的时候，我就会去22号公寓，我对这样的安排十分满意。我经常会站在弗兰西斯卡的门前喵喵叫上几声，过一会儿，她或是阿列克谢就会打开门让我进去。他们会给我一些鱼吃，大多数时候都是沙丁鱼，不过我更喜欢的是阿列克谢可以和我玩耍，我们在一起玩得格外开心。我四脚朝天躺在地上，阿列克谢就会轻轻地挠我的肚皮，这已经成为我最喜爱的新的休闲方式。这家人大多数时候都是比较快乐的，有时候当托马斯睡觉，阿列克谢玩耍的时候，我发现弗兰西斯卡总是一个人待在厨房，靠在厨房的操作台上一副心不在焉的样子，我知道她在思念自己的家乡。通过相处我知道她是一个很坚强的人，她给家人带来快乐，却把所有不开心都深藏在心里。尽管人在这里，但我知道她的心里还时时牵挂着波兰；就像我住在这条街上，但思绪却常常飘向远方，去寻找玛格丽特和艾格尼斯，虽然我也不知道她们现在在哪里。

一个周末，我又来到了弗兰西斯卡家。克莱尔和塔莎外出约会去了，乔纳森去和朋友一起去吃什么叫做"早午餐"的东西，于是我就去了弗兰西斯卡家，这次是她的丈夫，那个也叫托马斯的大个子开门让我进去的。今天他们全家轮流和我亲热了一番。托马斯看起来很善良，在弗兰西斯卡为全家人准备大餐的时候，他陪孩子们一起玩耍。他对孩子们和妻子都十分细心体贴，虽然弗兰西斯卡有时会感到生活的艰辛，但她的周围到处充满着爱意，我能够感觉出来。弗兰西斯卡拥有一个幸福的家庭，我对此十分欣慰，这是一个温暖有爱的家庭。有人在拨弄着我的胡须，我享受地闭上眼睛。

有时我会看见波莉带着小亨利和弗兰西斯卡待在一起。正值夏季，她们经常来到门前的草坪上，一边看着孩子们坐在爬行垫上玩耍一边喝着咖啡。而小亨利总是躺在垫子上，他不像以前那么爱哭了，似乎邻居家两个男孩的陪伴让他平静了许多。男孩们对着小亨利抖动摇铃，小亨利甚至会被他们逗得咯咯笑个不停。波莉看起来依然神经紧张，我很少看见她脸上有笑容，她似乎总在担心着什么。

这两个女人不仅在长相上差别很大，对待孩子的方式也迥然不同。弗兰西斯卡对孩子的管教很宽松，孩子们开心玩乐。波莉对待自己的孩子则是小心翼翼的，她抱亨利的样子就好像他是玻璃做的。她总是一副无精打采的模样，甚至在喂孩子的时候也是如此，她的状态如同克莱尔刚搬到这里时那样。波莉总是喊累，这或许是她情绪起伏不定的原因，但是我实在无法理解她为什么会如此疲惫。自从小亨利开始吃奶粉之后，她晚上明显睡得更多了。虽然睡眠时间依然不算太多，但是也有很大程度的改善，所以波莉应该不会像以前那么疲惫才对。

弗兰西斯卡总是会邀请波莉到她家里去，这样他们可以一起喂孩子们吃饭，她也尝试着给小亨利做些辅食。可以看出这个小孩每次来这里都十分开心，他不仅很少大哭，而且总是笑；我在想波莉是否注意到了这一点。她看起来十分忧伤，我甚至担心她对生活的改变一点都没有察觉到。波莉现在是我最担心的人了，尽管如此，我还是决定暂时不再去她家了——现在时机还不成熟。波莉现在虽然能够容忍我出现在她家里，但是她依然对我充满疑虑。可是我总是有种直觉，她比其他几户人家更需要我的陪伴，我也不清楚自己为什么会这么想。

我看着这些人，他们和我之前的主人玛格丽特都不同，不仅仅在年龄上他们要年轻许多。克莱尔现在光彩照人，再也不是当初见到她时的那个身材瘦削、头发蓬乱、哭哭啼啼的女人了。虽然她偶尔还会陷入伤感，但都是在和我独处的时候，而且这种情况越来越少。乔纳森依然让人捉摸不透，但是他变得越来越开朗；我知道那不仅仅是因为工作，还因为他在工作中结识了许多新朋友，当然这些朋友不仅仅是那些身材火辣、发型时尚的美女，不过我依然觉得他太孤僻了。在这间又大又空旷的大房子里，除了时常变换的女人，几乎从未有其他人来拜访他。他偶尔也会外出，次数几乎和克莱尔差不多，不过，有时他的样子像是在寻找什么。艾格尼斯刚去世的那段日子，我每天醒来也总是那副样子，因为刚睡醒的时候脑袋不是很清醒，我会下意识地寻找她的踪影。看起来乔纳森也在寻找着某个人，只可惜那个人并不在这里。

和其他人相比，弗兰西斯卡最像玛格丽特；她亲切可靠、通情达理，尽管十分想家，但她是这些人当中做事最井井有条的；波莉则恰恰相反，脆弱的她似乎随时都有可能崩溃，有时候我甚至怀疑她是不是已经崩溃了。

他们每个人的情况各不相同，但都需要我的陪伴，我恨不得每时每刻都陪伴在他们身边，这样我就可以帮助他们。

我刚刚从悲惨的生活中解脱出来，现在我也要帮助他们走出困境。

可问题是我现在的生活已经十分忙碌，根本不可能同时出现在四个地方，但是如果要实施我的计划，就必须时时刻刻陪伴在他们身边。

"这可真是太难了！"我无奈地对老虎说。

"一只猫四个家确实是这样，那意味着你要讨好四家人，"老虎打了个寒战，"一家人就够我忙活的了，我对你表示理解。"

"老虎，我再也无法接受孤单一个的生活了，所以我要确保在任何时候都有人能够照顾我。"

"我明白。或许对大多数猫来说，忠于主人这个要求有些过分。"

"但是我可是绝对忠诚的，只是我忠诚于四个家庭，我需要学会合理地分配时间。"

"艾尔菲，不要再那么天真了。我的主人是一对已婚夫妇，不过他们并没有孩子，如果他们真的出了什么事的话……好吧，在认识你之前，我从来没有思考过这个问题。"

"我希望在我身上发生的悲剧永远不会降临在你身上。不过你很幸运，因为如果真的有那样的事发生的话，你还有我可以照顾你。"

"谢谢你，艾尔菲，有你这个朋友真棒。"

"老虎，我真的不希望任何一个，不管是人类还是我们的同类，经历我曾经经历过的那段痛苦日子。在经历种种不幸之后，我已经了解，同情和怜悯对我有多么重要，如果没有这些东西，我都不敢想象自己会变成什么样子。我还算幸运，在流浪的那段日子里以及现在我的家中，我都得到了许多同情和怜悯，我知道这对我们的生存至关重要，对于所有猫咪都是如此。"

"现在你再也不会孤单了。"老虎语气柔和地提醒我。

没错，我需要把同情和怜悯传递下去，这就是我的领悟，因为其他猫咪以及人类的同情和怜悯，我得以在玛格丽特去世后活了下来。这次的经历也让我意识到，生活是一件很有趣的事情，虽然我很盼望能够与艾格尼斯和玛格丽特团聚，然而我内心依然希望自己能够活下去，继续生活，我对此实在无法理解。

第二十一章

　　我睡在克莱尔家客厅的沙发上。虽然克莱尔并没有明令禁止我睡在沙发上，但是她曾经用很温和的方式诱导我放弃沙发，回到自己的猫床上睡觉。此时，落日余晖透过窗户，正好照在沙发上我休息的位置，这种暖融融的感觉实在让我无法拒绝，尤其是经历了一下午的玩闹嬉戏之后。从弗兰西斯卡家回来我感觉饥肠辘辘，在那里我和阿列克谢玩了几个小时，可是这次没有人给我沙丁鱼，甚至连口水都没有。弗兰西斯卡并不像平时那样欢快，她看起来有些心不在焉，虽然我刻意和她单独待上了一段时间，但是她并没有注意到我。我因为被忽视而感到有些失落。我知道人类总是会有这样那样的问题，可是这并不能成为忽视我的借口——不管怎样，我本打算在她心情不好的时候安慰她的！我没看见波莉和亨利的身影，也没有听见他们的声音。等我从弗兰西斯卡家出来的时候他们刚到家，马特也和他们在一起；他推着婴儿车，波莉神情看起来有些放松，这是唯一一次我看见她带着这样的表情，他们忙着说话，并没有看见我。对这两家的大人们来说我今天似乎完全成了透明的。

这仅仅是个开始，天色渐渐暗下来，这种情况变得越发严重起来。

克莱尔正准备出门，她给我准备好了猫粮和牛奶，可是却没顾上跟我说几句话或者和我亲热一下。她看起来心情很好，忙着收拾打扮。只见她穿着一件很精致的黑色连衣裙，脚上踩着一双高跟鞋就出了门。我从来没见她穿过那么高的高跟鞋，就连她上班的时候也没有穿过。她还花了很长时间摆弄自己的头发，然后在脸上涂了各种各样的东西。

等她收拾完毕，我都快认不出这是我熟悉的克莱尔了。

"艾尔菲，别等我了，今晚我和几个闺蜜一起出去玩。"她微笑着对我说，不过她并没有抱我或是拍我，或许是害怕我的毛会沾在她身上，好像我有多脏似的！我再次感到有些受伤，不过我知道这个想法很自私，因为我也很希望她能够快乐，于是我也打心底为她感到高兴。尽管如此，在她离开的时候我并没有发出呼噜的声音或是扬起我的胡须；因为我的心里还是十分失落。

烦躁再加上孤单，我来到了乔纳森家，可是屋子里没见他的踪影。似乎他还没有下班回来，因为房间里没有他给我准备的食物。我的猫食盘空空如也地放在地上，就像我上次离开时那样。尽管我吃得很饱，但还是有些失望，并不是因为没有好吃的，而是因为缺乏人的关注。

这让我意识到猫咪们其实感情十分细腻，虽然我现在不再是一只无家可归的猫，但这并不代表我可以得到一切我想要得到的东西。人类的情绪起伏不定，难以捉摸。我并没有刻意放大他们的弱点，我也清楚他们并没有想要抛弃我，只是我需要再独立一些，或许不要那么敏感。不管怎么说，我也曾有过一段流浪街头的经历，因此现在不应该变得那么脆弱。

可是我的心里依然很难过，我感到有些茫然，于是我决定一个人走一走，我不想和其他猫聊心事，甚至对老虎也不想。我垂头丧气地在乔纳森房子里转了转，甚至连他平常不怎么去的房间也进去走了一圈，但是我一点兴致也提不起来。我盘算着要不要再捕个活物给他做礼物，可是实在懒得动弹；难道我要用礼物回馈他对我的不重视吗？想到这里我的心底又泛起了悲伤，于是我决定回克莱尔家，后来我就在沙发上太阳照射到的那片温暖地带睡着了。

我被钥匙拧动门锁的声音和一连串咯咯的笑声吵醒了。我抬起头向外看了看，此时外面已是一片漆黑。克莱尔被一个我从来没见过的男人搀着走进了客厅，我立刻站起来充满疑惑地卷起尾巴，我正准备冲过去解救克莱尔，这时灯亮了。

"哎呀，艾尔菲还在这儿，艾尔菲我的小亲亲！"克莱尔说话含混不清、颠三倒四，跟跟跄跄地向我走来，我赶紧躲闪到一旁，看起来她喝醉了。克莱尔喝醉的时候并不像我之前遇到的那帮醉汉那样粗鲁无礼，但是毕竟是喝醉了，如果我让她把我抱起来，说不定她一不小心就会把我扔下去，我可不想冒这个险。

"好了，克莱尔，你现在已经安全到家了，那么我就先走了。"那个男人迟疑着说道，看来他也不确定自己该做些什么。

"别别别，乔，留下喝杯咖啡吧。"克莱尔说着大声笑了起来，好像她刚刚讲了一个非常可笑的笑话，可是我并不认为哪里好笑。

"谢谢，不过我还是走吧，克莱尔。说真的，明天早上你一定会感谢我的。"那个男人看起来十分和善，只是头发的颜色就像住在这条街上的那只叫生姜的肥猫一样。

克莱尔向他扑了过去，于是两个人向后倒在了沙发上。我迅速地跳向一边，差点就被他们给压在身子下面。克莱尔又咯咯笑了几声，乔似乎挣扎了几下才从克莱尔的双臂中挣脱出来。

"克莱尔，你有点喝醉了。"乔反复说道，语气中有些恼怒，这话说得可真委婉，"我真的要走了，我保证一会儿给你打电话。"

"不要走，求你了！"克莱尔口齿不清地说道，可是乔还是站起来，亲了亲她的脸颊，然后走出了大门。"哦，上帝啊，我可真失败！"门刚一关上克莱尔就放声大哭起来。接着她又像从前一样转为小声抽泣，我开始担心起来。克莱尔没有上床，而是蜷缩在沙发上打起了呼噜。

第二天早上克莱尔醒来时依然躺在沙发上，她看起来真是糟糕极了。

"哦，我的老天啊！"她惊叫着双手抓着头发，"我到底干了些什么？"她看着我继续道，"哦，艾尔菲，真是抱歉，你一切都好吧？"她想要起来，"我的头好痛！"说完她又倒在沙发上，"哦，上帝啊，哦，上帝啊！"她反复念叨着，一边按着头一边痛苦地呻吟。我对着她喵喵叫了几声，想要告诉她我饿了。

"哦，上帝，艾尔菲，你能安静一会儿吗？你的叫声就像雾笛一样。"我不知道所谓的雾笛到底是什么，于是我继续叫着，真搞不明白她为什么会是这么一副模样。如果是因为喝醉酒的缘故，那为什么人类还总是喝醉呢？

终于克莱尔从沙发爬了起来走进厨房，她喝了一杯水紧接着又喝了一杯，然后走到冰箱前从里面给我端出了些食物，当她正准备把食物放进盘子里时，她的脸色突然变得很奇怪。

"哎呀，不行了，我想我要吐了。"她说着就急匆匆地把盘子放下来，然后一溜烟地跑了。于是我独自开始吃早餐，此时我的脑袋一片空白。克莱尔今天不用上班,这对她来说应该是一件值得庆幸的事,因为她今天的状态实在不怎么样。过了一会儿她又走进了厨房,昨天晚上的妆容依稀挂在脸上,可依然掩饰不了她苍白的脸色。她的身上散发着难闻的味道(我承认比那些街头醉汉的味道要好多了),要知道猫的嗅觉是非常敏锐的。

"哦,艾尔菲,昨晚那个家伙,乔,他也进来了吗?"我喵了一声,希望她能理解这是我肯定的回答,"我都记不得了。哦,不,他一定很讨厌我。我敢肯定他现在一定会对我敬而远之,可是我却很喜欢他。哦,上帝啊,到了这个年纪我应该比较清醒才对,现在我真的尴尬得想死了。"我大声尖叫着,要知道我现在最不希望的就是失去她。

"我只是说说而已,"她似乎明白了我的心思,连忙安慰我说,"真对不起,艾尔菲,我现在要上床睡一会儿,我想我会睡上一整天。"说完她就走进了房间。我依依不舍地望着她的背影。人类真是捉摸不透,看来这句话千真万确。我开始觉得也许永远无法猜透人们心里到底在想些什么。

既然克莱尔明确告诉我今天一天她都不会再有什么活动了,于是我就去了乔纳森家,可是他依然不在家。我在猜想他是否昨晚回来了,只是今天早上很早又出去了,可是我的食盘依然放在地上,很明显他根本就没有想到要给我准备吃的。我有些担心,但是这个念头一闪而过,对于乔纳森这类人实在无需担心。只要我能照顾自己,那么他也一定能。他从早上离开家去上班后就再也没有回过家,我十分排斥这样的事实,因为那就意味着他根本就没有想到我,否则他怎么忍心让我饿着肚子,不给我准备两顿饭?这是我最不愿意接受的事实。我正在思考怎样做才能向他表达我对他的愤怒。

我决定放弃他离开这里。很明显我是不可能在他的这些所作所为之后再为他准备礼物了，于是我在思考如果像他抛弃我那样抛弃他，那么或许他就能明白我此时此刻的感受。就在我准备出门的时候，我听见大门开了，接着乔纳森走了进来，他依然穿着工作时的正装，不过看起来精神很好，至少和克莱尔的状态简直是天壤之别，这点我十分肯定。

"艾尔菲，实在抱歉，"他一边说一边笑着拍了拍我，我从来没见过他这样对待我，"希望你没有饿坏——我没想到会离开这么久。"我生气地喵喵叫着，想要用这种方式告诉他我不会原谅他，没错，我很希望每次来到这里的时候他都会在家等着我；算了，他应该不知道我已经吃过饭了。

"哦，艾尔菲，你可是只通情达理的猫，不要那么斤斤计较嘛！"他对我挤了挤眼，我眨眨眼睛，然后眯着眼睛看着他。虽然我不知道他的话是什么意思，但是我清楚我当然不是他所说的那样的猫。他笑了起来。

"要不是我了解你，我真的会认为你这是在对我说的话表示抗议。"乔纳森又笑了起来。这时他的手机响了，他看了上面的内容之后脸上露出了微笑。我猜想他是否和克莱尔昨晚一样现在宿醉未醒，因为他今天看起来格外不同寻常。很明显他的心情很好，甚至可以说是亢奋。"对不起，你肯定是饿了，我给你弄些吃的。"他捡起我的空食盘，脸上的表情似乎有些困惑，之后他给我弄了些大虾，这可是我最喜爱的食物，不过我可不打算这么轻易就被他收买。

乔纳森在我吃东西的时候又开始摆弄起手机。他在手机上写写划划，一会儿手机响起，他看了之后微笑着又在上面写写划划了些什么。

小·猫·艾·尔·菲

我觉得十分恼火,我真希望此时此刻能够安安静静地吃顿饭。

"艾尔菲,"乔纳森终于开口说话,"我很喜欢昨晚和我在一起的那个女人。我认识她有一段时间了,尽管还不太了解她,不过我上周又见到了她。怎么说呢,她漂亮、风趣、聪明,工作也不错。事实上我觉得和她很'默契'。"我不去看他,装作聚精会神地吃着大虾。

"哦,好了,你不会一辈子都和我生气吧。你肯定会为我高兴的对不对?"我感到浑身的毛都竖了起来,我想要告诉他,我当然不会一直生他的气,因为我马上就要被他遗忘了,不过如果他能够彻底走出悲伤,我当然打心底为他感到高兴,尽管我觉得这一切来得太突然,我甚至完全没有准备好!"瞧吧,我就说我不想养猫的。我一个人自由自在想去哪里就去哪里,你整晚消失不见我都不介意,拜托,我是个成年人,艾尔菲。"我依然不理睬他。"哦,艾尔菲,就原谅我这一次吧,下次我争取把她带回家里好吗?"我把脸转向他,可是依然表情很严肃。"老天哪,我为什么会傻乎乎地对着只猫道歉!"乔纳森一脸茫然地说道。

我气愤地看了他一眼,接着从活动猫门跳了出去。刚一出去我才发现外面在下雨,我竟然没有注意到天气的变化,一定是被气晕了,不过这也把我自己放在了一个尴尬的境地。克莱尔还在睡觉,乔纳森正陶醉在他的恋情当中没工夫理会我,所以我只能这么被雨淋着,这可是我最痛恨的事情了,于是我只好向22号公寓走去。

对克莱尔和乔纳森,我感到十分无奈——玛格丽特可从来没有像这样行为失当过——我认为是时候对弗兰西斯卡和波莉加强魅力攻势了,或许她们两个更靠谱一些。

我的运气还不算太坏,到那里时正巧赶上波莉的丈夫马特把婴儿车往屋子里推,于是我趁机也跟了进去。

"哎呀,你好啊,艾尔菲!"马特对我打了声招呼,我的心情立刻好了大半,一半是因为他对我的亲切问候,一半是因为我找到了个避雨的地方。他把鞋脱下来,然后就把婴儿车留在了大门口。我发出了呼噜的声音。

"嘘,"马特小声地制止了我,"我刚把亨利哄睡着,波莉也正在休息,她真的是太累了。进来吧,我给你找条毛巾帮你擦干身体,再给你弄些牛奶。"于是我跟着他走进这间狭小但很整洁的厨房。他抓起操作台上的抹布在我身体上来回擦了几遍,他的动作很轻柔;之后他又从冰箱里拿出了些牛奶倒进一个小锅里加热;接着他悄悄地将牛奶倒入一个碗里递给我,并温柔地拍了拍我,这个过程中我感觉到了我们之间的友谊在慢慢建立。我舔着牛奶,尽量让自己不发出声响,马特在一旁又倒了一杯牛奶,然后端着走进了客厅,我跟在他身后。我们并排坐在了沙发上。他拿起一本书读了起来,我则静静地坐在一边,想要向他证明我是一只很懂事的猫。我蜷缩起身子,不一会儿,我开始打起了瞌睡。接着,我被波莉的声音吵醒了。

"我睡了多长时间?小亨利在哪儿?"她惊慌失措地问道。

"放心吧,亲爱的,他在婴儿车里睡着呢,你刚才睡了几个小时。"

"可是他不是应该吃点东西吗?"

"早饭已经吃过了,现在还没到午饭时间。亲爱的,亨利已经半岁多了,所以我们可以按时给他喂食。"

"那是卫生随访员说的,弗兰西斯卡也是这么说的。"

"所以说,他们或许是对的。我给你倒杯茶吧?"

"谢谢,那就给我倒一杯吧。"于是马特站起来,波莉走到了我身边。

"你好啊，小猫。"波莉语气僵硬地说道。我抬起朦胧的双眼；她是知道我的名字的。"对不起，艾尔菲，"波莉纠正道。我很自信自己现在和人类的交流越来越纯熟，不过我还是要多加练习。她伸出手轻轻地摸了摸我的毛，我待在那里一动不动。波莉看起来对我还是比较害怕，不过话说回来，似乎没有什么是她不害怕的。以我的观察，她甚至连自己的孩子都害怕，她竟然会害怕娇柔脆弱的小亨利。

马特端着杯茶走过来，把茶杯放在波莉面前的咖啡桌上；接着他坐下来把我抱起来放在他的腿上。

"希望亨利不会对他的毛过敏。"波莉说。

"他肯定不会，妈妈也养过一只猫，我们那时候不是整天都待在那里吗？"

"哦，对啊，我差点儿忘了。"波莉回答道。她的表情空洞，马特的眉毛凝成一团，他看起来有些担心。

"波莉，你还好吗？我是说真的。我知道这次搬家给我们的生活带来了很大的变化，之前我一直没有意识到自己的决定或许有些草率，可是我现在真的很担心你。"

"我没事。"波莉环视四周，脸上一副茫然的表情，似乎不知道自己现在在哪里。整个房子里面还是空空荡荡的，就像他们刚刚搬进来时一样。除了沙发、扶手椅和一个咖啡桌，客厅再也没有其他家具了。虽然地板上还有一个婴儿爬行垫和几件玩具，可是这里看起来还是不像一个家，这里和隔壁那个公寓给我的感觉完全不同。"我只是觉得生活得很艰难，我很累，"波莉继续道，"我太累了，也很想家，尽管我现在认识了弗兰西斯卡，可是依然感到很孤独。我想念我的家人。"

这是我听她话说得最多的一次，即便对弗兰西斯卡，她也从未说过这么多。

"我会尽一切可能帮助你，"马特说道，"或许我们应该回去看看，你应该会高兴吧？或者如果你愿意的话，你和小亨利可以去你妈妈家待上一周。我这周日就送你们过去，下个周末再把你们接回来。"

"你是想要抛弃我们吗？"波莉的话语中充满了恐惧。

"当然不是，我会想念你们两个，只是我觉得你会希望和你妈妈待上一段时间。"波莉看了马特一眼，这时亨利的大哭声打断了他们的谈话。

"我去喂喂他。"

"我去帮你冲些米粉或是奶粉吧？"马特问道。他的神情十分悲伤，像个被打败的士兵。

"不用了，我的乳房已经很涨了，我去喂他些奶。"说着她就离开了，我听到亨利的哭声一直到了卧室，然后卧室的门被锁上，一切又都恢复了平静。马特叹了口气，表情看起来有些茫然，弗兰西斯卡有时也会出现那样的神情。他心不在焉地轻拍着我，我知道他在思考其他事情，即便如此我也十分享受这样的爱抚。

过了一会儿，波莉抱着亨利走了出来，然后将他放在了地垫上，孩子开始拨弄身边散落的玩具。

"我们应该训练他独自站立。"波莉说道。

"好啊，那我去拿几个垫子放在他身后。"马特说着便开始摆放垫子，找到些事情去做似乎让他如释重负。接着他把亨利扶起来，然后拿着几件会发出声响的玩具在他前面逗着。亨利很喜欢这个把戏，开始咯咯地笑起来，马特也被他逗得笑了，甚至连波莉的脸上都露出了笑容。我多希望他们此刻能用相机拍下这一刻,这样日后看着照片就能记起一家人聚在一起时的美好时光,此时的他们看起来是那样融洽。

"好了,亲爱的,要不我们现在去买一个折叠婴儿车吧,这样我们就可以扔掉那个又大又蠢的推车了。"马特提议。此时的小亨利已经不再坐着,而是仰面躺在垫子上专注地摆弄着自己的脚丫。

"好的,我们可以走着去,那家商店是我和弗兰西斯卡几天前发现的。"波莉比刚才活跃了一些。

"那么我用婴儿背带带着亨利吧?"波莉点了点头,于是两人开始忙着收拾东西准备出门,

我也准备要离开了。我目送着他们走上街道,然后来到了弗兰西斯卡家的大门前大声地喵喵叫着。然而家里似乎没有人,没有开灯,一家人好像出去了。似乎大家都找到了想去的地方,只有我在这里闲逛。

于是我只好去找老虎。在这条街上我的交际圈可不仅仅局限于这几个家庭,我还有几个伙伴。如果我有需要,至少还有同类可以依靠,这种关系绝非一朝一夕可以形成,随着时间的流逝,我们的友情也变得越来越深厚,现在看来终于轮到这同类间的友情发挥作用了。当然我也并非完全出于功利原因才和他们交往的,不过也要以防万一。

"你想要做些什么?"老虎问道。

"我们一起去公园旁边的那个池塘照照自己的影子吧。"这可是我最喜欢的消遣活动。老虎和我最终站在池塘边,我们尽可能地凑近一些,看着我们在水里映出的倒影。池塘水面泛起的涟漪将我们的身影扭曲得十分滑稽可笑,就这样我们一起度过了一个愉快的下午。

接着我们又从街道旁边房屋的后花园穿过,一会儿跳上院子的围墙,一会儿跳上花房的屋顶,我似乎又找回了往日的快乐,将最近的

烦恼暂时抛到了脑后。

"哎，快看那只小狗，长得可真滑稽！"老虎指着一只狗对我说道。于是我们站在围墙上以居高临下的姿态对着他发出嘶嘶的挑衅声，那只狗只能围着院子不停地转圈，不时发出几声狂叫。这种感觉真好，无忧无虑、没有负担，我很喜欢和老虎在一起，她安静、柔顺但不沉闷，是一个很不错的伙伴。

第二十二章

几天后的一个晚上,当我再次来到乔纳森家的时候,一种美味吸引了我。我看到乔纳森在厨房做饭,这是我从没见过的。台面上放着一瓶打开了的葡萄酒,他身旁还有一瓶啤酒。

"嘿,艾尔菲,你是原谅我了吗?"他问道。我发出呼噜呼噜的声音作为回答。虽然好几天都没来见他,但我早已经原谅了他,不过附加条件是得让我美美地吃顿大餐。乔纳森果然没让我失望,他给我准备了最丰盛的食物。他打开冰箱,取出一罐已经打开了的三文鱼罐头,给我分了一些,然后对我亲切地笑着。我眯着眼看他,发现他似乎和以前不太一样了,但我也不能确定他到底是哪里变了。我索性埋头大吃起来,之后在厨房窗台找了个地方坐下来,这样我既可以观察他又可以欣赏外面的风景。

我很喜欢看他做饭。他已经换了衣服,穿着白色衬衫和牛仔裤的他看起来很帅气,而且我很喜欢他身上的味道。他一边做饭一边吹着口哨,似乎被注入了新的能量,猫咪有时也会如此,脚上就像装了弹簧一样一步一跳。

门铃响了，乔纳森似乎一步就冲到了大门前，我在厨房静候着。一会儿，只见乔纳森和一个女人相拥着走了进来，乔纳森的喜悦心情连我都能感觉到。这个女人又瘦又高，一头红褐色的头发。和乔纳森一样，她也穿着白色衬衫和牛仔裤。毫无疑问，她和我之前在这里看到的女性不同，虽然也很漂亮，但和乔纳森之前交往的女人不一样。我猜她一定对今天的这身的打扮格外花了心思。

"菲利帕，要来杯葡萄酒吗？"

"好啊，多谢。"她说话的声音优雅十足。

"红的还是白的？"

"呃，红的吧。"乔纳森示意她在厨房的桌子边坐下，然后递给她一杯红酒。

"谢谢。"

我仍坐在窗台上，但她没有看到我，于是我喵地叫了一声让她知道我在这里。

"那是只猫吗？"她问道。

"什么？"我心里暗道，"我当然是只猫了，这话问得可真傻。"

"是的，他叫艾尔菲。"乔纳森答道。

"我可对养猫的男人不感冒。"她冷淡地说，我再次觉得受到了伤害。

"它经常来我家，我也不想养任何宠物，当然更别说是一只猫了，不过我挺喜欢它。"我舔了舔身上的毛。听听，你这个刻薄的女人，乔纳森很喜欢我。

"我不喜欢猫。"她说道。我不敢相信耳朵所听到的，我真想用爪子抓破她的脸，可我知道那样做不对。"真搞不懂养猫有什么意义。"

我期待着乔纳森能帮我说说话。

"我想如果我养的是蛇或蜥蜴,那样就显得我更有男人味了吧?"他半开玩笑地说。

"哪怕是一条狗,而不是一只猫。"

"它挺好的,你会慢慢习惯的,我已经习惯了,还要酒吗?"

我觉得十分烦躁,于是跳下窗台,我想在离开这里之前对着她大声表达一下我的愤怒。

"瞧,你的话让他生气了!"乔纳森竟然笑着对那个女人说,他应该表达一下不高兴才对。

"上帝啊,真是只讨人厌的猫。"那是我离开这里前听到的最后一句话。

接下来的几个晚上我都和克莱尔待在一起,而她自从上次醉酒事件后就一直萎靡不振。虽然照常每天上班,但每晚回来时看起来总是很伤心,尽管我不知道是什么原因,这几天以来我一直格外关注她。我不知道她需要什么,但我想让她知道我会一直陪在她身边,只要她能重新振作起来,我可以为她做任何事。

我们正准备吃晚饭的时候,她的手机响了起来。她看着手机,愣了一下,然后接通了电话。

"喂,"她的表情有些惊讶,"啊,乔,你好。"接下来一阵沉默,我听不清乔在电话里说了什么。"那天晚上的事很抱歉,我喝醉了,我不该喝那么多。"说实在的,她确实不应该喝那么多。或许她很喜欢喝酒,但我从没见过她像上次那样醉得一塌糊涂。

他们像以前一样交谈了好一会儿,渐渐地,她的脸上开始有了笑容。挂掉电话后,克莱尔一把抱起我,把我像布偶一样紧紧搂在怀里。

"艾尔菲，还好我没有搞砸。他明晚要过来吃晚饭。天呐，我原以为上次出了那么大的洋相。哎呀，上帝啊，我要穿什么衣服呢，我要做什么晚餐呢？我已经好多年没约会了，好多年了！对了，我要给塔莎打个电话！"说着她跳了起来，在屋子里跳着舞转了几个圈。

我一直尽力想要帮助她，但事实看来，一个谈不上深交的男人的一通电话比我的作用似乎大多了！人类啊，就连我这么出类拔萃的领悟能力也无法猜透他们的心思。

在我去乔纳森家的路上，我停下来看老虎抓鸟，结果她却一无所获。离开克莱尔家的时候，她正和塔莎通电话，她的神情非常激动。我继续往乔纳森家走，猜想着他家情况怎么样了。我从猫门钻进去，发现厨房很整洁却空无一人。我来到客厅，发现乔纳森在那里，正在打电话。

"没问题，我很乐意为你做饭。"稍稍停了一下，"我最近工作也比较忙，那么礼拜三怎么样？"又是一阵停顿。"太好了，我会预定一家饭店，到时见，菲利帕。"挂掉电话后他看见了我。

"艾尔菲，我的伙计，"他一边说一边充满怜爱地抱起我放在他大腿上，"我真的太高兴了，我好像跟你说过，我和菲利帕几年前就认识了，那是在我去新加坡之前的事了。那时我们彼此都有男女朋友，事实上她的男朋友就是我之前的一位同事。所以想象一下，当我再次遇见她，并且我们还都是单身，我是什么样的感受！说实话，养猫或许并非男子汉所为，但我很确定你就是我的福星。"说完他笑了笑，然后准备去什么"健身房"了。

我满怀心事、脚步踟蹰地回到了克莱尔家，她正伏在餐桌上写东西。

小·猫·艾·尔·菲

"嗨,宝贝儿。"她说道。我朝四周看了一圈才确定她是在和我说话。我在她身边的椅子上坐了下来,她的笔沙沙作响,我多么希望能读懂她都写了些什么。这时门铃响了,她去开门,然后和塔莎一起走了进来。

"谢谢你能来,真的。你真是我的好朋友。"

"我哪有那么好,那晚我真应该让你和我一起回家,而不是把你独自留在那里。"塔莎说着抱了抱我。

"我喝得太多了。"

"我也是,要不也不会把你留在那和他们一起。不管怎样,一切都还顺利。很显然,乔喜欢你,你也喜欢他,而且明天你就要和他约会了。"

"我感觉自己像个花痴少女,我真的好紧张。哎,老天啊!不说这些了,既然你来了,帮我看看我准备的菜单。"她们俩看着她写下的菜单。"不知他是否喜欢意大利菜,不过自制意式千层面和蔬菜沙拉……我知道这似乎没什么新意,但或许他会喜欢,你说呢?"

"我觉得很好啊,当他看到你的打扮就不会在意吃什么了。"

克莱尔答道:"但我还不知道穿什么呢!"

"上楼来,你马上就会知道了。"她们相视一笑。

我跟着她们来到克莱尔的卧室,然后和克莱尔一起倒在床上,塔莎打开衣橱,开始在里面翻找起来。

"你想穿什么衣服呢?"塔莎问道。

"嗯……我想连衣裙吧,我觉得自己穿裙子会比较好看,但既然是在家,我又不想看起来像是刻意打扮了的。"

"那就穿牛仔裤吧,搭配件性感的上衣,效果会很好的。"说着她就开始寻找上衣了。

"我想如果你能把牛仔裤和上衣搭配好,你就能传递出恰当的信息。再说你现在身材这么火爆,他还不得乖乖任你摆布。"

"希望这样吧,我真的很喜欢他。"

"我都不太记得他了,头发应该是红色的,对吗?"

"是啊,头发颜色很漂亮,人也很有趣。"

"好吧,你是该找个有趣点的人。"

"我的生活还不够有趣吗?"克莱尔说着咯咯地笑了起来。

"好了,来试试这件,我来看看怎么样。"我躺在床上,在这对闺密的笑声中欣赏着一场时装秀。前些天见到克莱尔的情绪一直很低落,现在能再次听到她的笑声真是太好了,但我还是隐隐有些担心,克莱尔对这个男人了解得并不多,和这样的男人约会,她准备好了吗?我也许不是专家,但克莱尔刚搬到这里时是什么样子我可是非常清楚的,现在的她似乎在重蹈覆辙。考虑到她现在情绪似乎并不稳定,我必须得多留意她。

她们最后终于选定了约会的衣服,然后一起下了楼。

"想喝杯茶吗?"克莱尔问道。

"不了,我该回去了,和戴夫约好了今晚一起出去吃饭。"

"噢,真不好意思,让你在这里耽搁这么久。"

"别说傻话了,在这里我很开心。好了,上班见咯。怕到时见不到你提前先交代你一声,记住,约会的时候不要那么一本正经的,他也许并不是你的'真命天子',你只需要享受这个过程,记住,这只是一个约会。"

"我知道,我也不会太认真的。现在还为时尚早,不过我尽力吧。"

塔莎走后,克莱尔蜷缩沙发上,我走过来躺在了她身边。

小·猫·艾·尔·菲

"抱歉，最近真是一团糟。我爱你，艾尔菲。"我用最灿烂的笑容回应她。"不过，一切都在慢慢好起来。"我呜呜地叫着以示赞同。真希望事情会如她所言，但我不知怎的，心里还是有些担心。

第二十三章

我要迟到了，我得赶紧离开22B，弗兰西斯卡和阿列克谢对着我又是打扮又是照相，已经折腾了我好几个小时，这为他们带去了不少欢乐，托马斯在一旁不停地笑着。他们给我戴上帽子、太阳镜，围上围巾，把所有他们能够找到的东西都包在了我的身上。然后他们一边用弗兰西斯卡的手机给我拍照，一边对着我笑个没完。我应该可以应付的不是吗？但他们似乎毫无停止的意思，我被弄得不胜其烦，真想一走了之，但我最终还是忍住了。所幸我很爱这家人，因此我知道有一天我会原谅他们的（或許明天就会），前提是我还可以吃上沙丁鱼。

下午大部分时间孩子们都在乐此不疲地玩着变装游戏。我没看见波莉和小亨利，但我没工夫想这件事了，因为我只想赶快回去看看克莱尔，在她和乔吃饭之前我要查看一下她的情绪如何。

我敏捷地从猫门钻进来，对着她从上到下打量了一番，她的心情看起来很好，准备的饭菜闻起来味道很诱人，于是我蹭了蹭她的腿算是打招呼。

"原来你在这里啊，我还在担心你呢。想吃饭吗？快点，乔马上就要来了。"她将饭盛进我碗里的时候明显有些激动不安,她将我的食盘放在特别准备的小垫子上,我开始静静地吃着晚饭,然后将浑身上下彻底清理了一番,我想以最好的面貌迎接乔。

克莱尔忙着做饭,期间把我的食盘洗干净,还抽空收拾了一下头发,她似乎并不紧张,或者说激动掩盖住了紧张。我也很激动。门铃响了,我们俩都跳了起来,她再次拨弄了一下头发,我也用爪子捋了捋身上的毛,然后跟在她身后去开门。

他站在门前,手里捧着一大束鲜花,虽然只在那天晚上见过他一面,可是我还是一下子认出了他,他那一头红色的头发给人的印象格外深刻。

"乔,快请进。"他走进门来,吻了克莱尔的双颊,并把花递给她。他还带来了一瓶红酒。

"谢谢,花儿很漂亮。去客厅吧,我去给你倒点酒,白葡萄酒行吗?"

"好啊,放心,我知道客厅怎么走。"他朝克莱尔挤了下眼睛。我尽力抑制自己因为被他无视而愤愤不平的心情,跟着他们两个来到客厅。他坐在沙发上,于是我就坐在他面前的地板上。

"你那天晚上见过艾尔菲了吗?"她问乔。

"记不大清了。嗨!艾尔菲。"他边说边伸出手来抚摸我,"可爱的猫咪。"他笑着说。但我知道这并不是真心话——我可以感觉出来。首先,那天晚上他差点坐在我身上,我知道他肯定看见我了。第二,你可以从人们抚摸你的方式了解他们对你的真实态度,当然还有其他可以辨别的方式。如果一个人真心喜欢猫的话,你会从他的抚摸中感觉出来的。我猜想这和握手是一个道理。我见过有的人会紧紧抓住对方的手,很认真地握一下,而有的人只是碰碰对方的手。乔抚摸我的时候明显心不在焉,因此我知道他的话言不由衷,我感到很失落。乔纳森的朋友公然表达对我的不喜欢,而乔内心里对我也并不感冒。我简直太失败了。

克莱尔过来倒酒,乔趁机环视了整间屋子,却再也不曾看我一眼,这证明了我的判断是正确的。我尝试接近他,但他用嫌弃的目光看着我。

"去吧,小猫。"他爱搭不理地说道。我感到被深深伤害了,于是跑到一边,钻到了椅子下面。今天晚上还是待在这里吧,因为很明显不会有人邀请我加入晚餐的。

克莱尔看起来很开心,乔似乎对她很着迷。但我立刻就能看出那都是装出来的,不仅是因为他之前对我的种种行为。他逗得克莱尔一直在笑,但我不知道她到底在笑什么,因为他讲的一点都不可笑。

"我喜欢在广告部工作,"乔说道,"尤其是广告创意以及和客户打交道的环节。我很喜欢面对面的交流。"

"我猜你就是,不过我就更喜欢可以不用和客户打交道的工作,因为那样我会觉得工作起来更加轻松。"

"我能够理解,克莱尔,但我发现这个过程很有挑战性。你瞧,如果你有个很好的创意,但客户不看好,但你实在不想放弃,于是你最终说服了他们,再也没有比这更了不起的事了。"

"我想你可能比我更适合做这样的工作,但不管怎样,自从来到伦敦后我已经习惯了。"

"还是和在埃克塞特不同吧?"

"是啊,很不一样,不过,我真的很开心搬到这里。"

"为你乔迁新居干一杯吧,新的开始,新的朋友。"他们俩碰了下酒杯。

"是啊,新朋友,坐下吃饭吧,希望不会让你觉得很难吃。"

他们进餐的时候我就躲在桌子下面,静静地听他们的对话,对食物一点兴趣也没有。我认为乔只是看着比较英俊,耀眼的红色头发和碧蓝色的眼睛,但他十分无趣。他喋喋不休地讲了许多关于他自己的事情,但让我生气的是克莱尔竟然一直在聚精会神地听。克莱尔平时幽默、聪明,也很可爱,但今天晚上她就像个傻瓜一样,很像乔纳森之前约会的那些女人。他所说的一切克莱尔都点头赞同,就连他说喜欢打猎克莱尔都会随声附和,但我知道克莱尔根本不喜欢。我当初来她家的时候她告诉过我,不让我带任何死的小动物进来,她认为任何人都没有权利剥夺其他动物的生命。如果我可以讲话,我想要告诉她,那不过是猫咪向主人示爱和表达仰慕的方式罢了,不过我还是尊重她的意愿。现在坐在她对面的傻子谈论着狩猎季节,拔野鸡毛之类的事,之前对我说的那些话现在克莱尔竟然绝口不提,我决定要叼回一只死鸟来好好教训教训她。

我就一直坐在桌子下面,没人理睬,独自生着闷气,之后他们起身来到沙发前坐下来。然后他们激烈地吻在一起,互相撕扯着对方。我不确定要不要冲过去把克莱尔救出来,但她的声音听起来似乎不需要帮助。

"你真美。"乔将嘴从克莱尔的唇上移开时说道。

"你也是,走,我们去卧室吧。"他们几乎迫不及待地冲上楼,甚至连头都没有回一下,似乎已经把我忘了。

我坐在地板上,望着夜空,一种不安在心中弥漫开来。我担心会被乔纳森和克莱尔抛弃，真希望我的担心是多余的。即使现在可以自由出入于四个家庭，我的生活仍然充满了不确定，尤其是现在克莱尔和乔纳森似乎都找到了他们各自的"朋友"，而他们都不喜欢我。这些变故是我不曾预料的。

要赢得主人和其他猫的好感对我来说并非难事，然而这两个人却是例外。即便是当初对我很冷酷的艾格尼斯，我也能从她身上感受到善意。乔纳森也是如此，尽管他的真实想法被隐藏得很深，我依然能够感觉到。但从菲利帕和乔身上我察觉不到任何善意，我甚至害怕他们会伤害我。

第二十四章

弗兰西斯卡正在哭泣，这种情况可并不多见。今天托马斯不用去上班，他带着两个儿子出去了，临走时嘱咐妻子可以趁此机会好好放松休息一下，可是她没有这么做。弗兰西斯卡拿出了电脑，泡了一杯浓咖啡，然后对着电脑屏幕和人聊天，我猜那个人是她的妈妈。她和她妈妈长得很像，只是对方的头发是灰白色的，脸上的皱纹更多一些。我一动不动地坐在她膝盖上，逗得她们两个笑了起来。我听见弗兰西斯卡提到了我的名字，所以推测她正在介绍我。

她们用波兰语聊了很长时间，随后弗兰西斯卡突然放声大哭起来。此时的我早已经从她腿上跳下来了，于是我用最快的速度跑到她身边，她把我抱起来然后紧紧地搂在怀里。尽管我从未表现出对任何人的偏爱，但依偎在这个女人的怀里我感觉很温暖，这是这条街上其他任何人都比不上的。

"哦，艾尔菲，"她一边抽泣着一边说道，那样子让我觉得心都要碎了，"我很想我的家人：爸爸，姐妹们，尤其是我的妈妈。有时候我甚至担心再也见不到他们了。"我看着她，努力想要告诉她我理解她的感受，而且我也曾经历过这样的痛苦。那种失去亲人的空虚和落寞如影随形；那种感觉已经渗透进了我的皮毛、爪子，深深地植根于心里。

"我爱托马斯和我的儿子，我清楚来这里是为了追求更好的生活。托马斯热爱他的工作，他是个杰出的厨师，在这里他能获得更多的机会。结婚时我就知道他是个有追求的人。他希望拥有属于自己的餐厅，而且我相信总有一天他会实现这个梦想的，我必须要支持他。我确实也做到了，但我很孤独，很害怕。"我很清楚她的感受。

"孩子们在身边时我的心情还稍微好一些，独自一人的时候我就会被那种感觉压得喘不过气来。我不想让托马斯知道，他工作已经很累了，而且里里外外都需要他操心。这份工作待遇虽然很好，但在这里生活花销也更大，所以他的压力很大。我们两个都有烦恼，有时我甚至在想这么做是否值得。为什么不待在家里呢？不过我能理解他想追求更多。不仅为他自己，也为我和孩子们。"说完，弗兰西斯卡，我这个美丽而又善解人意的朋友就开始掩面哭了起来。

我们似乎这样待了很长时间，终于她轻轻地把我放下来，起身进了卫生间。她洗了洗脸，并像克莱尔那样在脸上抹了点东西。然后直起腰，对着镜子反复练习微笑。

"我不能再这样下去了。"她说。我不知道这种情况是不是经常发生，但希望不是。我以前从没有像今天这样和她单独相处过。我也经常看到她眼神恍惚，但那只是在她独自闲暇的时候。

她的情绪刚刚平复，这时候门铃响了，她光着脚走下铺着毛毯的台阶去开门。只见波莉面带微笑站在门外，手里还拿着一瓶红酒。

"你好！"弗兰西斯卡似乎有些惊讶，我也是：波莉很少会面带微笑，而且这是自从认识她以来我见过的她最轻松的一次微笑。

"你知道吗？我去等马特下班，在我们回来的路上碰见了托马斯，就是你的丈夫托马斯。"她兴奋得呼吸都有些急促，今天的她看起来格外明丽动人，"于是，这两个男人聊了起来，他们聊到了足球，马特还邀请托马斯来我们家在巨幕电视上一起看几场球赛，那可是马特最钟爱的消遣活动了。不仅如此，他们还约定一起喂孩子吃饭，这就意味着我们有一小时属于自己的时间，我们来点红酒怎么样？你瞧。"弗兰西斯卡先是一脸疑惑，听完立刻笑了起来。

"你最好在他们改变主意之前赶快进来。"说完二人不约而同地笑了起来。

"我一般从不会让亨利离开我的视线，不过我现在已经给他添加了辅食，而且我也提前挤出了些奶。所以，就像马特说的，不让自己放松一下实在是说不过去了。所以喝杯酒当然没有问题了。"

波莉跟着弗兰西斯卡进了厨房，并倒了两杯红酒。

"Na zdrowie①！"弗兰西斯卡举起杯子说。

"我猜你的意思应该是'干杯'。"波莉回应道。

她们坐在客厅里，我也凑了过去；不过我尽量不让自己出现得太突然，毕竟波莉还没有接受我，然而这次很罕见的，她竟然没有对我的出现大呼小叫。她只是迟疑了一下；以我对她的了解，她并非不喜欢我，而是对刚接触的人和事物都是如此。我心里很清楚她并不刻薄，就像最近走进我生活的大多数人一样。

"你还好吗？"弗兰西斯卡问。

---

①波兰语"干杯"。

"我想是的。我知道这听起来很不可思议,自从小亨利出生,我一直没有离开过他,哪怕一个小时都没有。当然,我睡觉的时候都是马特在照顾他,不过我们一直都待在同一间屋子里,现在是我离他最远的距离了。"

"有时我们做母亲的也需要歇一歇。"

"嗯,确实是。但是过后我总是会感到内疚。"波莉刚才的快乐片刻即逝,此时她的眼神又黯淡下来。

"妈妈的内疚感从怀孕那刻就开始了。"弗兰西斯卡淡淡地笑了笑。

"我想也是,我妈妈也是这样说的,我很想她。"波莉眼里闪现了一丝忧伤。

"我也是,我真的很想她。"

"你看,我们有好多共同点。"波莉笑着说,她的牙齿整齐而又洁白,我认为她完全够资格当一名模特。

"在这种情况下,我们应该习惯丈夫们给我们的这种馈赠。反正我丈夫总是很忙,很少有机会替我照顾孩子。"

"我丈夫也是。好了,别再抱怨了,我们还是好好享受这美好时光吧。只有一小时时间,我们不要浪费了。"

"是的,你知道吗?波莉,你是我来到英国的第一位朋友。"

"你也是我来到伦敦的第一位朋友,事实上也是唯一一个来自波兰的朋友,我很高兴能和你成为邻居。"这两个人说到动情处,连我都有些感动了,今天一天我都感觉自己有些多愁善感。

波莉离开之前,两人喝了几杯酒,不时地笑出声来,看起来相处得很愉快。托马斯和孩子们回来了,波莉随后也离开了,似乎和来的时候一样心情愉悦。

"再见，弗兰基。"她一边亲她脸颊，一边用更亲昵的方式叫她的名字。弗兰基斯卡说她很喜欢这个称呼。波莉离开后，托马斯对妻子说："马特人挺不错的。"

"她们一家都很不错，我想我们可以成为朋友。"

"是的，我还以为人们会看不起我们，因为我们是波兰人。"托马斯的表情有些沮丧。

"我知道，但并不是每个人都是那样。很幸运我们的邻居们不是这样的。"弗兰西斯卡看起来也有些失落。

"但是其他人……"

"别再说这些了，托马斯，我不想谈论这个话题了。"她的脸上满是忧虑。

"对不起，但是我想我们应该再谈谈。"

"只是那一个女人，她很快就不会那样了，老太太嘛，不了解现在的社会。"

"可是这么做对我们不公平，我不想让你住在这里因为这件事烦心。"

"求你了，别再想这件事了，托马斯。你从没有请过一天假，不要因为这破例。"说完她离开了房间去找孩子们了，我想知道她这话是什么意思，我错过了什么？听起来像是有人对她说了些不客气的话。如果让我知道她是谁，我一定会冲上去，对她大声尖叫，向她吐口水，用爪子挠花她的脸，谁让她把我的弗兰西斯卡弄得这么伤心。

我坐在插着寻租广告牌的大门前，心中满是疑问找不到答案，可是我该去看看克莱尔和乔纳森了，也到时间去瞧瞧他们都给我准备了什么吃的。

第二十五章

情况越来越不妙，我开始变得越来越忧心忡忡。我的计划目前并非没有出现一点差错，但总体而言，我确实认为一切都进行得相当顺利。但是从上个月开始，各种问题就开始出现了。

乔纳森外出的时间越来越多，经常会忘记给我准备食物。当我下次再见到他时，他会表现得十分懊悔，他对我笑的样子像只蠢笨的猫，我再也不相信他的这套伎俩。他只要一见到讨厌的菲利帕，就会高兴得忘乎所以。而菲利帕显然对我不是很友好。每次她来我们家，都会对乔纳森允许我卧在沙发上这件事小题大做一番，历数我在家里的种种不卫生的行为。这简直是彻头彻尾的谎言，与我所认识的那些猫相比我可是最干净的。我对自己英俊的外貌非常自豪，但她就是不喜欢我。昨天晚上大约晚饭时间，我来到乔纳森家里，这个女人，菲利帕，坐在沙发上——那原本属于我的位置——紧挨着乔纳森。乔纳森正在看一沓报纸，她正在读一本杂志，他们坐在那儿，俨然两人已经一起生活了很长时间的样子，这让我觉得越发烦躁。这时乔纳森抬起头来。

小·猫·艾·尔·菲

"艾尔菲,我刚刚还在想你到底跑到哪里去了,我在厨房里给你留了些吃的。"我看着他,刚刚过来的时候我可没有看见任何吃的。

"哦!我把那些东西放到冰箱里了,放在外面看着很恶心。"菲利帕说道。我给了她一个鄙视的眼神,乔纳森此时也皱了皱眉毛。他起身走向厨房,我紧随其后。他在冰箱里找到我的食物,拿出来给我。

"对不起,我的朋友。"他一边说,一边回到客厅。

我吃完后,看见他们仍然坐在同一个地方。我跳到乔纳森的腿上,想要感谢他为我准备的晚饭。

"你都不介意它这样吗?"菲莉帕不以为然地看着他问道。怎么形容她当时的表情呢?简直是盛气凌人,狂妄到了极点。

"不会啊,我不介意,他很乖的。"

"我认为纵容宠物爬到沙发上并非明智之举。"

"没关系,他不怎么掉毛。"听着乔纳森为我辩护,我感觉特别滑稽。毕竟我们刚见面的时候,他对我可是百般挑剔,不喜欢我爬上他的沙发,甚至连家门都不让我进。

"随你吧,总之这似乎并不是一个好主意。你去工作的时候,他会做什么?他昨晚睡在哪儿?"我又想扑上去挠她一下了,因为她真是太粗鲁了!

"当然是做猫应该做的事了,他会和其他猫一起出去捉老鼠。他心情似乎一直挺不错的,而且总是在固定时间回家,我又何必担心这些?"

"像我们这样的人根本没工夫养猫,"她说,"当然如果找不到他你无所谓的话……"

"为什么我感觉我们是在谈论养孩子而不是养猫呢?"他笑着说,

她干笑了几声，那表情让她的脸看起来像是要开裂了一样。

"好了，亲爱的，你能送我回家吗？尽管我很想待在这儿继续讨论猫的话题，但我必须回去准备明天的工作了。"

"当然可以，宝贝，我去拿钥匙。但我把你送回去就得直接回来，我还有一些账目要处理。"

乔纳森去拿钥匙时，她十分鄙夷地看着我，我朝她嘶嘶地叫着，她冷笑起来。

"还想要和我比在他心中的地位，简直是做梦！"她怒气冲冲地骂道。乔纳森回来后，她又装出一副温柔可人的模样。

最可悲的是，如果菲利帕在这里过夜，我就不会有羊绒毯子了。有一次我跟着他们进了房间，菲莉帕尖叫着好像我要杀了她似的，我倒真想那么做！于是乔纳森把我拎起来，带到楼梯口，然后关上了卧室门，就这样把我孤零零地留在了外面。看起来，好像只有她不在的时候乔纳森才会想到我。

另外，尽管乔纳森总是会反驳她对我的批判，然而让我失望的是，我感觉他并非真的在维护我。曾经的那段日子里我是他唯一的朋友，可现在他好像已经把我忘得一干二净，真是太过分了！

克莱尔也没好到哪去。我可爱的、温柔的克莱尔现在已经被那个乔迷得晕头转向，她好像认为他就是宇宙的主宰。不论他说什么，她总是认同他，或者用笑声回应他，好像他说的话很有趣似的，可事实上那一点都不好笑。令我感到很困扰的是，乔总是来她家。他说他的房子不是很大，而且和他合租那套公寓的房客也不太好相处。因此，自从他们那次晚餐之后，他就一直黏着克莱尔，他现在已经俨然成了这个家里的一分子。尽管他没有对克莱尔说过我的任何坏话，但事实上他比菲莉帕更坏，因为他假装喜欢我。等克莱尔不在的时候，他看我的眼神就好像我是这世上最糟糕的东西似的。一次，他甚至想把不小心挡在他前面的我一脚踢开，多亏我反应敏捷才躲过了那一击。毫无疑问，我的行为令他更加生气，但是他从不在克莱尔面前表现出来。虽说克莱尔从来不会忘记给我喂饭，但是只要乔在，我在她眼里就基本变成透明的一般。我不再像以前那样受欢迎了，我总是能够敏锐地感到自己被冷落了。

  我的玛格丽特一直都是可以信赖和依靠的，可是这些人却并非如此。我就此事问了老虎，但她也不知该怎么应对。她的主人们从不会把她丢到一边不管就离开，也不会冷落她。碰巧他俩都很爱猫。我多希望乔纳森和克莱尔的伴侣也是爱猫的人。我知道如果想要我的未来有保障，就必须让乔和菲莉帕离开我的生活，也就是离开克莱尔和乔纳森的生活。我只是还不确定要如何达到这一目标。

  困扰我的另一个问题是天气。没成为流浪猫之前，我对天气的好坏从未担心过。之后我经受了各种恶劣天气并且生存了下来，但很明显我讨厌糟糕的天气。雨已经整整下了一周。克莱尔说看起来今年的夏天会早一些到来，可我不明白那和下雨有什么关系。整日阴雨连绵，而且雨势很大，我只鼓起勇气冒雨去过 22 号一次，所以距离上次见到弗兰西斯卡、波莉和其他人已经过去好几天了。我坐在窗台上，恍惚之中竟然分不清自己到底是在克莱尔家还是乔纳森家，心情沉重地看着雨水不停地打在窗户上。

  我在克莱尔的家里，看着窗外，这时乔和克莱尔下楼了。

  "对不起，亲爱的，我要先喂一下艾尔菲，然后我得赶紧走了，公司有个晨会。"

"连和我喝咖啡的时间都没有吗?"他问。

"就是因为你我才快要迟到了,"她咯咯地笑着,"如果你想喝,不介意自己煮咖啡吧?"

"当然不介意。"他说着在她的屁股上捏了一把,接着咧开嘴笑了笑,我简直无法相信自己的眼睛。克莱尔接着去厨房拿食物喂我,然后穿上外套就离开了家。乔看着她出了门,然后转过头来看着我。

"你肯定不想下雨天到外边去吧?"他说。我迟疑地"喵"了一声。"真是个倒霉蛋。"他粗鲁地拎着我脖子上的皮毛,把我从前门扔了出去。多亏我行动敏捷才能毫发无损地落地,但我还是有些后怕,被他抓过的地方还在隐隐作痛。我浑身都被淋湿了,于是生气地抖落身上的雨水,悄悄地走开了。

我暗自盘算着既然都已经湿透,不妨趁此机会去看22号公寓的其他人。当到那里时我已经被淋成了落汤鸡,我"喵"地叫了一声,抓了几下弗兰西斯卡家的门,可是没人应答,波莉家似乎也没有什么动静。于是我猜想他们是不是一块儿出去了,天气那么不好,真不明白他们为什么要出去。我感到很沮丧。等雨势稍微减弱了,我漫步到了公园的池塘边。到现在为止,整个早上都糟糕透了,因此我决定去追一追蝴蝶或是鸟儿,这样起码能让自己高兴一会儿。可是我没有料到它们为了躲雨都消失得无影无踪。我来到池塘边,周围一片萧条的景象,于是我干脆追逐起自己的倒影,倒也可以稍微排遣一下内心的失落。我的脚几乎要踩到池塘水,岸边的水草泥泞湿滑,还没等我反应过来脚下就不小心打了滑。我拼命想要用爪子抓住池塘边上的东西,然而只是徒劳;岸边太滑了,我的爪子拼命划动着好让自己不跌进那又黑又深的池水中,可是身体还是慢慢地向冰冷的水中滑落。我惊恐地发出一声声尖叫，如果掉进冰冷的水中，我真不知道该怎么办——我不会游泳，真不知道怎么才能爬上岸来。再一次的，我仿佛看见我的九条生命又有一条从我眼前闪过。我的爪子拼命地挥舞着想寻找什么，希望能够抓住任何我能抓到的东西。我使出全身力气大喊救命，但当我意识到快要坚持不住的时候，我觉得希望抛弃了我，我尾巴朝下坠入了池塘中。身体接触到水面时只听到一声响亮的"扑通"声。在水中我的第一感觉就是寒冷，我拼命让自己在水中浮起来，同时又尖叫了一声，但是小脑袋还是一次又一次地被水淹没。我感觉自己像是已经失去了所有力气，马上就要淹死了。

"艾尔菲，是你吗？"我听到熟悉的声音朝我喊道，在我的头露出水面的短暂瞬间，我看见那是马特。我尽力想再喊出来，但已经无法发出声音。我的头在水里一沉一浮，所能听到的只有耳边哗哗的水流声。

"艾尔菲，游过来，我把你拉上岸。"马特奋力喊道。求生的欲望驱使着我用爪子奋力向前游着。我瞥了眼马特，他正跪在泥泞的岸边，身子用力向前探。

"我找到了一根木棍，快抓住它。"他说道，我慌乱中看见他正向我挥舞着树枝。我尝试着用爪子去抓，但是距离太远，我又一次沉了下去。当我再一次浮出水面的时候，我看见马特也已经来到了池塘里。

"艾尔菲，我就要到了，再坚持一会儿。"我听出了他声音中的恳求，感觉到他探出胳膊想要抓住我，但是水流又一次把我拉了下去。

我一点力气都没有了，也挣扎不动了，但我还是拼了命地又一次露出水面。我紧紧闭上了双眼，但感觉到有一只手抓住了我。那只手抓得实在太紧了，我痛得忍不住尖叫了一声，接着，突然之间周围一下子安静了下来。我睁开双眼，发现自己已经上了岸，正躺在马特身上，他全身湿透了，衣服上满是污泥。

"噢，天呐，我还以为你没救了。"他一边说，一边抓着我贴在了他的怀里。我筋疲力尽，什么都说不出来；只是浑身软绵绵地瘫在他的臂弯里。"我们回家把身上先弄干吧，然后再决定是否带你去兽医那瞧瞧。"劫后余生的我感觉浑身乏力，一动也不想动。

我们回到家后，他把我带到浴室，给我彻彻底底地洗了个澡，然后用一条蓬松的毛巾把我包起来。随后他去换了一身干净的衣服。我蜷伏在毛巾里，仍然疲惫得不愿动弹。他动作轻柔地把我带到客厅，放在沙发上；然后在碗里倒了些牛奶端到我面前，我感激地喝了下去。

"你刚才在干什么，怎么掉进池塘了呢？"他问。我喵了一声。"好吧，下次再遇到这样下雨路滑的情况，我想你应该不会再出来了吧。小可怜，现在好点了吗？"我喉咙里发出呼噜的声音。力气似乎正慢慢地在身体里集聚，马特的照顾让我恢复得很迅速。我很懊恼刚才竟然拿自己的生命开玩笑，但是至少我还剩下七条命。

"你是不是想知道他们都去了哪里？波莉、弗兰西斯卡和孩子们。"他问道。我轻轻地喵了一声，"他们都走了。弗兰西斯卡带着孩子们去了波兰，要待上几周。托马斯早就计划好了这一切，希望给弗兰西斯卡一个惊喜。波莉得了感冒，因此我们决定她先去她妈妈那儿住几天，等好了再回来。接下来几周的周末我也会过去，直到她康复回家。"他轻抚着我已经干透了的皮毛。"今天下午我应该会在家工作，所以你可以跟我待在一起！"他是多么开朗和善良，我立刻感觉心情愉悦起来。

小·猫·艾·尔·菲

我很感激马特,弗兰西斯卡和阿列克谢在我死里逃生最需要她们的时候恰好不在,这让我感觉有些伤感。但我知道我情绪低落的主要原因是那个可恶的乔,但马特的关照让我感觉好了很多。此时的我感觉孤独正一点点地重新占据我的心灵:我想念我的家人。

显然,由于天气原因,我最近没有来看他们,他们也没有机会告诉我他们要离开。上次见面我才发现弗兰西斯卡很想她的妈妈,波莉似乎也需要什么。所以我尽力让自己大度一些,为他们感到高兴,虽然现在他们走了,但总还会回来的。只是几周,时间不是很长。即使对像我这样一只没有安全感的猫来说,也不算太长。

喝完牛奶后,我蜷缩成一团,舒服地睡在波莉家的沙发上,我梦到了每一个我爱的人——有过去的,玛格丽特和艾格尼斯;也有现在的,克莱尔、乔纳森、弗兰西斯卡、孩子们,还有波莉、马特和小亨利。只是最近有些事情不太顺心,我实在没有理由抱怨。不久之前,我还只是孤单一个,所以我应该对现在的状况更加心存感激才对。

几小时后我醒了过来,感觉好了许多,毛也已经干透了。我抖了抖身子,跳下了沙发,包裹我的那条毛巾已被我的毛发沾湿了。我跳到马特的腿上,希望他能够注意到我,然后我跳下去站到大门前。

"啊,你是要走吗?"他笑着说,"至少那说明你已经没事了。真有意思,你离开这里后,我们都在猜想你去哪儿了,我想你应该是有家的,家人在等着你回家。"我把头偏向一边。马特打开了门:"再见,艾尔菲,经常来啊!"

我待在克莱尔家里等她下班回家。一想到早上发生的事情,我仍然禁不住想要发抖,于是我蜷曲在自己的床上,想把身子弄暖和一些。尽管我身上已经干了,然而刚才浑身湿透时那股刺骨的寒冷似乎已经渗入了我身体里,一回想起来仍然忍不住想要发抖。

我听到克莱尔钥匙拧动门锁的声音,接着她走了进来。这一次她是一个人回来的,我就跑过去,对着她不停地撒娇。我需要她的爱,比以前任何时刻都需要。她回馈了我一个充满爱意的拥抱,然后她把我放下,去给我准备吃的。

"今天的你看起来好像有些多愁善感啊。"当她把我的食物放在垫子上时说道。此刻的我像是黏在她的腿上似的一刻也不愿意离开她。"我不是抱怨什么,"她笑着说,"我只是感觉你最近好像在生我的气。塔莎说可能是因为你嫉妒我现在对乔关心得比较多。"

我想告诉她塔莎错了,我不是嫉妒他,我是已经恨透了他。但毫无疑问,我只能喵喵地叫,我不确定我能让她明白多少。

"啊,艾尔菲,你仍是我生活中很重要的一部分。"她怜爱地给我挠了挠痒,"不过,以后我会对你更好一些,让你明白这一点。"她又笑起来,不过我想告诉她承诺可是一件严肃的事情。

我在吃饭时,她的电话响了。

"哦,塔莎,谢谢你给我回电话。"她兴奋地说道。停了一会儿。"不行,对不起,我本来是打算去书友会的,但是回家的路上,乔打电话说今天工作很不顺利。我让他来我家,所以今晚我不能来了。"又是一阵停顿,"不,我并非重色轻友,只是他听起来很沮丧,显然有个客户投诉他了。真是太糟糕了。"又停了一会儿,"哦,谢谢你,真是太善解人意了,明天晚上我们一起喝酒吧,这次保证不会爽约的。"

我转而开始生塔莎的气,为什么她要那么善解人意?克莱尔为什么要把这个糟糕透顶的男人看得比我们都重要?我差点淹死,这都是拜他所赐,毕竟那天早上是他把我扔出家门的。

乔来这儿时，克莱尔已经换了一身衣服，将原本已一尘不染的房子又打扫装扮了一番。

"你来了，亲爱的。"她说，伸出双臂充满爱意地拥抱了他。

"你这儿有啤酒吗？"他问道，并没有回应她的拥抱，甚至连声问好都没有。

"有，我为你买了一些，我去给你拿一罐。"她有些茫然，感觉有些受伤。警报信号似乎在我耳边再度响起。他对她不像第一次他来这里做客时那么好了，他不仅仅是不喜欢我，现在他的表现似乎说明他也不喜欢克莱尔，他不是我心目中克莱尔的理想男朋友。我突然担心这或许是我脆弱的自我在作祟。他坐到了沙发上，拿着电视遥控器不停地切换着频道。克莱尔给他拿来了啤酒，然后坐在他身旁。

"现在，想和我说说今天碰上什么烦心事了吗？"她试探性地问道。

"我现在只想看足球，就要开始了。你做晚饭了吗？"

"还没有，你打电话之前，我正打算去书友会的，因此家里什么也没有。"

"好吧，那你为什么不订中餐呢？"

"呃，好吧，你想吃什么？"由于他的冷淡，克莱尔的声音听起来似乎有些受伤，我为她感到伤心。自始至终他都没有说过"请"、"谢谢"或类似的话。

"红烧排骨、糖醋里脊还有蛋炒饭。"说完他继续盯着电视屏幕，克莱尔于是离开了客厅。我跟着她进了厨房，她打开抽屉，拿出了一张外卖菜单。我蹭了蹭她的腿。

"他工作上遇到麻烦的时候才这样。"她小声说，我发出嘶嘶的不满声音作为回应。他这个样子只是因为他的品质不好，这证明我原本的担心是对的。当我第一次见到他时,我就知道他是个坏蛋。凭着猫的本能我做出这样的判断,然而我的直觉从来都没有错。

他所做的一切都是伪装出来的:假装喜欢我,假装对克莱尔好。现在他撕下了他的伪善。看起来克莱尔在择偶方面真的不擅长,虽然她运气很好遇上了我。总之,克莱尔应该借鉴一下我的处世原则:绝不能相信不爱猫的人。

我想去看乔纳森,可是又不想克莱尔在受人欺负的时候离她而去。我有一种感觉,她现在比以往任何时候都需要我。她安静地坐在乔的身边等待外卖,我能看出她的内心充满着挣扎和困惑。外卖送到了,他连动也没有动,更没有付钱的意思,克莱尔只好去把钱付了,把食物倒进了盘子里。

"你要过来吃吗?"当她把一切摆在餐桌上后问道。

"我正看电视呢,我就不能在这儿吃吗?"他没好气地说道。

她用委屈的眼神看着他。

"我不喜欢在沙发上吃饭,"她再次开了口,语气中充满怯懦,"你在这儿也可以看电视。"

"啊,我的老天!"他盛气凌人地喊道,克莱尔赶忙站了起来。我把整个身子高高地拱起来,恶狠狠地朝他龇着牙。

"别对着我龇牙。"他站起来说。克莱尔已经有些不知所措了,但我不害怕。我朝他吐了口唾沫,然后再次对他发出嘶嘶的声音。

"你这只满是跳蚤,浑身是毛的臭猫!"他大叫着,那样子看起来好像要杀了我。我缩成一个球,有些害怕地号叫着。

"乔,真见鬼,你知道自己在干什么吗,你怎么能这样对艾尔菲?"克莱尔说道。她的声音虽轻,却很坚定。乔看着她,我能看出他正在谋划着下一步怎么办。

"对不起，"他说，他好像并非真心实意道歉，"对不起，我不应该这样。对不起，艾尔菲。你知道的，我从没伤害过他。只是因为工作上有些事，真该死。哦，克莱尔，我很抱歉。咱们去吃饭吧，我以后不会这样了，我保证。"

克莱尔有些迟疑，不过她还是跟在他后面一起坐在餐桌旁。他把手伸过去拉住她的手。

"我很抱歉，真的，亲爱的。"他说道。事实上我一下子就可以看出他是装出来的。

"没关系。不过，你愿意和我讲讲吗？工作上有什么问题吗？"

"我的这个客户在做账的时候出现了失误，活动的预算数字完全搞错了，我们给他们送去账单的时候他立刻发飙了，接着他为了逃避责任极力想要把一切都推到我身上。"

"那真是太糟糕了。"克莱尔说道。

"问题是这是一个优质客户，他们威胁说要终止和我们的业务，因此我肯定会被公司拿来当替死鬼。他们已经停了我的职，还说随后会进行调查，反正就是这样那样的处理。"

"但真相会水落石出的吧？"克莱尔看起来很担心。

"当然，一切都会好起来的，这也是权宜之计，不过公司通知我下周不用来上班。说实话，真丢人！"

"我理解你，亲爱的，我也为你感到难过，不过你知道我会支持你的。"

"我刚才很抱歉，真的谢谢你。"乔笑了笑。他温文尔雅的伪装又出现在脸上。克莱尔凑过去吻在他的脸上，就好像他是一盘诱人的奶油。

　　我想冲她尖叫，想要让她明白他是个无赖。我能看出他到底想要什么样的支持，无非是更多的中式快餐，一边有看不完的足球一边接过克莱尔递过来的啤酒，我以前也听说过这种男人。

　　猫的本能告诉我，乔工作上的问题一定是他自己导致的，那肯定是他的错误。他这个人很有问题，根本配不上我的克莱尔，这种感觉比任何时候都来得强烈。

小·猫·艾·尔·菲

第二十六章

我在乔纳森的家中,热切地等待他能快点完成工作回来。

一周又过去了,我的感觉越发糟糕了。当初我决定留在埃德加路之后,似乎一切烦恼都烟消云散了。那种重新找到归宿,回到主人身边的兴奋感似乎已经离我远去了。现在的我心中充满了太多忧虑和不确定,我当然不是无处可去,只是我在他们的生活中投入了太多的感情,现在已经无法抽身了。

我想念住在22号公寓的家庭,但他们都不在家,所以我也没有去拜访的必要。虽然有时我会情不自禁漫步到那儿,深深怀念我的朋友。

乔纳森家也并不那么糟糕。尽管那个可恶的菲利帕经常在那儿,但我对她并没有那么害怕,至少我从未抱有幻想和她的关系会有大的改善。尽管她对我不好,但对乔纳森还是很不错的。呃,虽然有时候很好,但她看起来似乎总在对乔纳森发号施令,要他做什么,不许做什么,而并非尊重他的意见。我越努力想要了解人类,越是看不明白。

那天晚上,乔纳森回家之后对我嘘寒问暖,关心得不得了,着实让我吃惊非小。

"菲利帕出差在外，接下来的几天家里只有我俩了。"我高兴得舔了舔嘴唇。我不应该这么开心的，毕竟乔纳森需要我只是因为他那个愚蠢的女朋友不在身边，但我依然对他向我表现出的喜爱和关心激动不已。所以我决定好好珍惜我们共处的时光，如果乔纳森这一刻能够记住我是多么温顺听话，也许他就不会再允许菲利帕训斥我或者直呼我的名字了。

这段时间我仍需要定期去探望克莱尔（还有那个越来越懒的乔），除此之外的时间我都和乔纳森腻在一起，享受着这段专属于我们大男孩的快乐时光。耳鬓厮磨的时光令我们的关系得以修复，我送了些小礼物给乔纳森，希望借此告诉他我已经与他重修旧好。

奇怪的是，尽管他每晚都和菲利帕聊天，我却总是感觉没有她乔纳森反而过得更加开心，这真是令人费解呀。她在的时候，他似乎总是一副神经紧绷的模样，举止斯文、着装整洁、行事一丝不苟。可她不在的时候，他就会穿上运动服，也会把用过的盘子扔在一边整夜不洗，整个人好像随意多了。我不觉得邋遢是件好事，而且我也不是一只不爱干净的猫，话虽如此，我还是想不明白人类为什么会那么愚钝。乔不在的时候克莱尔要开心得多，很多时候，我对此都十分确定；而没有菲利帕的乔纳森亦是如此。克莱尔从她母亲家返回后的那段时间，她要么和塔莎姐妹情深，要么参加书友会的活动，看起来很是乐在其中。现在和乔在一起，她的生活似乎又失去了什么，再也找不回往日的光彩。有菲利帕在身边，乔纳森也总是一副紧张的样子，没有她，他的日子还真是过得轻松惬意。

我实在无法理解他们，一点也理解不了。

在接下来的几天中，乔纳森和我的生活逐渐形成了一些规律。我每天仍要和克莱尔待上一段时间，但我和乔纳森相处的时间更长。我们一起吃饭，是啊，每天都有那么多鲜鱼吃，简直像到了天堂一般。我甚至连最爱的沙丁鱼罐头都不那么想念了。我们一块看电视。他抱着啤酒躺在沙发上，而我就舒服地窝在他的身边，任由他心不在焉地轻抚我。我们一块上床睡觉，我又可以躺在舒适的羊绒毯上了。他也会和我聊天：聊聊工作——他非常满意这份工作，聊聊新朋友——他说准备周末和这位新朋友出去喝酒。他还谈到了他的健身事业，现在的他依然经常去健身，因为他无法任由自己"堕落"。他唯一没和我谈论的就是菲利帕，但对我来说这已经很能说明问题了。

但是，他每次和菲利帕通完电话，结束前他都会对她说很想她，甚至会说他爱她。我无法相信这是真的，甚至不敢相信这是他说出的话。

这件事又令我萌生了一个计划。过去发生的种种事情让我有所改变，也让我产生了一些新想法。在我看来，我应该做什么其实很清楚。乔纳森和菲利帕在一起，他是不可能真正幸福的，乔也配不上克莱尔，所以我有了个绝妙的主意，那就是撮合克莱尔和乔纳森在一起。毕竟，弗兰西斯卡和波莉的友谊还是通过我才建立起来的呢！克莱尔和乔纳森都很爱我，我敢打赌他们在一起一定会很般配的。我现在需要做的就是想想怎样才能让他们在一起。

有一天，我扯着嗓子喵喵叫，就好像发生了什么事情一样，我想要把乔纳森引到外面去，因为我知道克莱尔此时此刻就在附近，可是不巧他的手机铃声响了，接完电话回来，两人已经错过了邂逅的机会。还有一次，我试图用同样的办法把克莱尔引到乔纳森家里然后逃开。但她认为我只是在跟她玩游戏，并且告诫我不要做一只那样的"傻猫"。

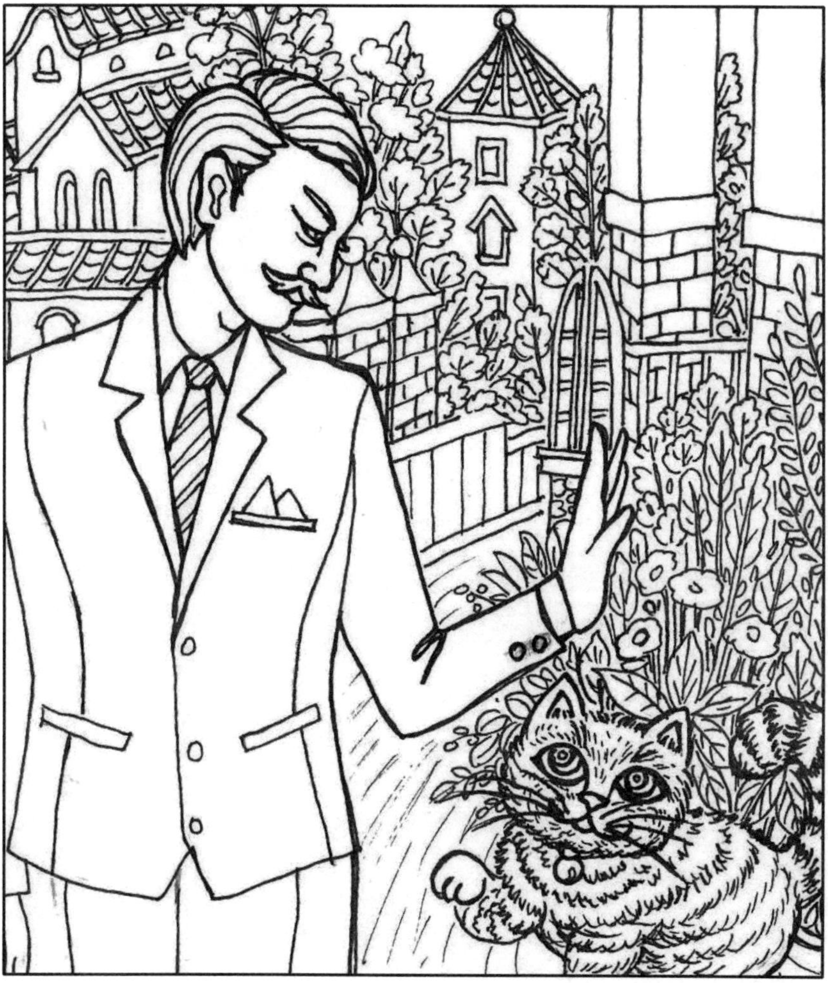

到目前为止，我已经无计可施了，但我是只有决心的猫，我知道我不会放弃的。

我不能放弃。我很担心克莱尔。自从那个不愉快的晚上后，乔一直待在克莱尔家。更准确地说，他中间也曾离开过，只不过是把自己的一大包东西取回来罢了。他一整天都坐在家里看电视，吃着克莱尔为他准备好的食物，等晚上她下班回来，他时常会对她摆出一副臭脸，然后很快又向她道歉，把这一切都归咎为工作压力太大。有好多次他都想踢我，虽然我都躲过了，他却变本加厉。因为挂念着克莱尔，我又不能一走了之，但待在这里让我越发感觉紧张和焦虑。

塔莎自此似乎再也没有来过，我很想念她。只有乔一个人，坐在克莱尔的沙发上，丝毫没有从这个家离开的迹象，克莱尔像只胆怯的老鼠围着他团团转。

乔竟然这样对待克莱尔，我下定决心一定要让乔从我们的生活中消失才行。但他好像在她身上施了魔法一样，她失去了往日的开心，然而她对此非但浑然不知，反而花费越来越多的时间来取悦乔，这又是一个让我无法理解的人性的纠结。我希望能和塔莎谈谈，因为我相信可以和她一起把某些问题弄清楚。我敢肯定她一定也注意到闺密的异常了，但显然我是没法和塔莎交谈的。于是在这个家里我尽量小心翼翼不让乔注意到我。我很明智地和他保持一定距离，躲藏在家具的后面，但我会竖起耳朵仔细听着外面的动静。我知道克莱尔不在的时候，他总是在打电话。我发现他再也没有回去上班，这证明我一开始猜得不错，一定是他在工作上犯了错。我知道他根本不想离开克莱尔家，因为他不会再回他的公寓了。这一切真是糟透了。

克莱尔在家的时候，我就不再躲藏。她依然会和我亲热，喂我食物，但我能感觉到乔的态度已经影响到了她。她整天疲惫不堪又闷闷不乐，很明显开始消瘦起来。

那晚，她刚下班回到家，乔立刻问她晚餐吃什么。

"我买了牛排。"她用疲倦的声音答道。

"哦，好。做好了叫我一声。"克莱尔在家的时候，乔就只会看电视，喝啤酒，把所有的家务活都丢给克莱尔。他不收拾也不打扫房间，不去采购甚至连饭都不做。但克莱尔对此从未抱怨过什么，我知道对于她这样一个爱干净的人来说，这种情况一定会令她很烦恼。即便是我也知道不能把自己的玩具丢得到处都是。

我很肯定他是不会走了，最糟的是，我觉得克莱尔也不会要求他离开。我意识到不能把克莱尔丢给这样一个我不信任的可怕家伙——我立刻觉得自己在这条街上的任务变得更加艰巨了，在这样毫无期望的生活中克莱尔或许更加需要我。

我基本上每天都在思考，我是如何沦落到现在的境地的。我离开了对我关怀备至的玛格丽特和艾格尼斯，离开了过去无忧无虑的简单生活，为了生存而奋斗，我已找到两个家作为落脚点，偶尔也会拜访另外两户人家。现在的我对每一个人都已经疲于应付。上帝啊，我只是一只猫，根本无法应对如此混乱的局面。

第二十七章

谢天谢地,他们终于回来了。走到22号公寓的时候,我透过房间的窗户看见了波莉。她正抱着亨利,小亨利似乎已经睡着了。我还看到了在她身边的弗兰西斯卡和孩子们。我跳上窗台,听到阿列克谢惊喜地呼唤"艾尔菲",弗兰西斯卡对波莉说了几句,然后她开门让我进来了。

啊,多么隆重的欢迎仪式啊!阿列克谢一直围着我,托马斯也凑过来,小家伙显然比上次离开的时候长高了。弗兰西斯卡的嘴边总挂着笑容,甚至连波莉对重新见到我都表现出了一丝喜悦。她看上去比以前更开朗,也更健康了,甚至往日的黑眼圈都消失了。

"我想你,我好想你啊!"阿列克谢一遍遍地念叨着,这真是太令人感动了,如果我能哭的话,现在恐怕早就流出欢乐的泪水了,可是我所能做的只是整个下午咧着嘴保持着猫咪呆萌的笑容。

"回来的感觉怎么样?"波莉一边问弗兰西斯卡,一边把亨利放在小床上,又去给她们俩倒了水。

"不错,回家真好,能见到家人,这感觉太棒了。不过我很想托马斯，孩子们也是，我现在觉得这儿就是我们的家。当初不舍得离开家，但现在回来却是开心的，你懂我的意思吗？"

"我懂，见到你我也很开心，但是我不想回来，我是说，我也很思念马特，但是有妈妈帮我照顾亨利真的让我感觉轻松了不少，即便现在情况好多了，可是我依然更喜欢待在那边，我知道这听起来似乎很糟糕。我知道要适应这里的生活就应该像你那样坚强，但我真的很害怕回来。"她又陷入了悲伤之中。

"哦，波莉，我为你难过，但你要跟马特谈一谈。"

"没用的，他的工作那么重要。还有，我以前是做模特的，现在有了亨利，我的生活就再不能回到从前了，我也不想再回到原来的生活了。所以我们现在必须要为将来打算，这里显然是最适合我们的地方，马特在这儿找到了工作。比起曼彻斯特，这里不仅能赚更多的钱，而且有更多的发展机遇，现在我只希望自己在照顾孩子方面能更熟练一些。"

"哦，波莉，你做得已经很好了。这本来就是一件很艰难的事，真的如此。我那时候也从未觉得轻松，现在孩子们长大了，一切才渐渐好起来。或许你也可以考虑把你母亲接过来？"

"你也看见这房子有多大了！当然了，这个房子和你家的一样大，你不会不清楚的。"说着她笑了起来，似乎情绪有所好转。

"没有多余的房间，我知道。不管怎么样，我们尽力就行了，不是吗？"

"是啊，弗兰基，尽力就好。你知道吗？这就是你的优点。"

"波莉，我内心也有纠结，只是没有跟你说过，在我们离开之前，为什么我们……托马斯让我离开，这街上一些人对我的态度很不友好。他们听到我跟阿列克谢说话，用波兰语，我疏忽了，他们说'外国人来这儿只是为了赚我们的钱，享受免费的住所，你们还是滚回家吧！'"

"那太糟糕了。"现在我终于知道她临走前说的那段话到底是什么意思，以及她为什么会那么伤心地哭泣了，我可怜的弗兰西斯卡。

"是啊，而且说这话的又不是什么毛头小子，英语怎么说来着？"

"小混混？"

"对，并非如此，而是一个老太太，满头银发。每次见到我她就会这么说。我们不是不劳而获。"

"我知道你不是，真的，不要听那些人胡说。会有一些人心存偏见，但那都是狭隘的思想。"

"人们或许会对我的孩子们说这样的话，想到这些我就很伤心。"

"瞧，阿列克谢这个夏末就要开始上学了，到那时一切都好了。他会交很多朋友，到时候你就会明白事情并不像你想的那么糟。"波莉满怀信心地安慰朋友，这在我看来很有趣——她平时和现在的样子可是有着天壤之别。

"真的谢谢你，和你聊天让我又重新燃起了希望，我开始相信大多数人会像你一样，不像那个老太太。"

"你才是那个让人倍感希望的人！"波莉说道，这真是说出了我的心声，她走到弗兰西斯卡面前抱了抱她。我的心也瞬间觉得很温暖，她们俩人能收获这份美好的友谊，我自认为在其中也是做了贡献的。这是我想方设法才促成的一桩好事。我害怕克莱尔会渐渐离我远去，也担心等菲利帕回来之后，乔纳森不会再像现在这样和我亲近了，所以我会好好珍惜这两位朋友，至少她们能在我难过的时候令我重新开怀。

小·猫·艾·尔·菲

当弗兰西斯卡返回自己家给孩子们泡茶时，我离开波莉家，慢慢走回了克莱尔家。她并不在，下班之后她竟然出去应酬没有回家，我很为她感到高兴。我看到乔正躺在沙发上，于是赶紧溜了出去。我来到乔纳森家，从猫门钻进去，接着我看到菲利帕坐在餐桌旁边，对着一台电脑。她穿着一条平时不怎么穿的裙子，看起来应该是刻意打扮了一番。我很奇怪她是怎么进来的，因为很明显，乔纳森并不在家，我喵喵地大声叫着。

"哦，你这个丧门星。"她尖叫道，微微直了直身子，"我回家了，但愿不会让你觉得不自在，快闪到一边去。"

她这是什么意思？"回家？"这不是她的家啊。我开始陷入恐慌，假如她像乔一样搬过来该怎么办？我跑到客厅，闷闷不乐地蹲在椅子下面等乔纳森回来。

"在吗？"乔纳森打开大门走了进来。

"在厨房呢。"菲利帕回应道。他穿过客厅来到厨房，我紧跟在他身后，菲利帕从椅子上跳下来，用手搂着他的脖子开始吻他，那样子就像是要把他的生命都吸出来似的。我蹭着乔纳森的腿，试图提醒他，这一周是我一直陪伴在他身边的。

"我最爱的两个人。呃，是一个人和一只猫。"他一边调侃着，一边俯下身轻抚我。

"你可以先不要摆弄那只猫好好陪陪我吗？这样吧，我们先上楼去——把我们失去的这一周都补回来。"

"让我先给他喂些吃的。"乔纳森说，这句话让我心里感觉暖洋洋的，但菲利帕瞬间就把脸沉下来了。他拿了一些对虾放在我的碗里，然后两人一起上楼去了。我知道还是输给了菲利帕，但至少得到了些对虾。

过了好长时间，他们出现了。菲利帕穿着乔纳森的衬衫，他则穿着一件长袍。

"你想吃什么？"他问道。

"除了你之外吗？"她吃吃地笑着。她的举止很奇怪，或许像克莱尔一样，酒喝多了吧，尽管我没有亲眼看到她喝酒。

"你怎么不点份咖喱饭呢？我知道你最喜欢吃了，"她说道，"我们可以开一瓶我买的香槟。"

"听上去不错。"他们花了半天时间讨论要吃什么，然后乔纳森点了餐，打开香槟，然后往两只纤细的，看起来价值不菲的酒杯里倒了些酒。

"我们举杯庆祝吧！"菲利帕说道。

"庆祝什么？"乔纳森问。

"为了我们的未来，事实上，我认为我们应该住在一起了。"我很庆幸自己没有喝酒，否则我会被呛死的。

"什么？住在一起？"乔纳森说道。看得出来他也有些意外，我感到很得意。"可是我们交往的时间还不长。"

"我知道，但我们已经认识很多年了，再说了，为什么不呢？我是说，我们相处得很好啊，况且像我们这个年纪，根本没必要再等下去了。"

"这有点太突然了，呃，完全出乎我的意料。我们难道不应该提前商量商量吗？"我也说不清乔纳森此时的表情是困惑还是恐惧，总之，我也吓坏了，我发觉最近的烦心事还真是一桩接着一桩。

"哦，别那么传统了。知道吗？我离开的时候很想你。自从再次相遇我们就在一起了。住在一起是自然而然的事情啊!"

"但是……"

"我知道,我们才仅仅相处了几个月,但你要想一想,亲爱的,你已经43岁了,而且我也快40了,这你很清楚吧。对于我们这样事业有成、聪明又迷人的人,等下去有什么意义呢?"我真得为她的这份自信鼓掌,她似乎很清楚自己想要什么。

"呃,我还是不确定。"我注意到乔纳森并没有碰他的香槟,事实上我觉得他的脸都有些绿了。

"对我不确定吗?"菲利帕气呼呼地问道。

"当然不是。我很确定对你的感情,只是不确定现在是否该住在一起。我是说,我们住哪儿呢?"问完这个问题后他松了口气。

"嗯,当然不住这儿。这房子很棒,但我不喜欢这里的邮区号。我在肯辛通的公寓会非常适合我们的。"

"我知道你的房子很棒,地段也很好,但我真的很喜欢这儿。"看到菲利帕对自己的住所那么吹毛求疵,他似乎有些难过。记得第一次见到乔纳森时,他看上去是那样傲慢和自信,真不明白这样的人怎么能容忍得了这样一个女人。我知道她长得还不错,但是说真的,她的性格当真不敢恭维。

"这儿是不错,不过你也知道这里离市区有点远,不是太方便。还有,你可以把这栋房子租给别人,还能赚一大笔租金呢。"

"可我才刚刚搬进来啊。"

"乔纳森,你这是怎么了?我可是费尽唇舌邀请你搬过来和我一起住,住进我豪华的肯辛通公寓。想想看,我们一起享受高品质的生活,这对我们的工作也有利啊。我的意思是,我们可以邀请朋友过来开派对，那可是最理想的地方了，不是吗？"

"好吧，菲利帕，"乔纳森生硬地打断说，"我明白你的意思，我只是不确定自己是否想搬过去。"

"别傻了，你当然想去了。"她到现在还自信满满，真是让我惊讶。

"我真的很爱你，我们也一起度过了一段美好时光，可是我们难道就不能维持现状吗？我是说暂时的。"他甚至有点哀求的意味了。我真是感到开心极了，从目前情况来看，乔纳森似乎真的很爱这个女人，当然他并不像克莱尔和乔相处那样小心翼翼、如履薄冰，但是我真的感觉菲利帕几乎左右了他的生活。

"不，乔纳森，不可以。我真的很想安定下来。我已经39岁了。今年我有望成为我供职的那家公司的股东，他们更倾向已婚人士，或者至少感情生活比较稳定的人。我想结婚，想在41岁前生个孩子。我已经不能再等了。"

"喔哦，亲爱的，等一下，你从哪来的这些想法？"我往后退了一点，似乎乔纳森也向后缩了缩。"就像你说的，我们才认识几个月。在你出差之前我们相处得很好。一起吃饭，在这儿共度美好时光，一切都很顺利，但我们还没发展到那一步。你不能一从纽约出差回来就要求我搬过去跟你住，跟你结婚然后再跟你生个孩子。"他心虚地笑着说。

"我可以，我也必须这么做。听着，乔纳森，我的要求并不过分。看看你，在新加坡时事业那么得意，现在还不是委曲求全回到这儿工作了。"

"多谢提醒。"他看起来有些不快，于是我走到他身边，坐在桌子下面蹭他的腿。

"我的意思是我工作很好，前景也不错。你可以支持我，同时找机会在这里东山再起。我们的组合绝不会错。我会给予你帮助，而你也可以给我帮助。"

"你说得就好像我们是商业伙伴似的。"他用一种很伤感的语调说道。

"当然不是，可是，我也不是什么花痴女子，你也知道的。不管怎样，这就是我想要的。只要是我想要的，我就非要得到不可。"她看起来下了很大的决心，眼神变得坚定。

他们静静地坐了几分钟。我突然很好奇这种举动对我来说意味着什么。我不知道肯辛通在哪儿，或者离这儿有多远。但我有种不祥的预感，我没法再像现在这样时不时过来看看乔纳森了，那个地方似乎离这里很远。我可能要和接下来租下这幢公寓的人生活在一起。我爱乔纳森，但我也爱克莱尔，还有弗兰西斯卡一家，现在我对波莉和马特的好感也在与日俱增。我感觉恐惧像蚂蚁一般钻进了我的皮毛。我不想让他走，万一再也见不到他了呢？我突然意识到我对乔纳森是如此依恋。

"那艾尔菲怎么办？"乔纳森突然问道。我差点高兴得跳起来。菲利帕眯起眼睛盯着他。

"我住的公寓可不允许养猫。"她冷冰冰地说。

"我不能丢下他。"乔纳森平静地回答道。

"哦，天哪，无论什么时候，猫总能找到住处的。你可以帮他找个家，我们甚至可以发一个认养启事。一开始的时候他也不是你的猫！"

"菲利帕，你难道一点都不关心吗？艾尔菲是我的猫，我爱他。"

我觉得浑身上下涌起一阵阵暖意；他也爱我。我对着菲利帕嘶嘶地大声叫着。

"你这个该死的家伙，"她尖叫着，"你听见没，他居然敢这样对我叫？"她气急败坏地咆哮道。

"嗯，是你先骂他了。"乔纳森严肃地回答道。

"啊，看在上帝的分上，乔纳森。他是在你搬来这里之后才出现的，你甚至一点都不了解他。这可不是你该有的样子。实话实说，面对现实吧，他就是个讨人厌的家伙。"

"我认识他的时间比跟你在一起的时间还要长。"乔纳森淡淡地说，"我刚到这里时十分颓废；从某种意义上说，是他拯救了我。"我觉得我的心里顿时充满了骄傲。是我拯救了他！终于，他意识到了这一点。

"他拯救了你？"

"我寂寞的时候，他陪在我身边。"对于自己的这番表白乔纳森看起来似乎也有些意外，"能得到他的认可，我备感光荣。"

"好，如果你继续对这个蠢货这么迷恋的话，就算我看错你了。现在我要回家了，给你时间好好清醒一下。"

她站起来，狠狠地看了乔纳森一眼，接着就上楼去收拾东西了。我们听到她在上面跺着脚来回走动的声音，还有重重的摔门声，然而乔纳森并没有动，我也蜷成一团靠在他的腿上一动不动。

过了一会儿，她走了下来，站在门口。

"你会后悔的，什么样的蠢货会要一只猫而不要我？毫无疑问，难怪事业遭遇那么大挫折。"说完她吐了一口吐沫，比我见过的任何一只猫都要恶毒。

"再见，菲利帕。"乔纳森板着脸说道，接着她当着我们的面把大门使劲关上,我们甚至感觉到地板都随之颤了一颤。

"我没料到会这样,"乔纳森说道,过了一会儿,他又说,"上帝保佑,这女人真是不可理喻。我真好奇她是怎么从一个随和而又风趣的女人变成现在这样歇斯底里的。"我想说的是她从来都没有对我风趣过,可惜我却说不了。"不管怎样,我应该算是幸运地逃脱苦海了吧。艾尔菲,看起来你似乎又一次拯救了我呢。"我得意地发出呼噜呼噜的声音。我十分开心,想告诉乔纳森我是多么希望他能留下。我从那个恶狠狠的巫婆手中把我们俩都解救了出来。更值得庆贺的是——他看起来并不难过,虽然他暂时还未从这场突如其来的变故中缓过神来。现在我只希望他不会后悔甚至改变主意。我必须得相信他,毕竟他已经赢得了我的信任。

我又想起了我的计划。"她已经离开了这间屋子,现在恐怕已经走出这条街了。"我激动得想尖叫。我们已经摆脱了菲利帕,现在要做的就是让乔离开,这样克莱尔和乔纳森就能在一起了。怎么才能做到呢?我一点头绪也没有,如果真能实现这个目标,我一定是这世上最幸福的猫了。一想到离我的目标又近了一步,我的小心脏就激动得扑通直跳。

第二十八章

那天晚上我没有回克莱尔家,我不想离开乔纳森。他对我很诚挚,我也想向他表达我的忠诚。菲利帕走后,我们一起看电视,然后他把我抱回房间,为我盖上我最爱的羊绒毯。那晚,我做了好几个美梦,在梦里我被人宠爱着、需要着,满满的都是暖意。在经历了前几周的混乱和不安之后,这个梦对我真是巨大的安慰。这是这段时间以来我睡得最安稳的一觉。

第二天不是工作日,但我早早就醒了,然后爬到乔纳森的胸前,用爪子轻轻地推他。乔纳森嘟囔了几声,睁开眼,不解地望着我,然后动作轻柔地把我从他身上赶下来。我于是又开始用爪子挠他的鼻子。

"噢,艾尔菲,别那么淘气了。"他低声抱怨道。我的心情真是太好了,甚至对乔纳森的责备也不放在心上。"哦,天哪,我猜你是饿了吧。好,等一下,让我去方便一下,然后再给你准备早餐。""喵。"我开心地叫了一声。"老天啊,我真应该留住菲利帕,她比你好伺候多了。"我立刻一脸紧张地看着他,他却笑了笑说:"开个玩笑啦,在楼下等我一会儿哦。"他一路小跑到浴室,我于是迈着轻快的步子走到楼下，乖乖地等着我的早餐。

我们俩慢慢地吃完了早餐，之后，乔纳森说要去健身房，我也是时候该去看看克莱尔了。我已经做好准备接下来或许又会看到让人不愉快的情景，谁知道上次和他们分开之后乔又会做出什么事情来。

进门后我看见克莱尔正在做着丰盛的早餐。

"我正想你去哪了呢，"克莱尔说，"我还担心呢，艾尔菲。"她看起来很伤心，于是我蹭了蹭她裸露的腿。我实在不明白为什么人类就是意识不到，如果感到不开心大可以对自己的生活做些改变。她现在应该把乔赶出去，因为很明显乔并没有带给她快乐。克莱尔弯下腰来爱抚我，于是我趁机充满爱意地舔了一下她的鼻子，她咯咯地笑了起来，这座房子里已经很久没有听到笑声了，因此更加让我觉得此时此刻的笑声令人陶醉。

克莱尔的状态很不好，就像刚搬过来时那样，面容消瘦，脸色苍白，两个大大的黑眼圈，嘴唇紧绷。

"早饭做好了吗？"乔问道，只见他穿着运动裤和一件皱巴巴的T恤出现在厨房门口。

"快了，先坐着，一会儿给你端过去。"她把食物盛到盘里，然后端到客厅的小餐桌上。乔坐下后就开始吃了起来，连句感谢的话都没说。

"你没吃吗？"他总算注意到克莱尔一直站在旁边，她端着杯子坐了下来。

"没有，就喝了一杯咖啡，不太饿。"

"不错嘛，咱可不想长胖，对吧？"他冷笑着，然后转过头接着吃起来。这个糟糕的男人似乎变得一天比一天更讨厌，真不知道他是怎么变成现在这个样子的,而且我的克莱尔还那么可爱。吃完他随手就把盘子撂成一堆,真是一点儿礼貌都没有。蛋黄酱顺着他的嘴角流下来,他竟然用手直接抹了下来。从克莱尔的表情看来,她显然对乔的一举一动心烦不已。我再次觉得很难过,却不知道该做些什么。几个小时后,克莱尔刷完了盘子,给了我几个煎蛋(这是我的最爱),然后收拾好整个屋子。乔穿着牛仔裤和衬衫从楼上下来,打扮得干净利索,一副君子模样。当然,我已经见识过他的真面目了。

"你要出去吗?"克莱尔问,她的声音小得几乎听不清。

"不是跟你说过了,加里过生日,我们准备去打保龄球,然后出去玩玩。"

"噢,对不起,我给忘了。"

"嗯,别等我了。"

"玩得开心点儿。"克莱尔对他笑了笑,他却始终板着个臭脸。

"当然了。噢,对了,可以借我 30 英镑吗?过几天就还你。公司还没有发薪水,不过他们说这周肯定发。"我知道乔在撒谎。他在克莱尔这儿蹭吃蹭喝已经很长时间了,却从未见他还钱。我真想挠他、咬他,但我知道那样只会让事情变得更糟。

克莱尔去拿她的钱包,从里面拿了三张纸币递给乔。乔接过来,甚至没看她一眼;然后把钱装进口袋,连句谢谢也没说,也没有和她亲吻告别就出了门。克莱尔看着他的背影一脸茫然,似乎不知道自己到底哪里做错了。我当然知道她没有做错什么,我敢肯定她自己都不知道这个曾经对她那么迷恋的男人,现在赖在她的家里,吃着她做的饭,花着她的钱,为什么却对她连个好脸色都没有。她的眼里充满了疑惑,不知道为何会沦落到这般境地,但看起来她也不知道该怎么办。

我感到很沮丧。克莱尔上楼冲了个澡,穿好衣服。我跟着她,对她送上我的安慰。我能做的不多,这就是我所能做的全部。梳妆打扮之后她的气色看起来好了一些,可是她紧接着又开始忙忙碌碌地洗衣服,我能看出她的悲伤。

门铃响起,克莱尔打开门看见塔莎站在门口,我也松了口气。我几乎是狂奔着跳进了塔莎的怀抱,看见她我真是太开心了。自从乔搬进来之后,她几乎都没有来过,这让我很难过。我非常想念她,希望她知道该怎么帮克莱尔。

"没想到你会过来。"克莱尔惊讶地盯着她说。

"不好意思,我只是路过,可以进去吗?"她问。克莱尔点点头,然后将身子侧了侧。好像有什么不对劲儿,她俩见面不像先前那样亲切了。"乔在吗?"

"不在,他出去了。喝咖啡吗?"克莱尔问。

"嗯,好的。"她们一块走向厨房,克莱尔大部分时间都会在这里摆弄那些锅碗瓢盆。"克莱尔,你还好吗?"塔莎问。

"我很好,好极了。"她满是戒备地回答。

"我和你都一个多月没在工余时间见面了,克莱尔,我原以为我们是朋友。"我看到克莱尔的肩膀抖动了一下。

"我们仍然是朋友,塔莎,只是乔最近遇到了些麻烦。不过正如我所说,我很好。"

"你看起来真的需要吃些东西了。"塔莎说。

"我正减肥呢,就是这样。"

"你还需要减肥?"

"我想保持苗条的身材。"她的声调略微提高了一些。

"克莱尔，我第一次见你的时候你就是现在这个样子。你前夫曾经伤害了你，你不是也挺过来了？还记得我们在一起时的那段日子多么开心，你热爱工作，还有书友会，对所有事情都是一副兴致勃勃的样子。"

"听着，塔莎，前几天我就跟你说，我很好，我已经走出来了。唯一的问题就是乔最近工作上遇到一些麻烦，这个时候我应该支持他，他需要我。"当她提到乔时表情十分坚定。

"但你不再跟我聊天了，也不来书友会了，还拒绝所有外出的邀请。还有，上班的时候你总是低着头，好像在刻意躲着我。我不知道你为什么不理我了！"塔莎看起来真的很伤心，也很担忧。我故作姿态，走过去跳到她的怀里。我想告诉她她的猜测是对的，她应该做些什么。我不确定她是否明白我的心意，但是她抱着我的感觉让我觉得她已经明白了。

"我没有不理你，塔莎，是你想多了。要我说多少遍，一切都和从前一样？"我看着这两个女人，她们貌似都不打算做出让步。当她把我轻轻放回地板上，我把爪子搭在一起祈祷着塔莎的到来能够让克莱尔认清现实。

"甚至我们三个都没有正式地在一起见个面，只要我约你们两个出去，你就找借口推托，是你有事还是他有事？"

"我们两个都不方便。乔因为工作的事心情不是很好，我得支持他，我以为你会理解。"

"那好，就算你打死我我也得说，在他搬过来之前，你对他一无所知。那是什么时候的事？才一个月吧？他把你当擦鞋垫，你我心里都清楚。他或许会说工作的事不是他的错，但你真的相信他吗？现在这世道没人会平白无故地被炒鱿鱼。如果真像他说的他是无辜的，那他肯定会把这家公司告上法庭的。"

"他当时就去找人事部和律师们理论，你都不知道浪费了多少时间。"克莱尔辩解道，不过她的话说得没那么有底气，"还有，他没有搬过来，只是暂时住在这儿，他需要我的支持。"

"你确定？据我所知，你每天下班后都匆匆忙忙回家去见他。"

"我当然确定，塔莎。他并没有把他的公寓出租；但不管怎么说，我喜欢他住在这儿。"她的话并不能让我信服，也不能使塔莎信服。

"是吗？在我看来你总是一脸愁容，公司其他人也能看出来。我们都很担心你。你不愿意和我出去聊聊，也不回我的短信，你看起来糟糕极了。老实说，如果这就是你对快乐的理解，那祝你好运吧！"塔莎激动得满脸通红，也提高了音调。我真想大呼赞同，然而只能站在那看着。克莱尔在撒谎，对塔莎，或许也对她自己。就我所知，他们虽然从未就这件事讨论过，但事实上有一点可以确定，乔确实搬过来了。

"塔莎，我很感谢你的关心，但这就是我的生活。经历了那段糟糕的婚姻，我以为不会有人要我了，但乔没有嫌弃我。也不仅因为这个，如今他需要我。他正处在艰难时刻，他需要我的支持。我爱乔，我们在一起很快乐。我不需要你或其他任何人过来干涉。"

"我这样做是因为我在乎你。你知道的，不是吗？我很担心你。"塔莎看起来非常伤心，似乎一下子被克莱尔打败了。

"那么请你不要再担心我。"我从未听过克莱尔的声音如此冷淡，"我今天还有好多事要忙，你现在离开我会感激不尽的。"克莱尔转过身去，塔莎慢慢走出了厨房。我跟在塔莎身后，看见克莱尔把塔莎一口都没喝的咖啡倒进了水槽里。塔莎倚在大门上,我站在她旁边。

"噢,艾尔菲,她为什么就看不出他是个混蛋呢?"我把头侧了过去。她蹲下来好像对朋友倾诉那样对我说道:"他人品不好,你肯定知道,我也能看出,但我们该怎么办?她不会听的。要是你能抓住他的把柄,让他露出真面目就好了。"我诧异地把头歪到一边。"你知道吗?我以前也见过这种情况,女人突然性格大变,大多数是因为男人们对她们不好。艾尔菲,你跟他们住在一起,了解得肯定比我清楚,真希望你能告诉我。噢,天哪,我竟然在跟一只猫说话。"她苦笑着说,"艾尔菲,不是有意要冒犯你,不过我觉得你跟我都解决不了这件事。"

我最讨厌人类低估我,但此时此刻她是对的,我确实无计可施。不过,自从菲利帕和乔纳森的恋情告吹之后,我就变得信心满满,我觉得在这件事上我还是起了一定作用的,或许我的机会来了。我不断回想塔莎说的话,"抓住他的把柄,让他露出真面目。"我祈祷上天能够告诉我该怎么做。

我从猫洞里钻回去找克莱尔。她正伤心地坐在客厅的桌子旁边。我跳到桌子上,迅速地亲了她一下,然后轻轻地舔了舔她的鼻子。她勉强挤出了微笑,甚至懒得把我从桌子上赶下去。她的心情一定糟透了。

"有时候我感觉只有你不会对我指手画脚。"她说道。我咕噜了一声。事实上,我对她的行为也不赞同,但她需要我的支持。"艾尔菲,我爱你,但我要去超市了。不过不用担心,我会给你准备晚餐的。"她站起来,留下我自己坐在桌子上,收拾一下就出门去了。

我看见乔纳森从健身房回来了,于是回去看看他。我想过一会儿再去 22 号公寓待一会儿,但又不想离克莱尔太远,我真的很担心她。乔纳森在打电话,挂了以后他笑着看着我。

小·猫·艾·尔·菲

"我要去跟同事们一起庆祝一下重新回归单身。"他开玩笑地说,"走之前我会给你几条三文鱼,不过不用等我回来了。"他笑着说,我一边喵喵叫着一边跟着他,然后他把我抱起来转了几圈。

"知道吗?我们人类真是很有趣的物种。我认为自己太需要一段感情,所以竟然心甘情愿忍受被菲利帕指挥得团团转。但事实上,没有她我会更开心,现在我终于想明白了。"他又笑了起来。要是克莱尔也能想明白就好了。乔纳森是对的,他现在过得很好,比以前好太多了,或许只有像菲利帕那样糟糕的伴侣才能让乔纳森看清我们之间的关系有多亲密。

我记得玛格丽特给我讲过人是如何成长的。有的人一帆风顺地长大了,而有的人会走弯路,但人们会不断进步,不断作出调整。她还说有时人们往往经历了坏事才会成长。一开始我不怎么理解,直到后来我遇到了一些坏事需要自己面对。我曾经是一只年少无知的猫咪,但我必须要快速成长,从一些坏事当中吸取教训,当然这并非我的本意,但这些教训在将来会让我受益无穷。乔纳森也成长了,但我可怜的克莱尔,她却深陷其中。我希望这只是玛格丽特所说的一条小岔路,最终她会走上正途的。

我必须确保我的家人都平安无事,但对一只小猫咪来说这份责任太过沉重。

第二十九章

那晚,乔很晚才回来,把克莱尔和我都吵醒了。他用一种近乎虐待的方式和克莱尔亲热,用手紧紧按住她,不顾一切地亲吻她,在他们把我踢出去之前我就识趣地离开了房间。

那晚我回乔纳森家住了,但房子里空无一人,又一次,他彻夜未归。我都选了一群什么样的主人呀!

我回到克莱尔家吃早餐,感觉自己像个乒乓球。她跟乔坐在一起开心地吃着早餐,这种情况十分少见。克莱尔竟然也吃早餐了,尽管只多吃了一点点。我看到克莱尔正不安地咬着她的下嘴唇。

"乔,可以问你点事吗?"她怯生生地说,他点点头。"你在这儿也住了一个多月了,呃,好像你是打算搬过来了,但我们都还没有讨论过这件事。"我看见乔的脸色阴沉起来。

"你是想说不愿意让我住在这儿吗?"他问。

"不,当然不是。但是,那个,你也没有和我讲你工作的情况,还有你的公寓,事情究竟怎么样了。这么说,你是打算和我一直同居下来了?"克莱尔看起来一脸恐惧,说话吞吞吐吐的。

小·猫·艾·尔·菲

"克莱尔,我是想问你来着,但又怕你不答应。我很惭愧,我的公寓怕是住不下去了。工作的事情搞得我现在捉襟见肘,我的律师还让我提前支付费用,我实在付不起房租了。"他把头埋进双手里,"我只是太害怕了才没有告诉你。"克莱尔一脸茫然的表情,我可以肯定她对这种情况是束手无策。

"如果没地方住,你可以搬过来,但是你应该告诉我。乔,我绝不会指责你什么,我爱你。"

"噢,克莱尔,我很乐意搬过来。这周我就去收拾一下我剩下的东西!"他就像只得到奶油的猫,"一切都会好起来的,只要我把工作和其他事情安顿妥当,我就可以把公寓退掉,你知道的,后续还要结算房租,把东西搬出来。"我疑惑地眯着眼,他怎么可以这么无耻?我知道他在撒谎。几周前他就把公寓退掉了,现在他的东西还放在一个朋友那里——这是我在电话里听到的。我真希望克莱尔能让他滚蛋,就像乔纳森对菲利帕那样,尽管一脸迟疑,但克莱尔还是笑了笑。

"我当然想让你搬进来,只是不确定你是否算搬进来了。"

"噢,不。没有你的同意,我是绝不会那样做的。这样吧,今天,让我们找点事做,当是庆祝一下。"

"我知道国家美术馆有个展览会,我真的很想去看。"克莱尔试探性地说。

"那我们就去那儿。今天是属于你的一天,宝贝,你想做什么,我就想做什么。"乔俯下身去亲她。我已经好长时间没见过他有这样的举动了,真搞不懂他怎么会突然转变那么大。我想知道他是否注意到克莱尔看起来有多么憔悴,或者用心感觉出。如果他真的在乎她,就一定能够发觉,不过我对此比较怀疑。

"能去那里我真是太开心了。"她发出清脆的笑声，看起来很高兴。

"那就对了。"他一脸宠溺地说。我知道，这一切都是伪装出来的。

我闲逛到了 22 号公寓。许久未见的太阳终于出来了，今天的天气可真不错，我感觉自己的步伐也如同春风般轻快，尽管刚刚在克莱尔家经历了那虚伪的一幕。我来到公寓，看见两家人都聚集在屋前，提着大包小包，弗兰西斯卡和波莉全穿着夏天的衣服，大人和男孩子们穿着短裤和 T 恤，他们每个人都看起来精神焕发，兴高采烈。

"艾尔菲，"阿列克谢大叫着朝我跑过来，"我们要去郊游哦。"

"嗨，艾尔菲。"大个子托马斯走过来抚摸我。

"艾尔菲也一块去吗？"阿列克谢满怀希望地问。

"不行，我们要乘火车，猫不能乘火车。"

"我们要去看海。"阿列克谢解释说。我不能去，为此他看起来很伤心。

我也很失落，换个环境我的心情或许会好一些呢！他们兴奋地聊着，清点着行李，我闻到一些气味立刻兴奋起来，是金枪鱼！我太爱金枪鱼了！我顺着气味找到了那包最大的行李。里面有一条毯子和几个小包裹，我相当肯定里面应该装着金枪鱼之类的吃的。我把头伸进去想仔细查看一下，心情迫切的我跳进了大包里。这里面很柔软，很舒适，闻起来也棒极了。我陶醉在鱼的香味中，还没等我从包里跳出来，就看见一只手——那是托马斯的——提起了大包，放进了车里。车开始动了起来，我不知所措。我的第一反应是恐惧，所以我差点大叫起来，但后来我想起来是跟家人在一起，看起来我也可以去海边溜达一圈啦！

我知道必须要保持安静，终于上了火车，我竟然睡着了。他们把行李放在地板上,我蜷缩成一团,伴随着车厢的晃动,渐渐进入了梦乡。我隐约感觉到火车停了,然后包又被人提了起来。我又被放在地上,周围一片嘈杂,我偷偷探出小脑袋,但只能看到许多腿。我发现一只狗正在四处嗅来嗅去,所以又把脑袋缩了回去。

走走停停,几经折腾,终于停下了。我能感受到头顶一片暖融融的,听到饥饿的海鸥嘎嘎叫着,还有许多人在闲聊。我听到男人们在讨论如何摆放折叠椅,弗兰西斯卡说她去准备野餐的食物,接着她就拉开了包,我从里面跳了出来。要是可以,我真想对他们喊一句:"惊喜吧?"所有人都愣住了,过了一会儿,阿列克谢尖叫着笑了起来,托马斯也跟着笑了起来,我走到小亨利坐的推车前和他打个招呼,连他都咯咯地笑了起来。弗兰西斯卡把我抱了起来。

"我们的小偷渡客。"每个人都开心地笑着,我忽然发现这种快乐已经在我们的生活中消失很长时间了。再一次,我感觉为家人做了一件十分正确的事。

笑声渐渐散去,马特满脸严肃地对我说:"不要乱跑哦,艾尔菲,我们离家可远着呢,所以还是乖乖跟着我们。"我愤愤地看着他,他简直把我当成一只笨猫了。

野餐真是太有意思了。我坐在毯子的边上,对着明媚的日光不停地眨着眼睛,时不时还有人送上些美食,看着大家在一起,其乐融融。旁边有许多人在对我指指点点,或许是猫咪很少会出现在海边的缘故吧。当然我不会跟着他们一块下水玩耍,我始终忘不了那次池塘的经历,我还是决定离海远点为好。其他人都去了,连小亨利也不例外,只有波莉和我坐在一旁。

她表面上很开心,但孤单一人的时候眼神中就流露出了伤感。她

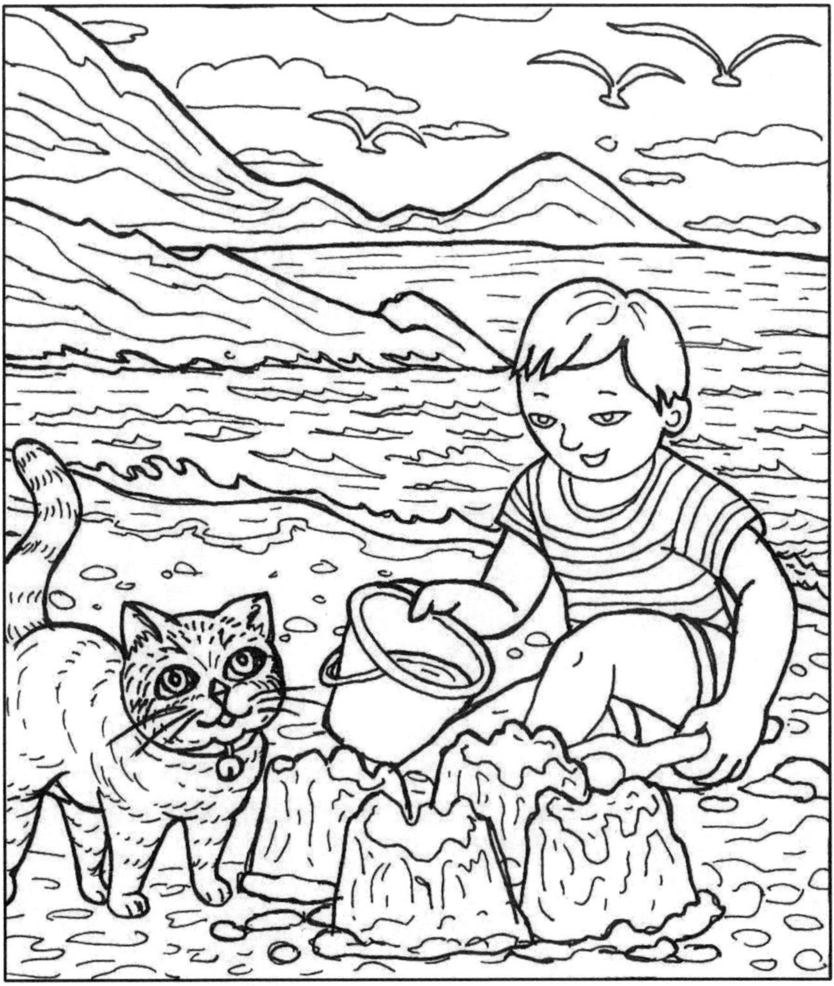

让我坐在她旁边，然后心不在焉地抚摸我。我不知道此时此刻她到底在想些什么，很明显她的心思并不在这片海滩上。我不知道该怎么帮她。在找到答案之前，我只好蜷缩在她身旁，向她表达我的关爱。

我们就这样坐了好一阵子，随后大家浑身湿漉漉地回到海滩上。

"艾尔菲！"阿列克谢在我旁边抖抖身上的水，我喵了一声跑开了。

"猫咪不喜欢水。"马特一边解释，一边对我挤了挤眼睛。

"对不起。"阿列克谢说，我喉咙里咕噜一声表示原谅。

我们度过了一个美好的下午。两家人比我之前见到的那个时候更加快乐，欢声笑语让我的心中也充满了巨大的喜悦。我能听到头顶鸟儿喳喳的叫声。阳光过于热烈，于是我设法在亨利的推车附近找一处阴凉。阿列克谢和托马斯在捡石头，整个海滩到处都是石头。后来，男人们买来了冰淇淋，甚至还有我的份！

啊，这感觉实在太美妙了，我舔着平生以来的第一个冰淇淋。我舔了一口，那东西太凉了，我立刻把身子弓了起来，皱皱鼻梁，不停抖动着身体。大家看见我那副模样都笑了起来，于是我又试着舔了一口，美味极了，香甜无比！突然一只海鸥俯冲下来，落在了我们前面，还气势汹汹地看着我。小个子托马斯吓得尖叫起来，但我努力让自己站得笔直，这样能够显得高大一些（尽管如此它依然比我大），凶狠地朝它嘶嘶叫。它看了我一眼，好像蓄势攻击我，我又嘶嘶叫了几声，还不停地对它吐口水，最终它飞走了。

"艾尔菲真勇敢！"阿列克谢说，趁我继续吃冰淇淋时亲切地摸了摸我。在他看来或许我很勇敢，但我内心还在不停发抖。如果真打起来，我真不确定是否能保住这条小命。

"没事的，艾尔菲，我们会救你的。"大个子托马斯说，不过我甚至都不确定他能否赶走那只气急败坏、饥肠辘辘的海鸥，这群家伙可是出了名的残酷无情。

日落时分，弗兰西斯卡说该回家了，于是孩子们都换上了干净的衣服，他们捡走垃圾，把行李收拾好。我被告知这次要待在小亨利推车下面的袋子里。这样的方式算是比较舒服的了，所以我一点也不介意。我一路上几乎都在睡觉，在梦中又尝到了冰淇淋。

在22号公寓前行李被卸下车来。跟每个人告别后，我拖着疲惫的身体，顺着埃德加路回了克莱尔家。

"我在想，离开我们以后他会去哪儿？他到底住在哪儿呢？"马特说。于是大家都看着我，好像指望我回答这个问题似的。

第三十章

第二天一早,例行的散步之后,我来到了 22 号公寓准备和这里的人玩上一阵子。我很怀念和他们在海边度假时那段无忧无虑的快乐时光;昨天我把孩子们逗得哈哈大笑,一想到给他们的生活带去的快乐,我的心就充盈着幸福的感觉。

我正打算让弗兰西斯卡或是阿列克谢注意到我,却被一阵声音打断了脚步。那是一种我从未听到过的奇怪声音,听起来像是猫被掐住了脖子,那声音来自波莉的公寓。随后我听到小亨利的尖叫和更多的声响,我更加确定那声音是波莉发出的。

我下意识地反应出我应该做些什么,于是我疯狂地挠门,拼了命地号叫,终于弗兰西斯卡打开了大门。

"哦,艾尔菲,进来吧。"她把身子侧到一边说道,但是我站着一动不动。她不解地看着我:"你想要干什么?"我走到隔壁波莉家的大门前喵喵地叫着。弗兰西斯卡试探性地朝我走过来,突然屋里又传来那尖利的声音,这一次她听到了。

"那是什么声音?"她害怕地圆睁着双眼问道,"天哪,听起来像是有人受伤了。"她将自家的大门虚掩上,并向阿列克谢喊了一声她一会儿就回来,然后我们就返回波莉家门前。

她按了按门铃,接着重重地敲门。仿佛过了一个世纪那么久,波莉打开了门,把小亨利递给了弗兰西斯卡。

"把他带走,求求你,快把他带走,我再也受不了了!"她白皙靓丽的脸上满是泪水,头发蓬乱,看起来真是糟透了。

"波莉!"弗兰西斯卡轻柔地呼唤道,并把小亨利抱进怀里,孩子立刻就止住了哭声。

"不,带走他。我实在受不了了,我做不到。我是个糟糕的母亲,我甚至无法爱自己的孩子。"她颓然倒在地上,把脸埋在手里啜泣着。

"波莉,"她温柔地说,"我得先去喂小亨利,他饿了。"她说得很缓慢,就像对小动物或是小孩子说话那样。波莉没有回答。"这样吧,把你家门先关上,我打电话给马特。你把他的号码给我好吗?"

"不,别打给他,我受不了。如果马特看到我这样,他永远都不会原谅我的,我不会把他的号码给你。"波莉说完又哭了起来。弗兰西斯卡趁机快步走进波莉家,从里面拿出了小亨利的奶粉和几个奶瓶;接着,她拿起波莉经常放在门口的包,带着小亨利回到了她的公寓。她看起来忧心忡忡,好像也不知道该怎么应对这个局面。

弗兰西斯卡一边给小亨利冲奶粉一边打电话给托马斯,他们俩用波兰语交谈着,所以我并不知道他们在说什么。弗兰西斯卡听起来有点歇斯底里,她喂着小亨利,一脸的焦虑不安,我从未看到她如此神情,同时她尽力安抚两个茫然无措的孩子。我试着在一旁逗阿列克谢,希望能转移他的注意力,但是他看起来也很紧张,一点也提不起兴致。

不一会儿,托马斯回来了。

当他听妻子讲完波莉的情况之后,建议道:"你应该带她去看医生,最好现在就去,这件事很紧急,我待在家里照顾孩子们,没问题的。"他把妻子紧紧搂在怀中,希望能给她些安慰。

"那你的工作怎么办?"

"今天没那么多活,所以没关系。"

"老板能这么照顾你,那我就放心了。"

"他人很不错,他知道我工作很努力,如果不是什么特殊情况我肯定不会请假的。"

"希望如此。"弗兰西斯卡对丈夫交代了照顾孩子们的有关事宜,此时,小亨利已经枕着沙发上的垫子睡着了。

"看完医生回来,我们就打电话给马特。"

"她拜托我不要那么做。"

"但是她需要他,她此时情绪比较激动,我们打给他,过后她一定会赞成我们这样做的。"

"你有他的号码吗?"

"有,带她去看医生,然后等你回来我们就打给他。"

我和弗兰西斯卡一起去了波莉家,她打开了门。波莉依然坐在刚才瘫倒的那个地方。

"波莉?"弗兰西斯卡轻柔地呼唤着。

"小亨利还好吗?"她头也没抬地问道。

"他很好,喝了奶已经睡了,来,我带你去看医生。"

"我哪儿都不去。"

"我们必须去,你有宝宝需要照顾,现在你病了,我们就要去看医生,否则病是不会好的。"弗兰西斯卡挨着波莉坐下来,我在弗兰西斯卡身边坐下来。

"你觉得我病了？"她用那双楚楚动人、充满哀伤的眼睛看着弗兰西斯卡。

"我认为你是患上了产后抑郁症，这很正常。"波莉抬头看着弗兰西斯卡。

"能治好吗？"

"当然，你得去看医生，医生会帮助你，等病好了你就可以照顾孩子了。"

"你也有过这种情况吗？"

"生了阿列克谢之后有一段时间我也是这样。他那时比小亨利小一点，我觉得我不爱他，但那只是由于情绪消极。我吃了些药，现在我比我想象中的还要爱他。"

"可是小亨利总是在哭，有时候我觉得他的哭声让我的大脑充血，有时候我想到了死，甚至觉得那是个不错的主意。"

"好吧，小亨利会哭，宝宝们都会哭。如果你能开心点，小亨利也会开心一些。"

"我觉得他跟着一个爱他的妈妈生活会好一些。"波莉说着又开始落下眼泪。

"波莉，你是他的妈妈，你爱他，你可能现在感觉不到，但是你一定能够感觉到，他爱你。我也有过类似的经历，我的母亲发现了我的问题，然后带我去看医生，现在你也需要看医生。"

"周末时我母亲和我说了一些话。她说我有些不对劲，她很担心我，她觉得因为我们刚到一个新环境，还有马特换了工作，这些或许会给我造成一些影响，但是我没办法告诉她，没办法说我不爱自己的孩子，我到底现在变成什么样的怪物了！"

"你是生病了，哪里是变成怪物？我知道你爱他，我很肯定，只是因为情绪低落感受不到而已。坦白地说，我很理解你的感受，我那段时间也有相同的感觉，而且许多女人都曾经有这样的经历。"弗兰西斯卡用一只胳膊搂住了波莉的肩膀，让她靠在自己身上。

"真的非常谢谢你，你知道吗，当我知道并非只有我一个人有这种感受的时候，我的心里好受多了！可是马特……"

"他会理解的，他是个好男人，但是首先我们要先去看医生，让医生来帮助你。"

我看着弗兰西斯卡扶波莉站起来，然后引导她换好鞋子，拿上包，两人就出门了。她对波莉说话的样子就像对待孩子一样，那声音能让不安的心情顿时平静下来。我跟着她们走了出去，也觉得好多了。弗兰西斯卡帮着锁上了波莉家的大门，不过她家门没锁，因此我就钻进了她的家里。

我去找阿列克谢玩，他的情绪稍稍好了一些，把玩具拿过来和我一起玩。

小托马斯一直叫着"妈妈"，他爸爸就抱一抱他，然后给他拿一些饼干，这位奶爸就像弗兰西斯卡一样，表现得冷静放松。他一边看着小亨利，一边给托马斯读故事书，然而小托马斯显然对播放的电视节目更感兴趣。这期间，他给两个儿子弄了些吃的，也顺便给了我一些鱼。我想跟他们待在一起，等着查看一下波莉到底怎么样了。

我们似乎等了很长时间，甚至连托马斯也有些按捺不住了，小亨利醒过来，托马斯要给他换纸尿裤，然后小托马斯爬上小床睡觉去了。阿列克谢问了他爸爸好多问题，但说的是波兰话，所以我不明白他们说的是什么。

又过去了一段时间,托马斯神色焦急,不过他还是为小亨利冲了奶粉。虽然要同时照顾三个孩子,但托马斯却做得得心应手,他从容不迫,并且十分麻利,我之前从未见过哪位父亲能这么熟练地照顾孩子。对于猫咪来说,我们不会承担"养儿育女"的工作,甚至毫不夸张地说,托马斯比弗兰西斯卡做得还要熟练。不过他虽然表现得很镇定,却依然掩饰不住内心的焦虑,我们此时的心情都是如此。我用身子蹭着他的腿,希望能给他一些安慰,此时我感到他和别人一样需要安慰。

我突然发现,我和这几个人相遇恰好都在他们最落魄的时候,只是各自情况不同罢了。弗兰西斯卡思念着家乡,克莱尔感情受挫,乔纳森内心孤独无人倾诉,还有波莉为照顾小亨利以及初来乍到不适应环境而身心俱疲。这时候,电话铃打断了我的思路,托马斯一把抓起话筒。他用波兰话说了一会儿,挂断电话时,他一脸严肃,接着又拨打了另一个号码。

"马特,我是隔壁的托马斯,"停顿了一会儿,"小亨利很好,他和我在一起,但是波莉情况不是太好,弗兰西斯卡带她去看医生了。"又停顿了一会儿,"不,她现在回来了,但是她需要休息,得有人帮忙照顾小亨利。"马特说话的时候托马斯情绪似乎有些激动:"你现在能回来吗?我会慢慢跟你解释,情况很复杂,不过一切都会好起来的。"

马特很快就来了,他立刻抱起了小亨利,他神情憔悴、忧心忡忡、面色苍白。

"我不知道该怎么感谢你。"马特说道,托马斯为他泡了杯茶。

"没什么,我们是朋友嘛。但是,马特,波莉的情况比较严重,我的妻子今天发现了她,呃,确切地说,是艾尔菲发现的,她当时不对头,弗兰西斯卡是这么说的。所以我们把小亨利接过来照顾,她们去看医生。去了很长时间,不过现在已经回来了。"

"我真是太惭愧了,瞧瞧我都对她做了些什么?让她和我搬到这里,亨利还这么小,我原本以为我做的是对的。"说着马特的眼泪在眼眶里打转。

"我理解,因为我们也是如此。我的儿子虽然比小亨利大一点,但这种改变对他们来说也太大了。马特,这不是你的错,是波莉病了。生了阿列克谢之后弗兰西斯卡也有过这种情况,她那时也很令人担心。她接受了治疗,现在她很爱她的孩子们,而且心情也变好了。"

马特把头埋进手里。

"我早该预料到的,她待在家里的那一周看起来好多了,自从她遇见弗兰西斯卡后就变得开朗了许多,所以我仅仅认为那是搬家引起的不适应。而且昨天……我们那么开心,我怎么就没有发现呢?我都干了些什么?我对工作太投入了,但我必须要这么做,我们需要钱。"他看起来就要哭出来了。

"马特,波莉的母亲不是很乐于帮忙吗?"

"是的,她母亲人很好。"

"那就让她过来住一段时间吧,帮着照顾一下家庭,这样对波莉康复也有好处。"

"好主意,我现在就打电话给她。"马特似乎因此情绪稍稍好了一些,"我们有一个折叠床,很舒服,可以放在小亨利卧室,不过公寓再住进一个人就有点小。"说着马特流露出为难的神色。

"没关系,至少波莉有人照顾了。"马特看着托马斯,仿佛他已经解决了这个难题。"那可能需要时间,她拿到药了,不过需要一段时间才会有起色。"托马斯谨慎地说。

"是的，但至少她得到了治疗，非常感谢你，尤其是你，艾尔菲，你挽救了我们这个家庭。"马特感激地对我又搂又亲，我甚至有些飘飘然了，此时的我又骄傲又开心。过去不管在哪里，我所做的事情总是能够讨人欢心，然而今天所做的或许是我做过的最漂亮的一件。我没有细想自己恰好在那个时间出现在波莉家门口，这中间到底有多少运气成分，至少在人们围绕在我身边赞扬我的时候没有想过。

待在埃德加路的这段时间我明白了一个道理，事情往往没有想象的那么简单。最开始看起来我好像已经帮助了乔纳森和克莱尔，但是，看看现在的克莱尔，我没有让她开心起来，我仍然要继续帮助她，她迫切地需要我的帮助，但是我依然不知道怎么才能帮助她。而现在还必须要和波莉以及这家人待在一起。阿列克谢非常依恋我，尽管他不知道发生了什么，但是仍能感到情况有些不对劲，所以我任由他把我紧紧抱在怀里。

"艾尔菲，你是我最好的朋友。"他对我说，我有种想哭的冲动，人类在被感动的时候通常也会想要哭泣。如果他们刚刚讨论的事情是真的，那么波莉显然还需要很长时间才能康复。如果那个男人说的话是真的，那波莉还有很长的路要走。

弗兰西斯卡终于回来了，不过只有她一个人。

"波莉睡着了，她吃了些助睡眠的药，医生让她现在就吃，她确实需要好好休息，尤其是经历了……"

"经历了什么？"马特担心地追问道。

"今天她似乎已经崩溃了，她很爱你和小亨利，但是她的头不太舒服。医生给她的药短时间会有帮助，但是她必须出去走走，见见其他人，比如心理咨询师。还有，她需要休息，不能让她单独跟小亨利在一起，她的压力太大了。"

"我已经打电话给她的妈妈了，她明天就会来，"马特说，"我也请了几天假，他们知道波莉病了，我们在这里又没有亲人。"

"你们还有我们。"弗兰西斯卡回答得很干脆。

"是啊，没有你们我们都不知道该怎么办，太感谢你们了。"

"不需要感谢，你去照顾你的妻子和儿子吧，有需要的话我们会过去帮忙的。"

"我让波莉一个人承担得太多了，现在我能做的就是照顾好我的儿子，我是不是一个最糟糕的父亲和丈夫？"

"不，马特，你工作很努力，这很容易让人忽视其他问题。而波莉，她不让你看到她那么痛苦，也许是不想让你担心，所以，这是个坏循环。"

"恶性循环。"

"什么？"

"我们是这么说的，恶性循环，对不起，我不是要刻意纠正你的。"

"不，没关系，我们也需要学习。我跟你去家里一趟，给你演示一下怎么喂亨利，他还是可以接受奶粉的。我得告诉你，医生给波莉开了一些断奶药，她说母乳喂养会让她更糟。小亨利很健康，而且他已经能吃饭了，所以配方奶粉也没有问题，那意味着你也可以喂他，而他的母亲——波莉，现在需要好好休息。"

"我一定会让她好好休息的，我竟然还想把头埋进沙子里，告诉自己情况没那么糟，好像她睡一觉就会好起来，我真是无可救药了。"

"你现在的心情可以理解，产后抑郁也是病，但是她会好的，她现在就已经在开始慢慢恢复了。你是个好男人，马特，她非常爱你。"

我和弗兰西斯卡、亨利还有马特一起从家里出来时还有些迟疑。我想陪着马特，即便他没有注意到我，但是陪在他身边能让我感觉好些，所以我安静地待在客厅，看着马特按照弗兰西斯卡的说明喂小亨利喝奶粉，给他洗澡，最后把他抱到床上哄睡着。随后马特走进客厅坐在沙发上，像个孩子似的哭了起来，我坐在他身边，过了一会儿，他坐直了身子。

"这个时候我不能再倒下了，来吧，艾尔菲，我给咱俩弄点吃的，我想碗柜里还有一罐金枪鱼。"这是我第一次在吃饭的时候不去计较自己能得到些什么吃的，我此时正在考虑是否应该把他们父子单独留在那里。我知道自己什么都做不了，但至少在这里待着能给他们一些安慰。

过了一小会儿，马特起身去看波莉，我跟在他身后，波莉睁开了漂亮的大眼睛看着他。

"几点了？"她睡眼惺忪地问。

"没关系，小亨利在睡觉。弗兰西斯卡给我列了一份需办事项的清单，你已到时间该再吃一片药了，你需要睡眠。"波莉想要坐起来。

"小亨利还好吗？"波莉眼里噙满泪水问道。

"他很好，我就知道你只要好一些就会挂念小亨利。"

"我觉得自己彻底失败了，一个不负责任的母亲，一个爱惹麻烦的妻子，我真不知道怎样才能打消这个念头。"

马特轻轻抚摸着她的头发，温柔地说："亲爱的，我觉得自己让你和小亨利失望了，我本该好好照顾你们，我早就应该注意到你的情况，我才觉得自己是个失败的人。"

"我们没有必要自责或是相互指责,不是吗?"波莉睁大了眼睛问道,马特摇了摇头,"弗兰基是这么说的,她说我们即便那么做也没有任何帮助,所以我们就不要这样了。我会试着照她说的那样做。医生很热心,是个女医生,很理解我,我感觉是这样的。我不想吃任何东西,但我知道我需要吃药,医生会帮助我,我会康复的,然后好好照顾我的孩子,我们的孩子。我想当个好母亲。"

"亲爱的,你当然会是个好母亲,"马特眼里已经蒙上了一层泪水,"我会一直陪在你身边,我爱你,波莉,请千万不要忘了这一点。"

"在我脑子糊涂的时候我的确会忘记,但是现在我知道了,而且,我也爱你。"马特紧紧地抱着波莉,这是我看到过的人类交流最让我感动的画面了。

"对了,你妈妈要来了,很抱歉,但我们确实很需要她,我多希望能多请几天假,但是确实没办法。"

"不,马特,我们当初来到这里不正是为了你的前途嘛?你不需要感到内疚,有妈妈在这儿,我就轻松多了。"他们静静地坐了几分钟,我躺在地板上,忙忙碌碌了一天,此时忽然觉得有些疲惫,这一天之中让人感动的事太多了。

"我身体里就好像有个黑洞,这就是我的感受。我总是想把小亨利带到什么地方丢掉,一走了之,做回那个曾经的自己。可是,我爱他,我清楚我心里是爱他的,但我却感觉不到我对他的爱。大家所说的为人母的快乐,我却体会不到,这太可怕了,马特,这真的太可怕了。"她小声地抽泣着,马特把她抱在了怀里。

"我无法想象那是一种怎样的感觉,但是无论发生什么,我都会支持你,不过,你需要多和我说说你的感受,无论那有多么糟糕,你都要告诉我。我不会离开你,我爱你,爱这个家,不论发生什么我都不会改变的。"

"你知道吗,听到你说这些话我有多激动,我多希望之前能对你坦白一切。在我们没搬到这里之前,也就是小亨利出生后不久,我就感觉自己好像生病了,只是我觉得应该尽量隐瞒这件事,但代价实在太大了。"

"波莉,我知道你很勇敢,很坚强,我们会渡过难关的,可能需要点时间,不过没关系,我们能做到的。"

"我们能去看看小亨利吗?我不想吵醒他,我只是想看看他,我必须要这么做。"波莉的眼中又涌出了泪水。

"来吧!"马特说道,他一把抱起波莉,好像她和小亨利一样重。我太困了,所以没有跟他们去卧室。

"看起来艾尔菲今晚会一直陪着我们。"我恍惚之中听马特说道。

"瞧他躺在那儿多舒服,别打扰他了。"波莉话音刚落我好像就进入了梦乡。

第三十一章

过去我以为做一只游离于不同人家之间的猫会比较忙碌,只是没想到会这么忙碌,在这里我已经建立了一个小小的社交圈子,我身边的每一个人都因为这样或那样的经历,渐渐地走进了我的生活并成为我生活的一部分。但是我不可能同时出现在四个地方。

我来往于不同的人家,努力照顾到每一个需要我的人,但是好像每个人都很需要我。

我经常拜访的几户人家之间的距离不是很远,但是我走动会比较频繁。虽然我身体强健,有时候这样的长途跋涉还是比较辛苦。我到达那两座公寓的时候,看见弗兰西斯卡和马特以及孩子们在外边。他们正在草地上玩耍,就像以前跟波莉在一起时那样。和平常一样,阿列克谢跑过来和我打招呼,我俨然已经成为了他最好的朋友。弗兰西斯卡和马特手里端着杯子。小亨利俯身趴在毯子上,托马斯正在看书。

"昨天从医生那里回来以后,她就一会儿睡上一觉。我希望那能有所帮助。"

"睡觉对她有好处,她就是太累了,疲惫也是情绪失常的一个原因。就像你说的，这是个恶性循环。"弗兰西斯卡和马特强颜欢笑。

"我一会儿要去火车站接她的母亲。我想，她在这里对波莉的康复会很有帮助的，但是，她不可能永远跟我们住在一起。"

"马特，那并不需要。波莉会越来越好，比你想象的还要快。"一想到那个美丽而又脆弱的女人，我眼眶也湿润了，希望弗兰西斯卡是对的，她会越来越好。

波莉这次情绪崩溃之前，我本以为她在逐渐恢复，她看起来比以前开朗多了。但是在遇到乔之前，克莱尔看起来也在逐渐好转。我从人类身上明白了这一点，千万不要自以为是。

玩了一会儿，弗兰西斯卡给男孩们准备午饭，马特去帮忙。他说他不想打扰波莉，但是我可以看出他很焦虑，似乎并不想一个人待着。

"你给小亨利冲奶粉，我去给他做些蔬菜泥。"弗兰西斯卡说。

"不用麻烦你了。"

"别说傻话。我先给我的孩子弄些蔬菜，然后再给亨利做些蔬菜泥。不麻烦，不麻烦，反正大家都要吃。我再做个汤吧？是我们那里的汤，叫做，呃……甜菜罗宋汤？"

"我从来没尝过。"马特带着怀疑的表情说。

"托马斯在他的餐馆做过这个，很好吃的。你试一试？"

"当然，我很乐意尝一尝。"马特回答得非常客气，但是他的语气让我感觉言不由衷。当我看到端出来的一锅红彤彤的东西之后，我也开始怀疑起来。幸运的是，弗兰西斯卡给了我沙丁鱼。

午饭过后，大家都出去散步了，接着，弗兰西斯卡抱走了小亨利，这样马特有时间去看看波莉，然后再去火车站接他的岳母。为了和男孩们玩耍，我又多待了一会儿。和他的哥哥一样，小托马斯现在越来越爱黏着我，这让我觉得加倍的疲倦。当我用爪子抓门表示想要离开的时候，肚子里已经被沙丁鱼填满，累得连一点儿玩的兴致都没有了。第一次，我感觉离开这里去其他房子走一走是一件不错的事情。

我首先去了克莱尔那里，因为我十分确定这会儿乔纳森还没有下班回来。然而当我从猫门钻进房间，我意识到自己竟然对这里有恐惧心理；我的毛都竖起来了，这种感觉可不太妙。克莱尔是我的第一个主人，是她让我变得这么受欢迎，然而此时此刻，走进这里竟然让我觉得像是闯入了陌生人的家里，这令我觉得十分烦躁。克莱尔在厨房，她转过头来，很明显她刚刚哭过。

"艾尔菲，你终于回来了！"她把我抱起来，"你让我担心坏了，已经快两天了。老实说，艾尔菲，我真想知道这么长时间你跑到哪里去了。你交女朋友了？"克莱尔问。我愧疚地对她喵喵叫了叫。"我给你弄些吃的。我知道，你是一只猫，你喜欢出去乱跑，但是你要记住，看不见你我会很担心的。"她虽然语气很温柔，但我觉得这更像是责备。我喵喵叫着，想要告诉她，如果她和乔分手，那么我每次回家也不用胆战心惊的，但是我知道她不会明白的。于是，我用鼻子蹭了蹭她的脖子向她表示歉意。

"在搞什么鬼？"乔走进了厨房问道。他的衣着像往常一样，牛仔裤和T恤，但是我注意到他的肚子有些发福，克莱尔瘦了，而他却胖了。

"艾尔菲回来了，我准备喂他些吃的。"她一边说一边把我放下，从柜子里拿出了一些猫粮。

"你对这只猫比对我还要好。"他有些不快地说道。

"别说傻话了。"克莱尔笑着回答。

"该死的,不许嘲笑我。"他大声吼道,我和克莱尔都吓得缩了一下身子。

"我没有……"她刚要说话。

"你有,你知道吗,我受够了!你把我当傻子一样,就因为我丢了我的工作,尽管我什么过错都没有,你以为这样就可以随意欺负我吗?"我把身子团成一个球躲在橱柜旁边。我很害怕,却不知道该做些什么。鉴于乔曾经伤害过我,我不知道他还会做些什么。他一步步朝我们逼近,可是似乎又改变了主意,于是他转过身用拳头重重地捶着墙,这突如其来的粗暴行为吓得克莱尔大叫起来。他虽然没有伤害我们俩,却把我们吓坏了。接下来屋子里沉默了很长时间。

"乔,我希望你离开这里。"克莱尔用颤抖的声音说。我舒展开身体,几乎要高兴地跳起来。乔的脸色阴沉了下来,接着又突然改变了表情。

"对不起,天哪,真的对不起。"他的手在墙上不停地蹭着,"我又发脾气了,我以前可从来没有这样。"他朝克莱尔走过去,而克莱尔则向后躲了躲。于是我站在她的前面想要保护她;我想告诉克莱尔他是个骗子,但是我做不到。

"乔,你在我的墙上弄了个大洞,你还想说你没有发脾气吗?"克莱尔说道,她的语气中有恐惧,却没有生气。

"哦,上帝啊,对不起,瞧瞧我都做了些什么!"接着,让我惊讶的是,他竟然大声哭了起来。

"乔,别哭了。"克莱尔语气缓和了下来。

"对不起,你会怎么看我?克莱尔,我从没有像今天这样,我只是被工作的事搞得太心烦了,事实是我已经没有了住处,我觉得自己在靠你养活。"

"可是我并不介意。我知道这只是暂时的,你很快会找到另一份工作,重新振作起来。"她的怒气似乎已经全消了。乔的确擅长摆布克莱尔,我的希望一点点流走了。

"但愿如此吧,现在经济不景气,很少有公司雇人,我应该做个自由作家,但是总觉得那样像是个彻底的失败者。我曾经有一份好工作,现在再看看我。"

"乔,"克莱尔一边说一边走到他身边,搂住他,这让我觉得绝望和厌恶,"我爱你,并且我会一如既往地支持你,不管你需要什么。好了,别再犯傻了,别再像今天这样发脾气了。"听克莱尔这样说感觉很滑稽,好像她很能控制自己的情绪似的;但是令我生气的是,她竟然这么容易就原谅了他。他还会发脾气的,这一点是再明显不过的事,像他这样的男人本性就是如此。他不会让克莱尔幸福的,如果她有这样的幻想,最后一定会伤心的。

"我发誓,克莱尔,我非常爱你,我会弥补你的,相信我。"

"你先把墙补好再说吧。"她勉强笑了笑。

我离开这里去了乔纳森家,算是对克莱尔无声的抗议。很明显,他下班回来好一会儿了,而且也已经把运动服穿上了。

"嗨,你来啦,我还在想你去哪里了。我猜你是和小母猫打情骂俏去了吧!"我喵喵叫了叫,我想告诉他:"不是的,事实上,我刚刚和一个疯子在一起,他刚才把我吓坏了,我真想你过去好好教训教训他。"

"好了,你吃点东西再好好休息一下吧,求偶可是件辛苦活。"我喉咙里发出咕噜声。"来击个掌吧,"乔纳森说,我茫然地看着他,"你知道吗，你举起手，或者说是爪子，我也这样做。"我于是举起爪子，他用手和我的爪子拍了拍。"真是只聪明的猫，你学会了第一个技能。我就知道，当初选择你而不是菲利帕是正确的。"他笑着说。我惊讶地看着他。仅仅是举起爪子就能得到如此的称赞？要是我能对他说话或者给他跳一支舞，指不定他会有什么反应呢。老实说，人类真的会因为仅仅得到少许就十分开心满足。

在乔纳森离开前他和我一起吃了饭。我不想再出去了，今天一天我真的非常累，不论是身体还是心理上，所以我找到我的羊绒毯子然后躺下来休息。我将所有的问题都认真整理了一遍，心里觉得稍微明朗了一些。和其他家庭相比，弗兰西斯卡和她的家人暂时还没有问题，至少他们没有太大的困难需要克服。当然这只是我的看法。波莉虽然还病着，但在慢慢康复，对此我十分确信，还有乔纳森，呃，还是孤单一人住在大房子里，当然，身边还有忠心耿耿的我，不过他的情绪似乎并未受到影响。我现在真的很喜欢他。所以现在就只剩下克莱尔的问题了。

今天我已经亲眼目睹了乔变得多么恐怖，并且这绝非终结，以后他还会再犯。下一次，克莱尔可能会受伤，我有一种很强烈的预感。

一想到克莱尔可能会被他的粗暴行为伤害我就感觉寝食难安。很明显克莱尔现在已经被乔牢牢控制着，我不知道最终会有什么样的结果，但我猜想那结果不会很好。我潜意识里觉得自己应该做些什么改变这种状况，只是还不确定该怎么做。想着想着我就在那柔软舒适的毯子里睡着了，我暗自祈祷在事情变得无可挽回之前能够尽快想到该怎么做。

第三十二章

我醒来的时候已经知道了结果。窗外仍是漆黑一片,而黎明的交响乐才刚刚开始。难怪猫咪们总想着追逐和捕食鸟类,这些家伙一大早弄出的噪音着实让人心烦。我看着熟睡的乔纳森,他是那样平静,那样满足。虽然我对前方的未知感到恐惧,但因为他的存在,我觉得欣慰。

我知道,这将是一场冒险。在睡梦中莫名其妙想出的这个计划过于鲁莽了,这还是比较客气的说法。但我知道我必须得这么做,这就意味着我要放手一搏,我只能诚恳地祈祷这个计划的每个环节都能如我想象的那样实施。

我依偎在乔纳森身旁。我知道,今天将会有重大的事情发生。我想让他明白的是,无论如何我都爱着他。我在他身边坐了一会儿,他睡得很香,突然闹钟哔哔地响起,乔纳森坐了起来。我跳上他的胸口,再次对他展露了笑容。

"艾尔菲,你在我床上做什么?"他问道,语气中并没有责备。我喵地叫了一声。他笑了笑,亲昵地拍了拍我,然后下了床。

小·猫·艾·尔·菲

我挣扎着想要下楼,但感觉四条腿有点不听使唤。我从不认为自己是一只勇敢的猫,我要正视现实。当我最初与玛格丽特和艾格尼斯住在一起的时候,我甚至都不知道勇敢为何物。后来艾格尼斯对我的态度转变之后,我又觉得勇敢没有必要。然而,当我失去了她们两个的时候,一种勇气油然而生。当时我对此并未察觉,可是我却因为这股勇气活了下来。所以就算我的腿不够勇敢,但我的决心绝不动摇。

我在厨房里等待乔纳森下楼。他走了下来,煮了咖啡,给我倒了些牛奶,在上面放了几片吐司,又把他之前做好的凉拌三文鱼端到我面前。我尽情地享用着早餐,因为我意识到这或许是我的最后一餐了。

"好了,艾尔菲,我得走了,下班回来再见啦!"乔纳森说着站了起来。我把爪子搭在一起,祈祷真如他所言我能再看见他。

我动身去看克莱尔。到了那里,我感觉她就像是一夜未睡。她心不在焉地拍着我,从她的眼睛里,我能看出她也很害怕。和乔在一起她并不幸福,任何人都能看得出来,可是她似乎认为独身是一件十分糟糕的事情。我从人类那里听说过,有些人宁愿选择与别人在一起,即使那样并没有独自一人时开心,克莱尔就是其中之一。之前我本已经打定主意,现在看到克莱尔无精打采的样子,以及墙上那醒目的洞,我更加坚定决心要实施我的计划。

克莱尔要去上班,于是我跟着她一起出了门。我和她在街上走了好一会儿,一直把她送到了路口。

"照顾好自己,艾尔菲,咱们晚上见。"我蹭了蹭她的腿,她一定会再看见我的,这一点我十分肯定。

接着我任由不停发抖的腿带我去 22 号公寓。我在外面挠了挠门,弗兰西斯卡开门让我进去。

"艾尔菲！"阿列克谢和托马斯齐声喊道，然后凑过来轮番和我亲热。我对这两个小家伙充满爱意，作为回报，我仰卧在地上让他们轻轻地挠我的肚子。他们挠了很长时间竟也不觉得厌烦，我也就欣然接受这份优待。我们就这样玩了好长时间，直到弗兰西斯卡提出应该去看看波莉了。自从那天看完医生回来以后我就再也没有看到过波莉，所以我也很渴望再和她见上一面。

来开门的不是波莉，而是一位年长的女士，举止优雅，或许比玛格丽特年轻一些。

"弗兰西斯卡，见到你非常高兴。"她面带微笑地说。

"嗨，瓦尔。我们只是想来看看波莉。有什么我们可以做的事吗？"

"那么，你们先进来，看到你们她一定会很高兴的，孩子们可以帮着逗一逗亨利。"说着她把身子让了让，我跟着他们也走了进去。"哦，你好，你一定是那只勇敢的小猫艾尔菲吧。"我喉咙里发出呼噜呼噜的声音，立刻对这位女士充满了好感。

波莉穿着睡衣，但依然很漂亮，她的状态也好了些。弗兰西斯卡用力拥抱了她一下，小亨利坐在爬行垫上，周围围了一圈靠枕，孩子们径直走到了他身旁。

"弗兰基，很高兴见到你，"波莉说道，"我已经休息了这么长时间，现在感觉好多了。"

"很好，但还得慢慢来。"

"我去烧一壶开水吧？"波莉的妈妈问道。

"谢谢你，妈妈。"

"我要帮忙吗？"弗兰西斯卡问。

"不，亲爱的，你坐下来陪我的女儿就好。"她离开了房间。

"那么，弗兰基，你还好吗？"

"我们很好。阿列克谢下周就要上学了，我给托马斯找了个托儿所。见见其他小伙伴对他也好，而且我也可以找份兼职。给商店帮忙之类的工作，应该比较适合我。"

"听起来不错。既能提高你的英语水平，又能多认识些人。对了，我都没有问过，你在波兰是做什么工作的？"

"我家开了一间杂货店，我就在店里工作。这工作不算有趣，但我挺喜欢的。我喜欢服务行业，可以和别人聊天。"

"阿列克谢吗？"波莉呼唤道，男孩转过身来。我很惊讶，这是我第一次听到波莉直接跟他说话，但是我猜想她并没意识到这一点。

"什么事？"他说。

"没错，波莉，他就叫这个名字。"他的妈妈确认了一下。

"抱歉。好吧，我是波莉。"波莉笑着说。

"马上要去新学校了，兴奋吗？"

"是的，非常兴奋，不过，也有点害怕。"

"确实如此，好吧，我觉得咱们应该去商店逛逛，你去选个漂亮的书包和文具盒，算是我和马特送给你的开学的礼物。"

"哇，真的吗？我可以买有蜘蛛侠图案的吗？"

"你想要什么样的都可以。"

"波莉……"弗兰西斯卡刚要开口。

"好了，弗兰基，我永远无法报答你为我所做的一切，因为你肯定不会变成我现在这样需要我去照顾，但是我可以为你的孩子们做些什么。再说，我也想出去逛一逛，再不出去我可就要发霉了。出去走走买个蝙蝠侠的书包，这对我的康复可是很有好处的。"

"好吧,谢谢你。"

瓦尔此时端着茶走了过来,然后她们就像老朋友一样聊了起来。男孩们则一边逗小亨利一边和我玩,我的情绪很激动,因为我清楚接下来等待我的是什么。虽然我要离开他们了,但我知道他们会生活得很好。他们会很幸福,虽然波莉还没完全恢复,但至少她比之前更乐观;这一点在她抱起小亨利并亲吻他的时候能看出来,因为我以前从未见过她那样做。到这里待了这么久,我几乎没有听到亨利哭闹,这可以算得上是22号公寓的奇迹了。

午餐前,他们决定去公园走一走。

"我需要点新鲜的空气,"波莉说道,"我得赶快把几件衣服扔了。"这话听起来很奇怪。只见她穿着牛仔裤和T恤走了进来。大家于是开始换鞋。小亨利被放在折叠式婴儿车里,而托马斯则坚持要自己走。大家要离开了,他们转过身看着门边的我。

"再见,艾尔菲。"阿列克谢说。

"再见,艾尔菲。"托马斯也学着说。波莉和弗兰西斯卡俯下身来拍了拍我。

"如果你午饭时间能过来,我回来的路上就给你买点鱼回来。"波莉说。我开心地喵了一声。

"你确定他明白你的意思吗?"瓦尔提醒道。

"他是只很聪明的猫,"弗兰西斯卡回答道,"所以他当然明白了。"

离开之后我飞奔去看老虎,我选择了后面的小路,这样能够更快一些,一路上为了避开恶狗我时不时地跳上围墙。我到达的时候,老虎正在后花园晒太阳。我马上告诉了她我的计划,而她的表情看起来十分恐慌,准确地说是她烦躁不安地用尖利的号叫声想要让我打消这个念头，但我尝试向她解释我的考虑。她用各种猫咪的昵称来呼唤我，说我是个笨蛋，然后哭着说她很担心我，因为我们都不知道这个计划最终结果会如何。她说我确实很勇敢，也很愚蠢。此时的我不知该怎么安慰她，只好附和着。最终我和她依依不舍地道别，并且我向她保证会尽我所能让自己平安回来。

我努力忘掉刚刚与老虎的会面，也不去想未来有什么样的结果，快速返回 22 号公寓去享用我的鱼。

"我们回来了，"弗兰西斯卡说，我在公寓外面遇到了她和孩子们，"小亨利睡着了，瓦尔也让波莉休息了，现在我给你做些鱼去。"我开心地发出呼噜声，然后跟着他们上了楼梯。

阿列克谢打开了电视，托马斯坐在尽可能离电视近的地方。弗兰西斯卡在厨房大声喊道："太近了，托马斯，离远点！"说完笑了起来。我在想她难道能看穿墙吗？我们猫的视力很好，触觉也灵敏，可是我们仍然做不到这一点。我跟着她走进厨房，等待着我的午餐。正如弗兰西斯卡事先答应我的那样，她给我做了鱼，然后端到了我的面前。除了在地板上享用我的美食，我所享受的待遇和人类毫无二致。我很快地享受完午餐并且把自己的身体清理干净，弗兰西斯卡则一边吃饭一边给孩子们喂饭。

午饭后，她哄着玩兴未尽的小托马斯去睡午觉，然后开始陪阿列克谢读书。

"英语好难读啊！"阿列克谢抱怨道。

"是很难，但是你做得很好，很快你就能超过妈妈了。"

"我会喜欢学校吗？"阿列克谢有些担心地问。

"你会喜欢的，那里就像你在波兰的学校一样。"

"但是语言不同啊。"

"是的，不过老师说了，他们会帮助你，会对你很好，所以不必担心。"弗兰西斯卡耐心地安慰着孩子，我可以看得出，她对孩子很用心。

"波莉送我书包，我真的很开心。"阿列克谢此时被妈妈抱在怀里亲吻着，不过小家伙不情愿地扭动着身体。

读了一会儿书，阿列克谢拿出他的玩具车，逗弄着想让我去追赶小车。我照做了，但是我的胃好像不太舒服。我神经紧绷，虽然很想跟他好好玩耍，可是总是有些心不在焉。我告诉自己暂且放下烦心事，可能接下来好长一段时间都不能和他玩耍了，或许这也是我们最后一次玩耍的机会——想到这里我浑身就开始颤抖——那么我唯一能做的就是尽情和他玩耍。于是阿列克谢推着他的玩具车，而我则在后面追赶，努力地用我的小爪子将它拨回来。这可真是体力活。看我张牙舞爪的样子阿列克谢欢快地笑着。我感觉我们玩了好长一段时间，而我不得不离开了。是时候去实现我那令人生畏的计划了。

我向每个人道别，将他们的面孔一个个牢记在心中，我真心希望很快能再见到他们。

第三十三章

我双腿不停地发抖,慢慢挪到克莱尔家门前。老虎早已在外面等我,她用鼻子在我身上蹭了蹭并祝我好运。她还劝我再考虑考虑,但我拒绝了,直觉告诉我,为了我深爱的克莱尔,我必须这样做。或许我曾经生过她的气,曾经因为她的软弱而烦恼,但是我爱她,而且她现在需要我。我甚至觉得我是她的所有,尽管现实情况并非如此,我希望发生在她身上的一切可以就此结束。

我使出平生最大的力气从猫门跳了进去,然后在屋子里站了一会儿,我觉察到克莱尔还没有回家,乔正在客厅看电视。我深吸了口气,感觉全身的毛都竖起来了,记得上一次像这样惊慌失措还是在我刚刚开始流浪生活的时候。我的小心脏剧烈地跳动着,像是马上就要从我的身体里跳出来似的。

我坐在卧室外等着,不知道等了多久才听到外面克莱尔逐渐走近的脚步声。这还要感谢上帝给了我们猫咪这么出色的听觉。一定要把握好时机。我跑进客厅,一下子跳到了乔的大腿上。他先是一脸难以置信的表情,紧接着,就像我预想的那样,满脸怒色。

"快走开,你这只蠢货!"乔吼道。我对他发出嘶嘶的声音,然后伸出爪子挠了他的胳膊;接着,我闭上了双眼,因为我已经很清楚这么做会有什么样的后果。"你这只该死的猫,你可是把我惹急了!"说着他一下子把我扔出了客厅。我在空中紧紧缩成了一个球,随后身子落了下来。我把四肢张开,直挺挺地摔在地上。克莱尔马上要进门了,我于是竭尽全力号叫着。

乔不依不饶地冲过来,不停地踢我。剧痛瞬间传遍了我的整个身体,让我没法叫出声来。

"我的天啊,见鬼,快放开!快放开他!你这个混蛋!"我听见克莱尔哭叫着,接下来便眼前一黑。

尽管之前和玛格丽特看过很多医院题材的电视剧,但我还是不敢确定我是清醒还是昏迷,还是介于两者之间。我知道自己没有死,因为没有见到艾格尼斯和玛格丽特。我十分确定如果我死了就一定会见到她们。我的身体是暖的,不过浑身上下都很疼,似乎有人抱着我在走动。模糊之中我听到有人在说话,我肯定其中有克莱尔的声音。

"我到底做了些什么?"她哭喊着,"我甘愿被他利用,现在他走了,却差点害死了艾尔菲。哦,上帝,如果他死了,我永远不会原谅自己。"

"克莱尔,"现在我能辨认出那是塔莎的声音,"自从离婚后你就变得脆弱不堪。我们原本还以为你会慢慢好起来,但看来并非如此,不是吗?你在感情方面仍然极度自卑,我早应该注意到这一点。但是乔,好吧,他十分清楚你的底细,像他这样的人总是能抓住女人的弱点。你不必自责。瞧,艾尔菲会好起来的,我们马上就到宠物医院了,我知道他肯定能挺过来的。"但是她的声音听起来却不那么自信:"是

小·猫·艾·尔·菲

艾尔菲救了你。"

"你知道吗？几天前，艾尔菲曾经看见他使劲地捶打我家的墙。我敢打赌，他一定认为接下来他会这样对我。"

"如果你没把他轰出去他早晚会那样对你。"

"我现在明白了。当他踢着这个毫无抵抗能力的可怜的家伙，我突然就醒悟了，也不知道从哪里来的力气，我一把就把他推开了，我当时真是气疯了，推倒他就打，但他接下来就开始一个劲儿道歉。真是难以置信！这一次，我是不吃那一套了。我警告他，如果五分钟内不离开这里我就报警。"

"他接下来什么反应？"

"他大声哭起来，就像上次他对着墙猛砸时的样子一样，但我丝毫没有动摇。我害怕极了，不敢把艾尔菲抱起来，这就是为什么我叫你来。他的血流得到处都是，一动不动地躺在那里。乔还站在那里，哪儿也不去，于是我再次要求他离开，他竟像发疯了一般。于是我马上按下了999，并警告他：'再向前进一步我就把电话打出去。'"

"于是他就离开了？"

"是的，不过在那之前，他竟然用各种肮脏的字眼骂我。"

"他真可怕。"

"为什么之前我竟没有看清他？"

"说真的，我也对此无法理解。我原本以为是他威胁要和你在一起的。但是当你非常想要某样东西的时候，你只会看到你想看到的。克莱尔，你必须从这件事中吸取教训。这个世界上还有许多像乔那样的男人，现实就是如此。"

"我很抱歉，自己竟然如此愚蠢，如果艾尔菲出了什么事，我永远也不会原谅自己。"

"你总说自己蠢，就是这种态度才让你陷入这种境地的。"从塔莎的话语中我能感觉到她是真的很珍惜克莱尔这位朋友，对此我很欣慰。克莱尔哭了，这是我不愿意看到的。不过我的眼前又慢慢黑了下来，我再也无法为克莱尔做些什么了。我的计划成功了，我终于赶走了乔，只是希望这代价不要太大。

第三十四章

我不知道在这个奇怪的地方待了多少天。我住进了宠物医院,兽医给我做了各种检查。他说我必须要待在这里,因为我现在意识还不清醒。恍惚中我听到要进行手术,接着医生给我打了一针,后来的事情我就不知道了。但是我还能听到各种声音,虽然我也听不明白他们都在说些什么。他们给我用了止疼药,所以现在我不觉得疼了,但是总感觉昏昏欲睡。我不再感到害怕,因为我现在已经没有力气去害怕。我感觉自己像是已经睡着了,但和平时睡觉又不太一样,平时睡着的时候我总是会梦见自己大口地吃着鱼罐头,但现在在梦中我记不得到底发生了什么,似乎我的梦里是一片空白。

有一天,我醒了过来,睁开双眼。我捋了捋自己的胡须——还在。尽管我动起来还比较吃力,但我感觉自己的脑袋在一点点恢复正常。

"艾尔菲!"一个女人在喊我的名字。我看着她,这个女人穿着一件绿色的外套,头发束在脑后,她看起来很温柔。"我叫妮可,是负责照顾你的护士。看见你醒过来真是太好了,医生很快就过来。"

接下来,我从兽医那里得知自己正在逐渐康复,医生对着我戳戳这里敲敲那里，我对他发出嘶嘶的警告声，他竟然笑了。妮可轻轻拍了拍我，说我的状态很好，克莱尔现在可以随时来探望我了。

克莱尔和塔莎一起来看我了，见到她们我高兴得差点儿叫出来。虽然我感觉昏昏沉沉的，但是鉴于最近几天发生的这些事情，我依然强迫自己保持清醒，看到克莱尔现在的精神好多了，我终于放下心来，现在的她已经恢复了和乔交往之前的状态。

"哦，艾尔菲，他们说你现在一切都很好。"克莱尔哭着对我说，泪水不停地从她的脸颊滑下来，我猜，那是高兴的泪水。

"谢天谢地，你又能变回从前那个聪明机灵的艾尔菲了。这可真是我一生中最难熬的一星期，"克莱尔说，"照现在的情况来看，再过一周，你就能和我回家了。"

"别担心，乔已经不在了。"塔莎说。

"不在了，他早就离开了，现在已经没有人能阻碍你和我在一起了。是你救了我，艾尔菲。我知道是你做的。"

"你难道不觉得很奇怪吗？"塔莎说。

"什么？"克莱尔问。

"整件事看起来很奇怪。"

"你的意思是？"

"你看，这一切就好像他计划好了一样。乔砸墙把你们两个都吓坏了，不久之后，你下班回来就发现他在踢你的猫。"

"他就是个冷血的家伙，我不愿意再提起这件事了。"克莱尔有些不快地说道。

"等一等，我的意思是，乔说是艾尔菲先攻击了他，对吗？那么如果真的是像他说的那样呢？如果真的是艾尔菲激怒了乔，这样他就再也没有机会伤害你了,不是吗?"

"我知道艾尔菲很聪明,但是他还不至于聪明到那个地步。塔莎,你疯了吗?他只是一只猫。"

我暗自笑了笑然后沉沉地睡去了。

接下来的几天,克莱尔一有空就会来探望我,我也渐渐恢复了力气。谢天谢地,我终于可以站起来了,我的腿似乎又恢复如初了,不过我还是觉得身上隐隐作痛,医生说我或许不能像从前那样动作敏捷了,但是我并不在乎,因为我还能走路,即便内伤很难痊愈,但我显然已经是非常幸运了。虽然之前从未意识到,但是或许我的运气一直很好。

距离我出院还有几天时间,一天克莱尔又过来了,这次塔莎没有来,我虽然醒着,但因为刚刚吃了药已经是昏昏欲睡,虽然连抬起眼皮都觉得吃力,但是那个声音我绝不会听错。

"艾尔菲!"一个男人激动地叫道,"上帝啊,你到底出了什么事?"我的乔纳森!我努力挣扎着想要睁开双眼,可是还是没有效果。

"这么说,艾尔菲是你的猫?"克莱尔的语气听起来有些急躁。

"我已经告诉你了,他是我的猫!该死的,我几乎把所有地方都找遍了。"

"我看见你张贴的启事,可我以为不会是同一只猫,因为艾尔菲是我的猫。"克莱尔严肃地对他说道。

"什么,你已经看见我贴的启事,上面说我丢了一只灰色的小猫,名字叫艾尔菲?"乔纳森的声音变得有些恼怒,就像我第一次见到他时那样。

"呃,是这样的,我知道这么说肯定会令你不愉快。"克莱尔的语气听起来有些后悔。

"这么说，尽管事实是他和张贴的启事上的照片看起来几乎一样，而且名字也相同，你依然认为那不是同一只猫？"乔纳森并没有因为我的不辞而别而改变对我的感情，这一点我感到很高兴。

"呃，我的意思是，他是我的猫。"

"那么你说说，在伦敦的同一条街道长得完全一样而且名字都叫艾尔菲的猫到底有多少只？"我能听出他言语中的不耐烦。

"我不是……很抱歉，他必须要和我生活在一起。"

"我想这就是为什么他经常会不见踪影。"

"我也有同样的疑问。"克莱尔说道。

"真是无法相信，我把海报贴出去一周多了，你甚至都没想过给我打一通电话。"

"几天前我才看到了你的海报，后来的情况，就像我反复强调的那样，我根本没有想过他们会是同一只猫。而今天晚上，我又看到你贴出去了一些海报，最终才给你打了电话，就是这样。"克莱尔的态度并没有像平常那样软弱。她站起来坚定地望着乔纳森，那副表情差点把我逗笑了。

"我都快担心死了。"

"这是肯定的，我能够理解，非常抱歉。我是认真的，可是我还是认为他是我的猫！"我试着想要叫医生，想要提醒他们我就在这儿，可是却发不出任何声音。

"那个孩子是怎么回事？"我的耳朵顿时竖了起来。他们所说的孩子是阿列克谢吗？我顿时觉得自己被浓浓的爱包围了。乔纳森惦记着我，并且一直在寻找我，或许22号公寓的人们也像他一样？

"好吧，说真的，我只看到了你的海报，至于其他人，就是上面有猫画像的那一张，我真的没有见过，要不是你拿给我看，我真的不知道。"克莱尔的情绪开始有些激动，"就算我真看到了，我也看不出那张猫咪的画像和我的艾尔菲哪里相像。"克莱尔勉强挤出一丝笑容。

"那是个孩子，我猜测那是个孩子，要么就是大人的画画技术太拙劣了，他也一定十分担心。"

"我知道，我对他也感到很抱歉，只是我没想到艾尔菲竟然那么受欢迎！"克莱尔笑着说，"他一定是到处骗吃骗喝。"

"是啊，我猜测这个小机灵鬼肯定没少获得美食和照顾。我们知道的就这三家，天知道还有没有其他人。那么，我们看完艾尔菲之后再去看看那个孩子吧。如果他们和我一样，肯定也十分担心艾尔菲。"

"我真的十分抱歉。"

"如果再让我看见那个混蛋这样对待艾尔菲，我一定要杀了他。谁会对一只柔弱的小猫做出这样的事？真是个彻彻底底的人渣。"乔纳森脸色阴沉地说道。

"是啊，真后悔当时没有报警。我应该对这件事负责，让艾尔菲受到这样的伤害，我感到很内疚。"

"我想这也不全是你的错。"乔纳森说，虽然语气还有些生硬，但听起来怒气似乎消去了不少。

"就是我的错。我才是问题所在，这一切都是因为我。"

"你心里也一定不好受，看着艾尔菲受到伤害。"乔纳森劝解道，克莱尔忍不住哭了起来。我努力睁开一只眼，看见乔纳森尴尬地拍着克莱尔的肩膀，这让我突然发现两个人在一起原来挺般配的，虽然此时我昏昏欲睡，眼神模糊。

"对不起，乔纳森。"

"别这么说，他会好起来的。"我看见克莱尔点了点头。

"哦，艾尔菲，"克莱尔一边呼唤着一边将手伸进我待的笼子轻轻地拍我，"看起来很多人都在关心你呢。"

我知道我必须要快些康复，因为有那么多人爱着我，我也爱着他们每一个人；除此之外，我的心中已经开始酝酿一个新计划，当然这次我不需要再冒那么大风险了。

第三十五章

终于要出院回家了,我心情十分激动。再也不用被关在笼子里,虽说也并非特别糟糕,但也绝非像在高档酒店里那样舒服。尽管在这里我被要求进行各种各样的康复训练,但总是感觉很拘束。现在我终于又可以在埃德加路上悠闲地散步,或许没法再像从前那样轻松地跳上围墙,但至少可以试一试。我热切地盼望着再见到我的家人们和老虎,只是不知道他们发现原来我一直游走在几户人家之间的真相后会不会生我的气,但愿不会吧。

克莱尔来接我,让我感觉不高兴的是,她和那个兽医合伙把我塞进猫篮。我发出了尖利的叫声,并非因为他们把我弄疼了,而是我觉得被强行装进猫篮是一件很伤自尊的事。

"他需要静养一段时间,我建议他要锻炼,不过不要太过剧烈。虽然他活动自如了,但是希望你能够让他在家再待上一周,之后把他带过来复查一下。"兽医对克莱尔交代道。我在猫篮里一脸不悦地盯着她;这一切听起来太无聊了,和我当初预想的一点也不一样。

"别担心,我会好好照顾他的。"

乔纳森站在护士站的办公桌前，正在等我和克莱尔，看见他可真高兴。

"我需要把账单清了。"克莱尔说着接过办公桌前护士递过来的清单。

"老天哪，"乔纳森不由得吹了声口哨，"可真贵！"

"呃，因为他也是你的猫，或许你可以负担一些。"克莱尔说道。乔纳森一脸错愕，紧接着克莱尔笑了起来："开玩笑的，我有保险。"

"你有保险？"乔纳森难以置信地重复着，似乎从来没听说过还有这样的保险。

"是啊，艾尔菲是我的猫，所以我当然也给他买了份保险。"

"我怎么从来没想到？"乔纳森说。

"好了，我对此可并不意外，"克莱尔揶揄道，"我敢说你不在家的时候甚至都想不起来喂他，是吧？"乔纳森露出了难为情的表情，因为确实有过这样的情况。

"呃，他有四个家呢，我敢肯定他无论如何也不会饿肚子的。"

"这可不是理由。好了，我们该走了，接下来还有个派对等着我们呢。"听了这话我觉得有些不快，我才第一天出院他们就忙着参加派对？

乔纳森把车停在他家门前，然后把我带进了屋，克莱尔跟在后面。这一路上他们两个在我的问题上一直争论不休，不过我相信他们很快就会发现他们是天生的一对，这只是个时间问题。或许现在情况并非如此，因为此时两人正在争执，而且克莱尔才刚刚结束一段糟糕的感情，但是对我来说，他们在一起格外适合。虽然是争吵，彼此的态度却十分温和，一点也不激烈。不仅如此，克莱尔的表现也十分出色，在乔纳森身边克莱尔并没有十分柔顺,她又变回了我心目中本来的样子。我就知道他们两个一定会彼此相爱,就像我爱着他们一样,这算是猫咪的直觉吧。

我的幸福感在一点点膨胀,我憧憬着大虾和我的羊绒毯,又想到了阿列克谢和我们一起追逐小球嬉戏,接着我又想到了波莉、亨利和托马斯父子,当然,我不会忘记我亲爱的弗兰西斯卡。啊,我太想念他们了。我的脸上渐渐露出了笑容,迫不及待地等着从猫篮里蹦出来。

乔纳森在门庭把我放下来,打开门,然后把我抱起来,带我进了厨房。我有点焦躁,害怕他们把我留下来去参加派对,只是乔纳森看起来好像忘记关大门了,我好奇地喵了一声。

"艾尔菲!"阿列克谢大叫着向我跑过来。他在乔纳森面前停了下来。墙上挂着一条彩色的横幅,乔纳森的厨房操作台旁站着弗兰西斯卡,还有托马斯父子、马特、波莉和亨利,我真是不敢相信。他们原本不认识彼此,现在竟然都聚在了一起。

"这回你可露馅儿了,艾尔菲。"马特笑着说。

"什么叫'露馅儿'?"阿列克谢问道。

"我们发现他有四个家,还有,他并不是和我们住在一起,只是偶尔来探望我们。"弗兰西斯卡笑道。

"是啊,艾尔菲,我们到处找你,我还画了一张你的画像,但还是找不到你,我们都担心死了,后来他们才告诉我们你受伤了。"阿列克谢眼泪汪汪地说道。

"好了,阿列克谢,你可以抱一抱他,不过动作要轻一些。"乔纳森把我送到阿列克谢面前,他亲了亲我。克莱尔也加入了我们。看见我的家人们聚到一起真是一件格外有意思的事情。我挨个把每个人都认真地瞧了一遍，然后舒服地靠在阿列克谢怀里。波莉看起来比以前更加惊艳，她抱着小亨利在她的腿上跳着，看来她的病情好了不少。弗兰西斯卡和以往一样安静，我不在的这段日子小托马斯看起来长大了不少。克莱尔的精神看起来也不错。虽然在医院我已经见过她，只是没有仔细打量她。她像重新绽放的花朵一般，身形也变得圆润了一些——这些细节都让我捕捉到了——还有她的面颊也开始变得红润。现在的克莱尔光彩照人，我暗暗思索着，和乔纳森真是绝配。

乔纳森把我从阿列克谢那里接了过来，然后把我放在小床上，这是我在克莱尔家经常睡的床。然后大家把吃的放在我身边：三文鱼、大虾，这真是我吃过的最美味的一餐。

大家把我围在中间逗弄着我，每个人都给我送了礼物，搞得像是给我过生日一样！阿列克谢和托马斯给我画了许多画，上面有一只猫还有一辆车。大人们害怕孩子们知道真相会害怕，因此只是告诉他们我是过马路的时候被车撞了。对于这个借口我有点不能接受，要知道我可是穿过了半个伦敦城才来到这里的，上帝啊，过马路的时候我肯定会严格遵守交通规则的。

"下次过马路的时候一定要小心。"阿列克谢叮嘱我，乔纳森对我眨了眨眼睛。

"还有最后一件礼物。"乔纳森说道。

"一份迟到的礼物。"克莱尔补充道。她走到我身边，轻轻地打开我身上的纱布。把那个上面刻着玛格丽特名字的挂牌取了下来，然后给我的脖子上挂了一个新的名牌，大家都鼓起掌来。"艾尔菲，这上面刻着你的名字，还有我们的电话号码。我们四家人的联系方式都在上面，这样你永远都不会再走丢了。"

都说猫咪不会流眼泪,但是我敢向大家保证,此时此刻泪水就在我眼里打转。

我已经筋疲力尽,但是大家依然围在我周围爱抚着我,每个人都在诉说着对我的思念。我的心脏变得越来越轻盈,好像马上就要从我的身体里飘出来了。在乔纳森家里,看着大家围坐在一起,这是我收到的最棒的礼物了。

大家在讨论我留宿各家的时间安排表。我康复的这段时期会待在克莱尔家,她会请几天假在家照顾我。乔纳森说他也会请几天假和克莱尔轮流照顾我。很显然,我需要按时服药,而且需要一个安静的环境。

"似乎有一只长得很可爱的猫也在四处找你,"克莱尔说道,"是住在我旁边那家人的。"我猜想老虎或许也会来看我,这样我的家人和朋友就聚齐了。

最后,阿列克谢还向我保证他放学后就来看我,波莉说她会带着小亨利经常过来看我,然后让小亨利和我一起玩,克莱尔说她要去商店买些东西,于是众人亲吻了我并轻轻拍拍我之后就纷纷离开了。

乔纳森把我带回克莱尔家,然后把我放在一楼。他们说我现在不能上下楼梯,因为我还比较虚弱,我想他们的话没错。

"要坐下来喝点什么吗?"克莱尔问道,我把身子蜷缩在一旁休息。

"当然了。你喜欢叫外卖吃吗?我有些饿了,我是说,如果你想找个人一起吃饭的话。"乔纳森说道,我敢肯定他在提出这个邀请的时候脸有些红了。

"好啊,他能回家真是太高兴了。"克莱尔一边低头看我一边回

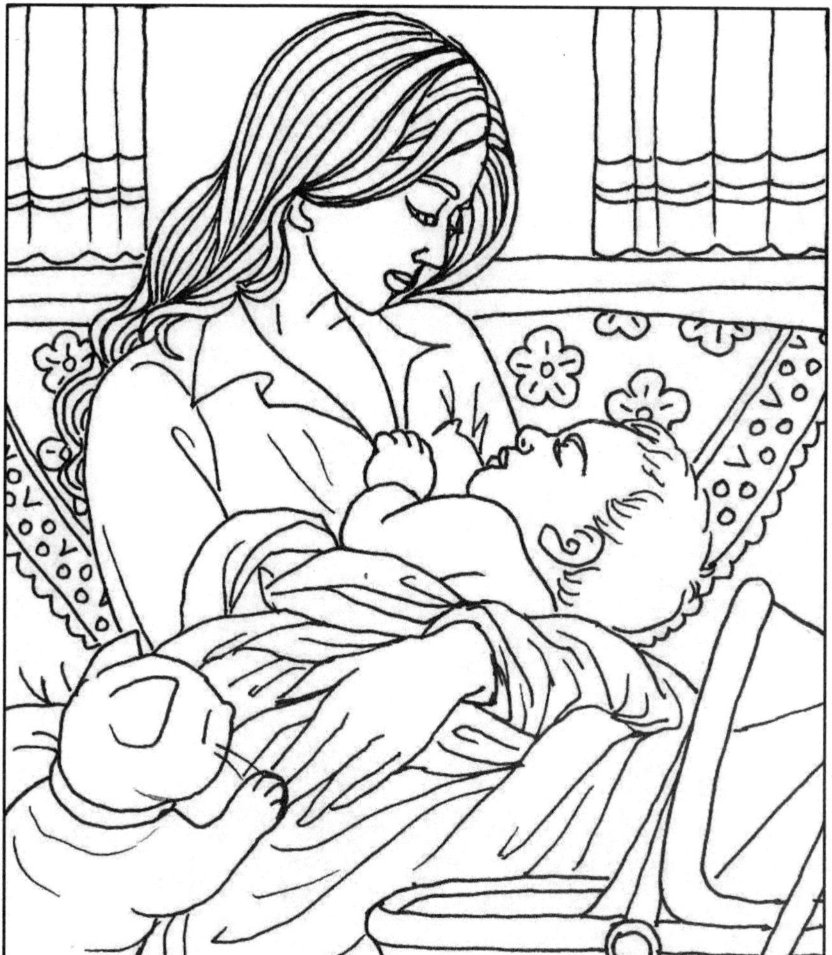

答说。

"呃，回他其中一个家。"乔纳森补充说，然后两个人都笑了起来。在他们两个人的声音里我能够听出一种十分熟悉的东西，那也存在于我的声音里，那是爱。他们或许还没有发觉，但我发现了。我真是一只聪明的猫。

后记

我去探望了老虎,她要求和我一起锻炼身体,因为她说自己要减肥了,我不在的那段日子因为想念我她吃完饭总是不活动,这话听起来很感人,但是我认为这只是她为自己的懒惰找的借口罢了。

那件事已经过去好几个月了,我的计划很危险并且差点因此而丧命,但是结局比我预想的要好,我从未思考过自己当时与死神的距离有多近。经过几个月的复原,我终于觉得身上有些力气了。现在又到了夏天,太阳虽然落下,夜晚却依然明亮而又清爽宜人。我终于挺过了一切磨难;乔对我的毒打,以及紧随其后的严冬,那天气糟糕透了,让我全然没有外出的兴致。我最终强迫自己迈出了大门,恢复了以往到各家各户游荡的生活;乔纳森家、22 号公寓,当然,还有克莱尔家。康复之后我又做回了一只游荡在各户人家之间的猫,只是和以前有所不同了,因为一切都变了。现在和以前的情况可是大有不同。

弗兰西斯卡、托马斯和他们的孩子们从埃德加路搬走了,好在他们的新家离这里不远,是个较大的公寓。我不经常去他们家,因为那样要走好长时间,不过他们经常会来看望波莉、马特还有乔纳森和克莱尔。看起来是我让这几个家庭结下了友谊,我对此很高兴,他们相互友爱,就像我之前一直期望的那样。

托马斯和合伙人一起开了一家餐厅,生意很好。阿列克谢很喜欢他的新学校,而且他的英语水平已经比他的父母好了。小托马斯渐渐会说话了,听着像是英语发音。弗兰西斯卡在一家商店找到了工作,经常会给我带些鱼作为礼物,她还说现在不像以前那么想家了。

波莉看起来也好了许多,现在的她很享受为人母的生活。她的肚子也渐渐隆起,他们告诉我这意味着马上又要有孩子降生了,我又会多个玩伴!她、马特和小亨利都很开心。亨利现在会走路了,他总喜欢拽我的尾巴,当然只是想和我玩,并无恶意,因此我也不介意。最大的变化就是他们现在住进了新房子,就在乔纳森家对面。两家人现在住得很近,不过他们的房子没有乔纳森的大,却是一个很有爱的家庭。

我和克莱尔现在整天都待在埃德加路46号,和乔纳森住在一起。我希望他们都能出去工作(尽管这或许要再等上一段时间)。这是我最完美的计划,虽然大多数时候都是两人主动实施,很少需要我去费心了。他们在一起很快乐,尽管乔纳森的脾气偶尔还会有些暴躁,但克莱尔会在一旁逗他开心。她对乔纳森并不惧怕,而乔纳森对她——还有我——可以说是忠贞不贰。塔莎经常过来探望我们,他们还会把其他朋友邀请过来,还有弗兰西斯卡一家以及波莉和马特。这所房子变得拥挤而喧闹,这才是我所期望的样子嘛。

克莱尔和乔纳森称我是一只不可思议的猫,因为很明显,我为他们做了许多事。我的自信心变得越发膨胀,他们夸奖我的样子就好像我拯救了地球一样,而其实我只是帮助了这四个家庭。但毋庸置疑的是,我的生活因此而变得更加充实、更加多彩。

我们的生活逐渐归于平淡，而我的心中充满了感激：感谢我的朋友、我的家人，以及萦绕在我身旁的爱。当初流浪街头、胆战心惊地躲避恶狗和流浪猫、为了食物和栖身之所四处奔波的日子已经离我很遥远了，有时候我甚至觉得自己从未经历过。但我心里清楚那确实发生过，因为过去会一直伴随着我。泪水和恐惧，以及和四个家庭共患难的经历已经成为我生命的一部分。我永远都不会忘记乔以及他曾对我的所作所为，尽管我为此付出了惨痛的代价，但也因此收获了许多。我不会忘记阿列克谢拿着奖状回到家的样子，因为他获奖作文里提到的他最好的朋友就是我。我不会忘记弗兰西斯卡曾经说过，刚来到英国时日子过得很辛苦，是我给她带去了一些安慰。我不会忘记克莱尔曾经说过，是我拯救了她，而波莉也说过相同的话。我不会忘记乔纳森开玩笑说是我把他变成了一个爱猫人士，他还告诉克莱尔是我帮助他摆脱了过去那个讨人厌的菲利帕。我绝不会忘记来到埃德加路之前的艰辛历程，我只希望一切磨难都已结束，我可以开始安逸的生活。

我算是这世界上最幸福的猫，因为可以躺在主人的大腿上，而且现在还不止一个人可以为我提供这样一个绝佳的休息场地。晚上我会出去溜达一圈看看星星。仰望天空，我希望艾格尼斯和玛格丽特就在天上的某个地方，正在对我眨眼睛。自从她们离开我之后，我做了不少好事，我会做这些都是因为她们曾经教会了我如何去爱。为了她们我才想要让自己变得更好，才会在最困难的日子坚持下去。我终于明白了，这就是生活的意义。

陪你度过的每一分钟都是美好的

Amy

警长小黑

Jenny 公主

兜兜和奥利

灰宝

花花和漂漂

金毛飞

毛毛和小美

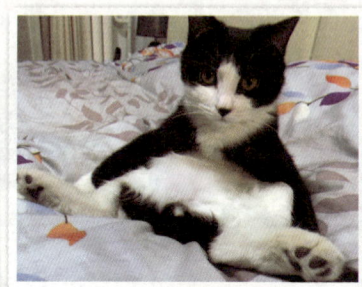

警长

警长郭 sir

七宝

劳拉

六顺和五福

糯米和小闲

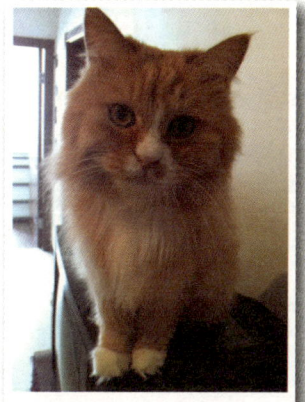

小布丁

小雨

张小这

钟猫三

小老虎和皮卡丘

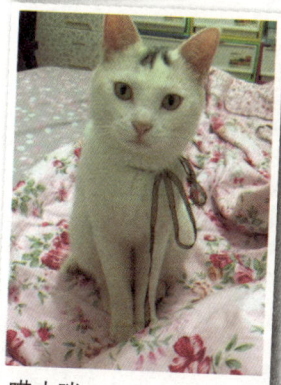

喵小咪

小姚

请以领养代替购买！

领养请关注：

爱猫爱狗义工团

北京领养日

长沙市小动物保护协会

iDogiCatSH

猫咪宝宝领养之家

南昌小动物保护协会

南宁宠爱有家流浪动物小站

南宁流浪猫

唐山领养日

唐山市小动物保护协会

天津领养日

天佑流殇

上海反虐杀

上海领养之家

上海流浪猫救助小站

深圳猫网

深圳领养日

汪汪喵呜孤儿院

武汉猫网

武汉市小动物保护协会

无锡流浪猫狗救助协会

熙熙森林广州猫

香山猫友

徐州小动物救助中心

中国小动物保护协会河南筹备组

中国小动物保护协会沈阳筹备组